Joe Haldeman

ISOLIERTE WELTEN

Herausgegeben von Hans Joachim Alpers

MOEWIG
Deutsche Erstausgabe

MOEWIG Band Nr. 3701
Moewig Taschenbuchverlag Rastatt

Titel der Originalausgabe: WORLDS APART
Aus dem Amerikanischen von Bernd W. Holzrichter
Herausgegeben von Hans Joachim Alpers

Umschlagentwurf und -gestaltung: Franz Wöllzenmüller, München
Umschlagillustration: Thomas Kidd
Redaktion: Hans Joachim Alpers
Verkaufspreis inkl. gesetzl. Mehrwertsteuer
Auslieferung in Österreich:
Pressegroßvertrieb Salzburg, Niederalm 300, A-5081 Anif
Printed in Germany 1986
Druck und Bindung: Elsnerdruck, Berlin
ISBN 3-8118-3701-X

Widmung

Dieses Buch ist für Rhysling und Joe-Jim,
Harriman und Harshaw, Lorenzo
und Lazarus,
den Schrecken von der Erde und
unsere kleine Friday
– und für alle übrigen Zombies, die ihr
so wunderbar weiterlebt.

Beklaget die Menschheit, jenes geschäftige Ungeheuer,

nicht. Fortschritt ist eine wohltuende Krankheit:
Euer Opfer (längst jenseits von Tod und Leben)

spielt mit der Größe seiner Kleinheit
– Elektronen vergöttern die feinste Klinge
zu einer Bergkette; Linsen dehnen

Unwunsch durch gekrümmtes Wowann, bis Unwunsch
zurückkehrt zu seinem Unich.
Eine Welt, gemacht,
ist keine Welt, geboren - beklagt armseliges Fleisch

und Bäume, armselige Sterne und Steine, aber niemals
dies Prachtexemplar hypermagischer

Allmächtigkeit. Wir Ärzte erkennen

einen hoffnungslosen Fall – hört zu: Nebenan
ist ein Universum, selten gut; gehen wir

e. e. cummings

Prolog

Es war der dritte oder vierte Weltkrieg gewesen, das hing davon ab, wer zählte, aber es zählte keiner mehr. Es war einfach „der Krieg“: 16. März 2085, als ein Drittel der Weltbevölkerung an nicht einmal einem ganzen Tag gestorben war.

Die meisten Überlebenden hatten keinerlei Vorstellung, warum der Krieg ausgetragen worden war. Eine Reihe von Mißverständnissen. Eine Verkettung unglücklicher Umstände, die darin kulminierte, daß die Waffensysteme einer Seite unter der totalen Kontrolle eines Mannes standen, der den Verstand verloren hatte.

Die automatischen Verteidigungsanlagen funktionierten ziemlich gut, weniger als fünf von hundert Sprengköpfen fanden ihr Ziel. Daher blieben noch immer einige Milliarden Menschen übrig, die sich fragen konnten, was sie als nächstes tun sollten, als die radioaktive Asche sich setzte und die biologischen Mittel sich unbemerkt ausbreiteten. Einige vermuteten, daß das Schlimmste noch kommen würde, und sie hatten recht.

Es war beinahe das Ende der Welt, aber es war nicht das Ende der Zivilisation. Es gab noch die Welten beziehungsweise das, was von ihnen übrig war: eine Ansammlung von Erdsatelliten verschiedenster Größenordnung, eine Viertelmillion Menschen, die sich den Kopf nicht über radioaktiven Niederschlag oder biologische Kriegsführung zerbrechen mußten. Die meisten der Welten waren während des Kriegs zerstört worden, aber die größte hatte überlebt, und dort lebten die meisten Menschen – auf New New York.

Jahr eins

1

Marianne O'Hara war in der letzten Gruppe von Raumfähren, die von der Erde starteten, unmittelbar bevor ein dicker Treffer das Cape in eine radioaktive Bucht verwandelte. Geboren in New New York, war sie vom Bildungsrat nach ihrer Promotion mit einer einjährigen Reise zur Erde ausgezeichnet worden.

Die sechs Monate, die sie dann tatsächlich auf der Erde verbrachte, waren recht ereignisreich. Ihr Interesse an der Erdpolitik brachte sie mit einer politischen Aktionsgruppe zusammen, die sich als Tarnorganisation für einen Geheimbund gewalttätiger Revolutionäre entpuppte. Sie selbst wurde bei einem Vergewaltigungsversuch niedergestochen, machte eine Reise um die Welt und erlitt einen mittelprächtigen Zusammenbruch. Am Ende gelang es dem Mann, den sie liebte, sie rechtzeitig zum Cape zu bringen, aber die Raumfähre hatte ein striktes Quotensystem – keine Erdwürmer! –, und sie mußte ihn zurücklassen. Sie trösteten sich gegenseitig mit der Lüge, daß er ihr folgen würde, sobald die Probleme bereinigt wären. Aber die Sprengköpfe näherten sich bereits ihren Zielen.

Sie wußte, sie war eine der Glücklichen, aber als sie auf New New anlegten, war sie von Entsetzen und Kummer immer noch wie betäubt. Zwei Männer, die sie liebten, warteten. Sie konnte sich kaum an ihre Namen erinnern.

In den Wochen nach dem Krieg war das Leben in New New York von geradezu panischer Betriebsamkeit erfüllt, die keinen Raum für Reflektion ließ. Überlebende von zwei Dutzend anderen Welten mußten untergebracht und jeder mußte irgendwie gefüttert werden, obwohl über die Hälfte der Agrarmodule New News beschädigt oder zerstört worden waren. Die

Streugeschoß-Raketen konnten New News festes Felsgestein nicht durchdringen, richteten aber horrende Schäden bei den Bauten draußen an. Sie kamen mit gekürzten Rationen und eingelagerten Lebensmitteln zurecht, aber das konnte kein Dauerzustand sein. Module mußten repariert und gebaut, neues Getreide gesät, Tiere gezüchtet werden – und zwar schnell. Jeder, der sich eignete, wurde dienstverpflichtet.

O'Hara war jung und hypergebildet (erster Doktortitel mit zwanzig), aber keins ihrer Ausbildungsfächer war geeignet. Wie jeder andere junge Mensch in New New hatte sie seit dem zwölften Lebensjahr zwei Tage pro Woche mit Agrar- und Bauarbeiten verbracht, aber da ihre Bestimmung ganz eindeutig in anderen Bereichen lag, hatte sie nur Handlangerdienste geleistet – Ferkel gefüttert und Farbe verkleckst – und komplizierte Aufgaben denjenigen überlassen, die die Ausbildung brauchten. Nichtsdestotrotz war ihre erste zugewiesene Arbeit Viehwirtschaft: Sperma von Ziegenböcken sammeln.

Sie konnten die Brunftzeit der Muttertiere bestimmen und wollten das übrige nicht der Natur überlassen. Also stiefelte O'Hara mit einer Saugapparatur durch die Ziegenpferche und prüfte ID-Nummern, bis sie den einen Bock fand, den der Computer für eine bestimmte Ziege ausgewählt hatte. Wie vorherzusehen war, waren die Böcke nicht sonderlich begeistert von geschlechtlichen Beziehungen zu einem Weibchen einer anderen Spezies, folglich erlitt O'Hara reichlich Kopfstöße und Fußtritte und wurde häufig besprüht. Es lenkte sie von ihren persönlichen Problemen ab, aber nach einer Woche mit geringem Sperma-Ergebnis entschied man, den Job jemandem mit mehr Masse zu geben.

Sie bat um eine Anstellung beim Bau und war milde überrascht, als sie sie bekam. Sie hatte viele Stunden in Nullschwerkraft gespielt, aber immer drinnen, und sie hatte nie einen Raumanzug getragen – geschweige denn in einem gearbeitet. Sie freute sich auf die Erfahrung, hatte aber auch ein wenig Angst vor der Arbeit im Vakuum.

Nach der Ausbildung (ein Tag drinnen, ein Tag draußen) war sie noch beklommener. Die Ausbildung betraf ausschließlich das Verhalten in Notfällen. Wenn du diese Glocke hörst, ist das

das Warnzeichen für eine Solareruption. Keine Panik. Du hast acht Minuten, eine Strahlungskammer zu erreichen. Wenn du *diese* Glocke hörst, sinkt dein Luftdruck. Keine Panik. Du hast mindestens zwei Minuten, die nächstgelegene Erste-Hilfe-Blase zu erreichen. Außer dir wird bereits kalt, das heißt, dein Anzug ist leck. Vor allem: keine Panik. Laß deinen Arbeitspartner das Leck finden und einen Klebestreifen auftragen. Entfern dich nie zu weit von deinem Partner. Vermutlich wird dein Partner nicht in Panik geraten. Sie und dreißig andere übten Anzugflicken und nicht in Panik geraten, dann bekamen sie ihre Dienstpläne und wurden ohne große Umstände durch die Luftschleuse hinausgeschickt.

Da es ihr an speziellen Fertigkeiten mangelte, bestand O'Haras Arbeit überwiegend aus Tragen und Anreichen. Dies erforderte ein gewisses Maß an Fingerspitzengefühl und Intelligenz.

In einem Raumanzug bewegt man sich mit Hilfe einer „Oxy-Kanone", da Oxygen das einzige Gas ist, das die Welten stets im Überfluß hatten. Es handelt sich dabei um eine bewegliche Düse, die mit einem Tank voll komprimiertem Sauerstoff verbunden ist: Man zielt in eine Richtung, drückt den Auslöser und schwebt in die ungefähr entgegengesetzte Richtung. Ungefähr.

O'Hara und ihr Partner bekamen beispielsweise den Auftrag, einen Träger dieser oder jener Beschaffenheit zu holen. Sie lokalisierten den entsprechenden Stapel auf ihrer Karte und schwebten vorsichtig, während der ersten Tage sehr vorsichtig, dorthin. Die Stapel waren lose Materialbündel, die mit der Zeit immer ungeordneter wurden. Sobald sie den richtigen Träger gefunden hatten, ging der Spaß erst richtig los.

Die Träger wogen, da sie sich im freien Fall befanden, absolut nichts, aber einen von ihnen zu transportieren bedeutete nicht, daß man ihn sich einfach auf die Schulter lud und abdüste. Eine Tonne Träger war immer noch eine Tonne Trägheit, auch im freien Fall. Schwierig, sie in Bewegung zu setzen. Schwierig, sie in die richtige Richtung zu dirigieren – und schwierig festzustellen, welches überhaupt die richtige Richtung ist. Denn wenn etwas im Orbit ist, kann man seine Beschleunigung nicht verändern, ohne auch seinen Orbit, und sei es noch so geringfügig, zu verändern. Man muß also hoch oder tief oder seitlich zielen, was jeweils davon abhängt, in welche Richtung man zielt.

O'Hara und ihr Partner drehten den Träger also mühsam in die mutmaßlich richtige Richtung, hängten sich dann an die beiden Enden (starke Elektromagneten an Handschuhen und Stiefeln) und düsten los. Während der Träger auf das Ziel zuschwebte, benutzten sie ihre Oxy-Kanonen, um die Flugbahn zu korrigieren und ihn abzubremsen, wobei sie es mit einigem Glück schafften, ihn dort zu einem Halt zu bringen, wo der Besteller es wünschte. Manchmal prallten sie sanft auf, und manchmal schossen sie buchstäblich übers Ziel hinaus und mußten das verdammte Ding zurückmanövrieren. Die Arbeit war körperlich wie geistig erschöpfend, und das war genau das, was sie brauchte.

2

O'Hara stapfte in das Zimmer, das sie mit Daniel Anderson teilte, und setzte sich schwerfällig aufs Bett. Eine Minute lang starrte sie nur auf den Fußboden, müde und vielleicht auch deprimiert. Dann rückte sie die beiden Kissen zurecht und schaltete den Wandwürfel ein, um den Roman abzurufen, den sie gerade las. Aber der Würfel zeigte eine gefällige moderne Tanzdarbietung, die sie noch nie gesehen hatte, so daß sie sich bequem in die Kissen zurücklehnte und sich unterhalten ließ. Nach wenigen Minuten kam Anderson herein. „Früh zu Hause?" sagte sie.

„Ich geh' später wieder hin." Er setzte seinen Beutel auf dem Tisch ab und streckte sich. „Wir haben ein paar Tests in Gang gesetzt, Farbchromatographie, und können erst weitermachen, wenn sie fertig sind. Zwei Stunden. Essen?"

„Kein Hunger." Sie schaltete das Tanzprogramm ab.

„Du solltest was essen."

„Vielleicht." Sie glitt in horizontale Lage, verschränkte die Hände hinter dem Kopf und starrte an die Decke.

„Schlimmer Tag draußen?"

„Das Übliche." Unvermittelt lachte sie. „Weißt du, was ich habe?"

„Ist es ansteckend?"

„Penisneid. Ich bin ein verspäteter Fall von Penisneid."

„Worüber redest du eigentlich?"

„Du hast nie Psychologie studiert."

Daniel zuckte die Achseln. „Die Psychologie von Schieferöl ist wohl eher schlicht. Es ist einfach da. Du kannst alles über das Öl sagen, und es hat nichts dagegen einzuwenden."

„Freud meinte, kleine Mädchen hätten Penisneid. Sie sähen, wie kleine Jungen in jede gewünschte Richtung pinkelten, und wüßten, sie würden dazu nie fähig sein. Dadurch fühlten sie sich unvollständig."

„Sprichst du im Ernst?"

„Zum Teil schon. Aber nicht auf Freudsche Art." Sie fuhr sich mit den Fingern durch das kurze rote Haar. „Hast du schon einmal versucht, etwas Schwieriges zu erledigen, während du eine feuchte Windel trägst?"

Er setzte sich auf das Bett und legte seine Hand ganz neutral auf ihre Hüfte. „Ich schätze, Gehen zu lernen ist eine ganz schöne Herausforderung. So weit zurück erinnere ich mich nicht."

„Ich habe den Katheteranzug probiert, aber darin konnte ich erst recht nicht arbeiten. Es war wie ... Es war scheußlich."

Daniel nickte. „Die meisten Frauen können sie nicht benutzen." Er stammte von der Erde, hatte aber viel Zeit in Raumanzügen verbracht.

„Deshalb habe ich eine Windel bekommen. Eine feuchte Windel, wenn wir lange genug draußen sind."

„Braucht dir nicht peinlich zu sein."

„Wem ist es peinlich? Es lenkt nur ab und ist unbequem. Ich bekomme Ausschlag. Ich will einen Penis und einen Schlauch, zumindest während der Arbeitszeit."

Daniel lachte. „Die Schläuche sind auch nicht das Wahre. Dir wird kalt, oder du machst eine abrupte Bewegung und ziehst ihn raus, aber es fühlt sich immer noch an, als säße er fest. Scheußliche Überraschung, wenn du anfängst deine Stiefel zu füllen."

„Wirklich?“ Sie blickte ihn nachdenklich an. „Was ist mit Erektionen?“

„Jeder, der im Raumanzug eine Erektion bekommen kann, arbeitet in der falschen Branche.“ Sie lachten zusammen, und er bewegte behutsam seine Hand. Sie bremste ihn.

„Noch nicht“, sagte sie ruhig.

„Schon in Ordnung.“ Sie waren ein Liebespaar gewesen, als sie zur Erde gegangen war, und hatten vorgehabt, nach ihrer Rückkehr zu heiraten.

Er stand rasch auf, trat vor den Spiegel – zwei Schritte; das Bett nahm den größten Teil der Kabine ein – und zog einen Kamm durch sein Haar.

„Möchtest du, daß ich woanders schlafe, bis es besser wird?“ fragte sie.

„Natürlich nicht. Zwanzig Jahre habe ich nicht so interessante Träume gehabt.“

„Ernsthaft. Ich fühle mich wie . . . Es ist so . . .“

Sein Spiegelbild sah sie an. „Ich kann leichter mit deinem Kummer leben als du. Und ich möchte derjenige sein, der bei dir ist, wenn du dich erholst.“

„Ich habe nicht gemeint, daß ich mit jemand anderem zusammenziehe. Ich könnte einen Schlafplatz im Wohnheim bekommen.“

„Sicher könntest du das. Und wenn sie herausfinden, daß ich hier allein wohne, weisen sie mir ebenfalls einen Platz im Wohnheim zu. So vollgequetscht, wie es überall ist, könnte es Jahre dauern, bis wir wieder ein Zimmer bekommen.“

O’Hara wandte sich zur Wand. „Ein nettes Gefühl, wenn man nützlich ist.“

Er öffnete den Mund, schloß ihn wieder und legte den Kamm hin. „Ich bin mit John zum Essen verabredet. Hast du Lust mitzukommen?“

„Aha.“ Sie setzte sich auf die Bettkante und rieb ihr Gesicht heftig mit beiden Händen. „Wieso eigentlich nicht? Mal sehen, was sie diesmal dem Reis angetan haben.“ Sie trat hinter Daniel und umarmte ihn oder lehnte sich gegen ihn. „Es tut mir leid.“

Er drehte sich in ihren Armen, gab ihr einen Kuß und löste sich von ihr. „Dann gehen wir. Ich bin schon spät dran.“

New New erzeugte – wie alle anderen Welten - seine Schwerkraft künstlich durch Rotation. Entlang der Rotationsachse herrschte keine Schwerkraft. Je weiter nach „außen“ man sich bewegte, desto stärker wirkte sie. Die meisten Menschen lebten nahe der Ein-g-Ebene, wo sich alle Parks und Läden befanden.

In den Niedrig-g-Ebenen gab es Laboratorien, kleine Fabriken und einige Wohnquartiere, was der Grund dafür war, daß John Ogelby nach New New kam. Mit einem Buckel und einer schwächenden Rückgratverkrümmung geboren, hatte er den Großteil seines Lebens im Wechsel zwischen Schmerztabletten und martervollen Qualen verbracht. Er entwickelte Spezialkenntnisse in Verfahrenstechniken für Materialfestigkeit, so daß er zu den Welten emigrieren und Arbeit in einem Niederschwerkraftlabor finden konnte, wo sein Rücken zu schmerzen aufhörte.

Er war ein enger Freund O'Haras – sie hatte Dan Anderson durch ihn kennengelernt –, und sie und Dan gingen oft zum Viertel-g-Bereich hinauf, wo er wohnte und arbeitete, um die Gaststätte *Light Head* zu besuchen (die jetzt als Notunterkunft diente) oder die kurzen Warteschlangen in der Cafeteria dort zu nutzen. Nur wenige Menschen aßen oft genug in Niederschwerkraft, um damit zurechtzukommen. Eine Tasse heißen Kaffees kann erstaunliche und schmerzliche Dinge anrichten.

Die Viertel-g-Cafeteria war der einzige Raum in New New, der holzvertäfelte Wände besaß. Ein Philantrop hatte das Holz von der Erde hochbringen lassen, nachdem ihm die Niederschwerkraftklinik das Leben gerettet hatte. Einige Kisten Scotch wären willkommener gewesen: Für Menschen, die von Stahl umgeben aufgewachsen waren, fühlte das philippinische Mahagoni sich unheimlich und unnatürlich an. (Für Menschen, die auf der Erde geboren waren, wirkte es übrigens auch nicht allzu heimelig, da es mit auffallenden Bolzenschrauben an der Wand befestigt war.)

Ogelby saß bereits am Tisch, als sie hereinkamen. Zur Begrüßung winkte er ihnen lustlos zu.

Die Mahlzeit bestand aus Reis, der von einer grauen Substanz bedeckt war, einigen wenigen Molekülen Käse und einem

Löffel voll gutgereifter Limabohnen. Wein wurde großzügig serviert; sie rationierten Proteine, verfügten aber über reichlich Alkohol.

„Habt ihr die Nachrichten von der Erde gehört?“ fragte er, als sie sich setzten.

„Nichts Gutes, nehme ich an“, sagte Daniel.

„Seuchenplage. Wenn es kein Schwindel oder ein Mißverständnis ist.“ Er spießte eine Limabohne auf und aß sie voller Widerwillen. „Zuerst Osteuropa, dann Rußland. Die OSU hat Amerika beschuldigt, ein biologisches Kampfmittel mit weiter Streuung eingesetzt zu haben. Aber wie sich herausstellt, hat Amerika die Seuche auch.“

„Welche Art von Seuche?“ fragte O'Hara.

„Schwer zu sagen. Die Nachrichtensendung war in Polnisch, Umgangssprache, dialektgefärbt und sehr hysterisch, und sie haben sie nur in Bruchstücken empfangen. Die Seuche wirkt aufs Gehirn, ist tödlich und anscheinend weitverbreitet. Sie haben versucht, mit jemandem in den Staaten Kontakt aufzunehmen oder zumindest etwas abzufangen. Heutzutage tut sich nicht viel in der Kommunikation.“

Dan sah auf die Uhr. „Essen wir! Noch zehn Minuten bis Jules Hammond.“

Sie gingen in die Niederschwerkraftbibliothek, die so überfüllt war, daß sie ganz hinten stehen mußten. Dan half John auf einen Tisch hinauf, damit er den Würfel sehen konnte. Bis auf die Zeitansage war der Bildschirm leer. Punkt 2100 füllte der Würfel sich mit den onkelhaften und von dramatischem Ernst erfüllten Gesichtszügen Jules Hammonds.

„Wir haben den fünften Mai 2085. Mittlerweile müßte Ihnen allen zu Ohren gekommen sein, daß es Gerüchte über eine Seuche auf der Erde gibt.“ Er legte eine kurze Pause ein. „Die Gerüchte beruhen auf Wahrheit. Wir können noch nicht mit Sicherheit sagen, wie weit die Epidemie verbreitet ist. Möglicherweise über den ganzen Planeten. Mit den Vereinigten Staaten konnten wir noch keinen Kontakt aufnehmen, aber wir haben eine Übertragung aus Nevada abgefangen.“ Nevada war ein unabhängiges, halb gesetzloses Land in der Mitte Amerikas.

Hammonds Gesicht verschwand und wurde von dem einer

jungen Frau abgelöst. Das Bild litt unter schlimmem Z-Achsen-Flackern und schwankte ständig zwischen drei und zwei Dimensionen.

Der Ton war klar. Ihre Stimme überschlug sich hysterisch. „Jeder, der seit Kriegsausbruch in den Staaten oder sonstwo außerhalb Nevadas war, muß *raus!* Nehmt euch nicht die Zeit zum Packen, macht euch nur weg! Ganz gleich, was das für ein Dreck ist: Wir wollen ihn nicht. Die Mördergilde arbeitet auf breiter Ebene mit dem Syndikat für öffentliche Gesundheit zusammen . . . Jeder, der Kontakt mit der Seuche gehabt haben könnte, muß bis Mitternacht *weg sein.*

Wenn ihr jemanden kennt, der draußen war, meldet seinen Namen dem nächsterreichbaren Mörder. Sie werden alle Hände voll zu tun haben, also nutzt die Lage nicht aus, um alte Rechnungen zu begleichen, klar? Es kann für uns alle um Leben oder Tod gehen – es sieht so aus, als breitet dieser Dreck sich rasch aus und infiziert jeden.

Auch wenn ihr einen mit Symptomen kennt, holt einen Mörder! Oder erledigt es selbst – aber nur, wenn ihr einen Flammer habt. Dann macht Meldung ans Gesundheitssyndikat.

Die Symptome sind Fieber und Schweißausbruch und unsinniges Gerede. Was es auch ist, zuerst trifft es das Gehirn. Aber die Kranken können tagelang rumlaufen, bevor sie sterben. Riskiert nichts!"

Jules Hammond in seiner beruhigenden Körperlichkeit kehrte zurück. „Ich habe die Koordinatoren Markus und Berrigan hier."

Die Kamera rollte zurück, um zu zeigen, daß Hammond zwischen den beiden Koordinatoren saß. Weislaw Markus, der Politische Koordinator, hatte glänzendschwarzes Haar, doch sein Alter zeigte sich in seinen Augen und den tiefen Linien, die sein Gesicht zerfurchten. Sandra Berrigan, Technikkoordinatorin, war neu im Amt und vergleichsweise jung dafür, in den Vierzigern, aber auch ihr Gesicht mit den geschwollenen Tränensäcken unter den bekümmerten Augen war ein Abbild höchster Belastung.

Markus rutschte in seinem Sessel. „Es ist gesicherte Erkenntnis, daß diese Seuche das Ergebnis biologischer Kriegsführung der einen oder anderen Seite ist. Unsere Hauptsorge gilt natürlich dem Problem, ihre Ausbreitung nach New New zu verhindern. Jeder, der sich bei Kriegsausbruch auf der Erde befand, ist ein potentieller Träger."

Dan legte den Arm um O'Hara, aber es war eine steife, befangene Geste.

„Für die drakonischen Maßnahmen, welche Nevada ergreift, hegen wir gewiß keine Sympathien. Aber unsere Reaktion muß gleichermaßen absolut und gleichermaßen rasch erfolgen. Ihre Abteilung, Sandra."

„Es mag überhaupt nicht unser Problem sein", sagte sie. „Selbst wenn einige von uns den Mikroorganismen auf der Erde ausgesetzt waren, ist es eher unwahrscheinlich, daß der Bazillus die Serie von Prophylaxemaßnahmen überlebt, der sich jeder unterziehen muß, bevor er durch die Luftschleuse kommt." O'Hara stimmte ihr im stillen zu. Die Impfungen waren wie ein Sturmangriff auf den Körper. Es schien, daß jeder im Transferschiff die Hälfte seiner Wachzeit auf der Toilette verbracht hatte.

„Trotzdem. Wir müssen die entfernte Möglichkeit in Betracht ziehen, daß einige von Ihnen die Seuche in sich tragen. Wir sind derzeit dabei, in Modul 9B Unterkünfte zu installieren, um die Betroffenen unter Quarantänebedingungen zu untersuchen. Wenn Sie innerhalb des vergangenen Jahres auf der Erde waren – schließlich könnte das Mittel lange vor dem eigentlichen Nuklearkrieg freigesetzt worden sein –, müssen Sie sofort zu Modul 9B. Packen Sie nicht! Nehmen Sie nicht einmal Ihre Zahnbürste mit. Wir wissen nicht, in welchem Stadium der Inkubation diese Krankheit übertragbar wird."

O'Hara drückte Johns Hand und küßte Daniel antiseptisch auf die Wange. Als sie zur Tür ging, machten die Menschen ihr viel Platz.

Sie hatten so viele Tomaten und Gurken, wie sie sich nur wünschen konnten. Denn das wurde in Modul 9B angebaut. Sekunden, nachdem O'Hara durch die Luftschleuse des Moduls schwebte, wußte sie, daß sie einen regelrechten Haß auf den weinartigen Geruch der Tomaten entwickeln würde.

Die Landwirtschaftsmodule, die Farmen, waren verglaste Kugelblasen, die eine streng kontrollierte Umgebung enthielten und New New York umkreisten. Sie erzeugten die meisten Gemüse und einen Teil des Fleischs für eine Viertelmillion Menschen. (Nur Fische und Hühner wuchsen in Null-Schwerkraft gut. Die Kaninchen und die Ziegen mußten drinnen bei allen anderen leben.)

Das Modul war groß, da es mit Blick auf spätere Erweiterung konstruiert worden war, aber es war nicht groß genug für 1230 Menschen. Neben den potentiellen Trägern waren mehrere Dutzend Techniker dort, überwiegend Mediziner und dazu Wartungs- und Agrarpersonal, um sicherzustellen, daß die Menschen, Tomaten und Gürkchen ihre Periode engen Beisammenseins sämtlich überlebten. Die Techniker trugen Raumanzüge – für den Fall, daß jemand nieste.

Zumindest war es etwas anderes, als würde man mit einem Haufen Fremder zusammengepfercht. Die Menschen taten sich in Freundesgruppen zusammen, tauschten Geschichten und Spekulationen über die Erde aus. O'Hara fand auch ihre Clique, eine Gruppe von Studenten, die sich jeden Donnerstag im *River Liffey* in Manhattan getroffen hatten. Sieben hatten es nicht geschafft.

Sie wurden alle zu einer Versammlung an einem Ende des Moduls gebeten, wo ihnen ein bärbeißiger Mediziner mitteilte, daß sie für mindestens fünf Tage in Quarantäne bleiben müßten. Wie vorauszusehen, hatte das reichlich aufgeregtes Gemurmel zur Folge. Nur einer von dreihundert erhielt in seinem Leben Gelegenheit zu einer Reise zur Erde, und hier waren einige der wichtigsten Leute von New New zusammen.

Jemand fragte nach Sonneneruptionen – und bekam zur Antwort: „Hoffen wir, daß es keine heftigen gibt." Eine Eruption der Klasse 3 würde sie ohne Abschirmung innerhalb von Minuten töten, aber Klasse 3 war selten.

Als erstes stand eine gründliche medizinische Untersuchung auf der Tagesordnung. Da O'Hara in der Mitte des Alphabets war, gab sie ihre Proben ab und faulenzte dann zwei Tage.

Lesen konnte sie nicht, da es nur ein Dutzend Würfel im Modul gab, die stets von zwanzig oder dreißig Leuten zugleich betrachtet wurden. Filme und Schauspiele war sie bald leid, und schließlich landete sie bei einer Gruppe, die eifrig darum bemüht war, „das größte Kreuzworträtsel der Welt" auszufüllen.

Dann war sie endlich an der Reihe und verbrachte einige Stunden damit, beäugt, betastet, abgeklopft und abgetupft zu werden. Die Ärzte waren schnell, gelangweilt und müde; O'Hara fühlte sich wie ein Montagestück auf dem Fließband. Immerhin gab es eine Situation, die sie zum Lachen brachte: Sie schwebte nackt hinter einem Gestell mit Tomatenstauden (zum Schutz der Intimsphäre), den Kopf nach unten und die Stiefel eines Gynäkologen umklammernd, damit er die Orientierung behalten konnte, während er Abstriche machte; beide drehten sich langsam in einer Stellung, die eine Parodie des *Soixante-neuf* war. Sie erinnerte sich an das letzte Gespräch mit Daniel und fragte sich, was man wohl anstellen mußte, damit ein Gynäkologe eine Erektion bekam – im Raumanzug oder anderswo.

Die Untersuchung ergab nichts außer einer Allergie gegen Kuhmilch, was keine Überraschung war (und auch kein Problem, da die nächste Kuh 36 500 Kilometer entfernt war). Weder sie noch sonst jemand hatte die Seuche. Sie wurden zehn Tage unter Beobachtung gehalten und dann nach New New zurückgebracht.

Da sie die faden Notrationen, die man ihnen im Modul verabreicht hatte, satt war, ging O'Hara geradewegs zur Cafeteria. Der Hauptgang des Tagesmenüs bestand aus Gazpacho, kalten Tomaten und Gurkensuppe.

Charlies Wille

Die meisten der Waffen, die am 16. März 2085 in den Himmel gejagt worden waren, waren geradezu antik, fünfzig bis hundert Jahre alt, aber ein Typ war ziemlich neu. Im Versuchsstadium, nur unzulänglich getestet.

Der Koralatow-Virus war eine humane Waffe. Er war dazu

bestimmt, in der Feindbevölkerung eine längere Periode geistiger Verwirrung zu erzeugen, einige Monate, in denen die Menschen nicht klar zu denken vermochten. Lieber dumm als tot, wenn es funktioniert hätte, aber es hatte gar nicht gut funktioniert.

Achtzehn Raketen waren mit Koralatow-31 bestückt worden. Bis auf zwei wurden sie alle von Amerikas Laserabwehrnetz zerstört. Eine versagte durch eine technische Panne irgendwo über Osteuropa. Die andere war auf Chicago gezielt und schaffte es fast. Der Beinahe-Fehlschuß einer geriatrischen Antiraketen-Rakete ließ sie aufplatzen, und K-31 geriet in den Düsenstrom. Das Ergebnis war das gleiche wie in Europa: In den folgenden Wochen und Monaten trieb der Virus nach unten und fand seine menschlichen Wirte sehr gastlich. Bis zum Ende des Jahres war er allgegenwärtig wie der Schnupfen. Aber er hatte nicht die von Koralatow geplante Wirkung. Es dauerte einige Zeit, bis überhaupt Symptome auftraten. Als das erste Opfer in Idiotie verfiel und starb, waren die einzigen Menschen, die nicht infiziert worden waren, eine Handvoll Wüstennomaden, einige in Antarktika gestrandete Wissenschaftler und die Leute, die im Raum lebten.

Die Menschen in Antarktika konnten einige Jahre überdauern, solange ihre Vorräte reichten, und die Nomaden würden überleben, solange sie nicht mit Infizierten in Kontakt kamen. Für den Rest der Erde war die Seuche schnell und vollständig.

Fast jeder im Alter von über zwanzig starb in den ersten Wochen. Jüngere Menschen schienen nicht betroffen. Im Chaos einer Welt, die plötzlich führerlos, elternlos und auf ein Zehntel dezimiert war, dauerte es einige Zeit, bis die makabre Wahrheit erkannt wurde: Niemand würde sehr lange leben. Irgendwann zwischen dem achtzehnten und einundzwanzigsten Lebensjahr wurde jeder krank und starb.

Zwei Milliarden todgeweihter Kinder konnten das einundzwanzigste Jahrhundert nicht in Betrieb halten. Nicht alles kam sofort zum Stillstand, denn ein Großteil der Welt war automatisiert, und die Systeme arbeiteten noch eine Weile. Man konnte in eine Autobar gehen und einen Drink bestellen oder eine Servicenummer anwählen und eine tote Frau für sich beten lassen. Doch früher oder später versagte ein wichtiges Teil oder es kam zu Vandalismus, und niemand war mehr da, der wußte, wie man die Sachen reparierte.

Es gab zumindest eine Gruppe, die vom Krieg nicht überrascht worden war, weder von seinem Zeitpunkt noch seiner Heftigkeit. Die Mansoniten waren eine illegale Untergrundreligion, die für sich in Anspruch nahm, im Süden der Vereinigten Staaten mehrere zehntausend Anhänger zu haben. Sie hatten seit einigen Jahren vorausgesagt, daß es eine Periode des „Helter-Skelter“, des totalen Chaos, geben würde, gefolgt vom Ende der Welt, und sie hatten erklärt, es würde im Jahre 2085 geschehen, zur hundertsten Wiederkehr der Befreiung ihres Heilands.

Das Credo der Mansoniten basierte auf den Schriften von Charles Manson, einem charismatischen Verrückten, der im vergangenen Jahrhundert seine Anhänger in eine kleine Massenmordorgie geführt hatte. Für die „Familie“ war Tod eine Gnade und Mord ein Sakrament. Sie waren die einzige Kirche, deren Mitgliederzahl nach dem Krieg dramatisch zunahm.

Jahr zwei

1

Es hatte Hoffnungen gegeben, Australien, Neuseeland und Pazifika wären in ihrer Isolation möglicherweise verschont geblieben. Aber der Virus trieb überall nach unten. Auf jedem winzigen Flecken, auf dem es Menschen gab, wurden alle bis auf die ganz jungen krank und starben.

Während das Leben auf der Erde in Verzweiflung und Barbarei versank, wurde das Leben in New New sicherer und bequemer, zumindest für eine Zeitlang. Die Farmen wurden repariert – O'Hara tauschte ihren Raumanzug und die Windeln dankbar gegen einen Schreibtisch ein –, und die Menschen machten sich keine Sorgen mehr um ihre nächste Mahlzeit, sondern zerbrachen sich, in grimmiger Entschlossenheit zur Normalität, wieder den Kopf darüber, welche Gabel man zu welchen Speisen benutzte. Ein bißchen sorgten sie sich auch darum, wer bei wem schlief, was wohl passierte, wenn sie nicht schliefen, und warum sie sich nicht wenigstens ein Dokument beschafften, um es zu legalisieren.

Eheschließung war in New New York eine recht komplizierte Angelegenheit. Nicht die bürgerlich-rechtliche Seite, das konnte in zwei Minuten per Computer erledigt werden. Das Problem lag in der Frage, ob man *einen* Menschen, zwei oder sechs oder einige tausend heiratete.

Es gab Dutzende „Stammfamilien" in New New. Der archaische Begriff bezeichnete nun nahezu jede mehr oder weniger permanente Verbindung, die mit Liebe, manchmal Reproduktion, Zusammenwohnen (falls die Gruppe klein genug und das Zimmer groß genug war) und so weiter zu tun hatte.

Als ein Beispiel Marianne O'Haras verschiedene Familien. Als sie geboren wurde, gehörte ihre Mutter zum Nabors-

Stamm. Das war eine konventionelle, altmodische Stammfamilie, einige hundert Menschen, die alle Ehemann und Ehefrau waren. Genealogische Tabellen wurden sorgsam fortgeschrieben, um Inzucht zu vermeiden, aber es gab keine Beschränkung in bezug auf nichtreproduktiven Sex. Ein hübsches junges Mädchen wie O'Haras Mutter verbrachte viel Zeit damit, nett zu Verwandten zu sein – und noch mehr Zeit, nein zu sagen. Sie wollte hinaus und wählte die rascheste Art: Schon bald nach der Menarche ließ sie sich von einem Außenseiter schwängern. Der Nabors-Stamm kümmerte sich um sie, bis ihr Baby zur Welt kam, und warf sie dann beide hinaus.

Zu jener Zeit hatte sie einen Nabors-Liebhaber, der den Stamm verließ, um mit ihr zusammenzubleiben. Zusammen mit Mariannes Vater schlossen sie sich dem Scanlan-Stamm an, der eher eine lockere Verbindung von Dreier-Ehen als ein echter Stamm war. Es war eine äußerst nüchterne Entscheidung ihrer Mutter gewesen. Mariannes Vater war ein Erdwurm und kehrte (wie vorher arrangiert) eine Woche nach der Eheschließung zu seiner Frau auf der Erde zurück. Auf diese Weise wurden Mutter und Liebhaber ein schlichtes verheiratetes Paar, aber mit den Vorteilen, die der Scanlan-Stamm bei Unterkunft und Schulausbildung bot. Marianne war das einzige Kind einer zerbrochenen Trinität, was sie zum Außenseiter unter den anderen Kindern machte, und deren Cliquenbewußtsein konnte Züge von Bösartigkeit annehmen. Als Heranwachsende wußte sie nur eines ganz sicher über ihre Zukunft: daß sie sich niemals einer Dreier-Ehe anschließen würde.

Sie lag falsch. Sie hatte über ein Jahr mit Daniel zusammengelebt – schließlich doch wieder als Liebhaber –, als ein Gesetz verabschiedet wurde, das es Alleinstehenden untersagte, Mehrfachwohnungen zu belegen. (Eine Vielzahl Familien von anderen Welten war zerrissen worden, ihre Mitglieder lebten in Wohnheimen. Sobald sie ihre Interessen koordiniert hatten, bildeten sie einen beträchtlichen Stimmblock.)

Ein Jahr lang hatte O'Hara dem gesellschaftlichen Druck zur Eheschließung widerstanden. Mädchen und Jungen der meisten Stämme wurden ermutigt, zu „kolibrieren", eine Vielfalt sexueller Kontakte zu suchen. Aber wenn man älter wurde –

und ganz gewiß in O'Haras fortgeschrittenem Alter von dreiundzwanzig Jahren – bestand die Erwartung, daß man sich niederließ. (Schloß man sich dem Devon-Stamm an, bedeutete „sich niederlassen" beispielsweise die Beschränkung auf einige tausend Sexualpartner.) Sie wußte, daß ihre Familie und ihre Kollegen ihre Beziehung zu Daniel für unreif und sogar ein wenig unschicklich hielten. Das ärgerte sie und hätte ihre Eheschließung unendlich verzögern können, wäre die praktische Frage der Unterkunft nicht dazwischengekommen.

Es gab, zu Daniels Erleichterung, keinen Stamm, dem sie sich anzuschließen wünschte, deshalb schlug sie vor, einen eigenen zu gründen, und er stimmte ihr hastig zu. Sie füllten die notwendigen Dokumente aus und konstruierten ihren Stamm nach der altmodischen Nabors-Weise: Neue Mitglieder werden nur durch einstimmiges Votum aufgenommen, alte Mitglieder durch Mehrheitsentscheid geschieden. Sie zog den langen Halm, und der Stamm wurde O'Hara getauft.

Vor der Eintragung brachte O'Hara die Möglichkeit ins Gespräch, John Ogelby als Symbol ihrer gegenseitigen Zuneigung zu bitten, sich anzuschließen. Daniel nahm sich mehrere Wochen Bedenkzeit. Er und John standen sich näher als ein Brüderpaar, aber – verdammt noch mal! – man kann doch keinen anderen *Mann* heiraten! Daniels Eltern hatten eine traditionelle Paar-Ehe geführt (bis daß der Tod oder die Langeweile euch scheidet), und etwas anderes schien ihm nicht richtig zu sein.

Marianne frotzelte und drängte ihn, bis er schließlich einwilligte. Ein Thema, das in der Diskussion nie eine Rolle spielte, war Sex. Daniel wußte, daß John und sie es einmal probiert hatten. Es hatte nicht funktioniert, und die Annahme, daß er in jener Arena keinen Rivalen gewinnen würde, beeinflußte wahrscheinlich seine Entscheidung. Es ist zu vermuten, daß Marianne es anders sah. Daniel war neun Jahre älter, aber sie besaß buchstäblich Welten mehr an sexueller Erfahrung.

Wie auch immer, es kam zu der vorhersehbaren Wandlung. John Ogelby, zweiundvierzig Jahre alt, körperlich mißgestaltet, irisch-katholische Erziehung: Außer dem erfolglosen Versuch mit Marianne und zwei ähnlich frustrierenden Jugendbegegnungen mit Dubliner Prostituierten war seine Phantasie in dreißig Jahren sein einziger Sexualpartner gewesen. Eine schlichte Zeremonie, und er war ein anderer Mann.

Plötzlich fand sich Daniel mit viel Zeit wieder, allein darüber zu reflektieren, wie ein Mädchen mit einem Mann umzugehen vermochte. Marianne verbrachte die erste Woche ihrer erweiterten Ehe oben in Johns Viertel-g-Kabine mit gelegentlichen Ausflügen zur Null-g-Sporthalle, wo es kleine Umkleideräume gab.

Für die drei gab es keine Möglichkeit zusammenzuleben, da John normale Schwerkraft nicht sehr lange ertragen konnte. Schließlich ergab sich aus der Praxis ein informelles Wandermuster. Marianne verbrachte einige Tage oben und einige Tage unten, wobei sie jederzeit nach eigenem Gusto oder dem Wunsch eines der Männer wechseln konnte. Sie gewöhnte sich an, immer eine Zahnbürste in ihrer Tasche zu haben. Die Mahlzeiten nahmen die drei meistens zusammen ein. Überrascht stellte Daniel fest, daß er nicht eifersüchtig war.

O'Haras Aufbaustudium hatte die Fächer Amerikanistik und Verwaltung umfaßt. Sie hatte sich auf eine Mittlerposition zwischen den Welten und den USA vorbereitet. Jetzt schien das keine großartige Karriere mehr zu verheißen.

Sie hatte eine befristete Stelle als Unterverwalter in der Sparte Ressourcenverteilung. Verwaltungspraktikantin, genaugenommen, und das hieß, wie sich herausstellte, daß sie Assistentin für jeden zu spielen hatte, der auf so niedriger Rangstufe stand, daß er keinen eigenen Assistenten hatte. In der Sparte Ressourcen zu sein, gab ihr allerdings eine realistische Sicht von New News derzeitiger Situation. Es war ein Schlaraffenland.

Sie, John und Daniel unternahmen ihren langsamen Freitagsspaziergang durch den Park. Ogelby mußte einige Stunden pro Woche in normaler Schwerkraft zubringen, sonst würde die fortschreitende Muskelschwäche ihn für immer in den oberen Ebenen gefangenhalten.

„Ich gewöhne mich allmählich wieder daran", sagte O'Hara, „keinen Horizont zu haben." Sie setzten sich auf eine Bank am See. Der See hob sich vor ihnen, eine Fläche unbewegten

Wassers, die sich sanft von ihnen wegkrümmte, um sich im Nebel zu verlieren. Wenn man gerade nach oben schaute und gegen den Glanz der künstlichen Sonne anblinzelte, konnte man mit Mühe das andere Ufer sehen.

„Werde ich nie“, sagte Anderson. Eine Ente schwamm, leicht bergab, auf sie zu. Ogelby schnippte mit den Fingern nach ihr.

O’Hara runzelte die Stirn. „Ärg’re das arme Ding nicht!“

„Ärgern?“ Er öffnete eine Tasche und nahm ein Stück Reiskuchen heraus. Die Ente kam angewatschelt und schnappte es sich. „Wir müssen mit den weniger Glücklichen teilen.“ Er sprach leicht gedehnt, und seine Augen glänzten – eine Folge der Schmerzmittel.

„Es kommt die Zeit, da wünschst du dir, du hättest es aufgespart“, sagte sie. „Wenn wir bis zu den Ohren in Devoniten stecken.“

„Die werden auch noch vernünftig“, entgegnete Ogelby. „Der ganze Stamm befindet sich noch im Schockzustand.“ Zwei Jahre zuvor hatten die Devoniten über fünfzehntausend Seelen in ihren Reihen. Die meisten lebten in Devons Welt, einer Ringsiedlung im selben Orbit wie New New, etwa dreitausend Kilometer entfernt. Devons Welt hatte während des Kriegs einen direkten Treffer hinnehmen müssen, und bis auf wenige Hundert waren alle umgekommen. Sie wurden gerettet und schlossen sich den einigen Tausend an, die in New New lebten.

Selbst in normalen Zeiten wurde von einer Devonitenfrau erwartet, daß sie viele Kinder hatte. Ihre Religion war ein Fruchtbarkeitskult. Jetzt waren sie ständig schwanger und nahmen Pillen, um Mehrlingsgeburten zu garantieren. Das brachte sie in Konflikt mit der erklärten Politik von New New. Um Nahrungsmittel und Wasser zu sparen, hatte die Administration um eine Fünfjahresperiode strikter Geburtenkontrolle gebeten.

Die meisten Frauen in New New waren in der gleichen Situation wie O’Hara. Als sie ein Mädchen war, waren ein halbes Dutzend ihrer Eizellen eingefroren und katalogisiert worden, danach ließ sie sich sterilisieren. Wenn sie ein Kind wollte, konnte sie entweder einen Vater aussuchen und sich das befruchtete Ei einpflanzen lassen oder sich für Parthenogenese entscheiden; ihre Zelle wurde mittels Mikrochirurgie belebt, dann konnte sie eine Tochter austragen, die ihr eigenes genetisches Duplikat sein würde. Da keine dieser Prozeduren außerhalb einer Klinik erledigt werden konnte, hatte New News Administration die faktische Kontrolle über das Bevölkerungswachstum, falls sie es ausüben wollte. Viele Menschen, O'Hara eingeschlossen, wollten die Befruchtungslabors einige Jahre schließen, und das war als einfacher Verwaltungsakt möglich (auch wenn es sicher einiges Geschrei geben würde), denn das Recht, Kinder auszutragen und zu haben, wurde von der Verfassung nicht garantiert.

Doch das war nur die demographische Seite der Medaille. Religionsfreiheit *war* garantiert, und Frauen als Babyfabriken waren grundlegender Bestandteil der devonitischen Religion. (Sterilisation war natürlich eine unverzeihliche Sünde. Ihre Eizellen wurden auf die traditionelle Art belebt.) In fünf Jahren konnte eine glückliche Frau sechs oder sieben Mehrfachschwangerschaften haben.

„Es war anders, als sie eine ganze Welt für sich selbst hatten", sagte Anderson langsam. „Sie konnten sich selbst ernähren oder verhungern."

Ogelby übernahm ihre Verteidigung. „Aber sie werden sich selbst ernähren. Sie haben tausend Leute da draußen, die zusätzliche Farmen bauen. Allesamt Freiwillige."

„Es wird nicht klappen", sagte O'Hara. „Ich habe die Projektionen gesehen. Du weißt, wie lange es dauert, fruchtbaren Boden aus Abfall zu machen. Mehr Zeit als man braucht, um Babys zu machen."

„Ich dachte, sie beuten Devons Welt aus."

„Was davon übriggeblieben ist. Wir haben Glück, wenn sie zehn Prozent des Bodens rekultivieren, und der ist seit zwei Jahren dem Weltraum ausgesetzt. Sterilisiert und ausgetrocknet. Wir müssen Wasser, Würmer und Mikroorganismen hinschaffen."

„Und Stickstoff", ergänzte Anderson, „und Kohlenstoff – und das wär's dann. Die gleiche alte Geschichte." Es war ein

Problem so alt wie die Welten selbst. Metalle hatten sie reichlich, und Sauerstoff, von der Mondoberfläche und dem Inneren New News, das ein ausgehöhlter Eisenberg war. Aber ohne Kohlenstoff, Stickstoff und Wasser kann man keine Pflanzen wachsen lassen, und obwohl jedes Molekül dieser kostbaren Substanzen peinlichst recycelt wurde, ist ein solcher Prozeß niemals perfekt. Wegen unvermeidlicher stetiger Verluste kann ein geschlossenes Agrarsystem nicht einmal eine stabile Bevölkerung ernähren, von einer wachsenden ganz zu schweigen. Vor dem Krieg hatte es aktiven Handel zwischen der Erde und den Welten gegeben. Die Erde verkaufte Wasserstoff (den die Welten verbrannten, um Wasser herzustellen), Kohlenstoff und Stickstoff gegen Energie, exotische Mineralien und pharmazeutische Produkte, die nur in Null-Schwerkraft herzustellen waren. Auf diese Weise konnte die Bevölkerung der Welten ständig wachsen.

„Genug", sagte Ogelby zu der Ente, die unruhig hin und her watschelte. „Ich glaube, im Labor verlieren wir die Perspektive. Als käme Deucalion schon morgen." Deucalion war der Name eines KC (Kohlenstoff-Chondrit)-Asteroiden, der langsam in Richtung New New bewegt wurde. Sie würden aus ihm Stickstoff, Kohlenstoff, Wasserstoff und andere nützliche Dinge gewinnen können, aber das lag noch fünf Jahre in der Zukunft. Ogelby war mit der Planung und Konstruktion der Fabriken befaßt, die schließlich den Asteroiden zerlegen würden. Doch im Moment hatten sie nur eine Pilotanlage, die mit kleinen Mengen KC-Materials arbeitete, das vom Mond heraufgeschickt worden war. Sie produzierte nicht genug, um irgendein Bevölkerungswachstum wettzumachen.

„Wenn sie nur ein paar Jahre warten könnten", sagte Anderson. „Wir werden Devons Welt wiederaufbauen. Doch im Moment hat Deucalion Vorrang." Ursprünglich war das Schleppprojekt langfristig angelegt, achtundzwanzig Jahre von Deucalions ursprünglicher Umlaufbahn nach New New. Nach dem Krieg wußten sie, daß sie es beschleunigen mußten. Deshalb wurden auch so viele Laien für Reparaturarbeiten in den Farmen eingeteilt: Die meisten der normalen Konstruktionsteams bauten hektisch Masseantriebmotoren und solarenergetische

Schlepper, die sie hinausschaffen und Deucalion abfangen sollten. Wenn alles nach Plan ging, würden sie die restliche Transportzeit für den Asteroiden von neunzehn auf fünf Jahre verkürzen.

„Es geht einfach zu schnell“, sagte O’Hara. „Wenn zweitausend Frauen fünf Jahre lang pro Jahr zwei-komma-acht Babys haben, sind achtundzwanzigtausend neue Mäuler zu stopfen. Bei alles in allem sechs- oder siebenhundert Todesfällen pro Jahr ist das ein Bevölkerungszuwachs von zehn Prozent. Und wenn sie alle als Devoniten aufwachsen, haben wir eine regelrechte Hefekultur vor uns. Nach zwei Generationen ist jeder Mensch glatzköpfig, heilig und bumst alles, was sich bewegt.“ O’Hara ließ einen flachen Kiesel über den See tanzen. Er sprang zweimal von der Wasseroberfläche hoch und flog in einer Rechtskurve. „Ich wäre nicht gern Koordinator.“

„Meinungswechsel?“ fragte Ogelby. Es war einmal ihr Ehrgeiz gewesen.

„Ich weiß es nicht mehr. Ich könnte einfach dasitzen und zuschauen.“

2

Als O’Hara wieder an die Arbeit ging, fand sie einen Zettel auf ihrem Tisch, der sie aufforderte, Raum 6000 auf Ebene 6 aufzusuchen und mit Saul Kramer zu sprechen. Die Frau, für die sie arbeitete, wußte überhaupt nichts darüber, aber ein kurzer Blick ins Telefonverzeichnis verriet ihr, daß Kramer für Personalfragen in der Abteilung Notfallplanung zuständig war. Das war ebenso aufregend wie die ungewöhnliche Bitte um ein persönliches Gespräch – von einem hochangesiedelten Bürokraten erwartet man, daß er über Aktennotizen oder bestenfalls per Würfel mit Rangniederen kommunizierte.

Ein Stich Angst mischte sich in ihre Aufregung, als sie sich Raum 6000 näherte. Ein Mann etwa ihres Alters, der ihr vage bekannt vorkam, trat aus der Tür und ging rasch vorbei, ohne sie zu grüßen. Sein Gesicht war blaß und grimmig.

Eine weißhaarige Frau in dem schlichten Vorzimmer blickte auf eine Konsole, fragte, ob sie Marianne O'Hara sei, und sagte, Mr. Kramer würde sie erwarten. Als O'Hara die Tür zu seinem Zimmer aufstieß, fiel ihr ein, wo sie den jungen Mann schon gesehen hatte. Modul 9B, die Quarantäne – eine Welle von Adrenalin durchspülte sie, der Schock ließ sie im Türrahmen verharren. Sie atmete tief ein und machte sich klar, daß es nicht sein konnte. Sie hatte die Seuche nicht; wäre es das, würde sie nicht frei herumlaufen.

Kramers Schreibtisch war mit Papieren übersät, ein seltener Anblick. Er hatte sogar einen Recycler mit einem Stapel neuen Papiers daneben in der Ecke. Ein dramatisch aussehender Mann, völlig kahl, groß und muskulös, mit grauen Augen. Er sah besorgt zu ihr hoch. „O'Hara? Alles in Ordnung mit Ihnen?"

Sie lachte nervös. „Ich habe mir gerade mit einem Gedanken selbst einen Schrecken eingejagt. Der Mann, der gerade gegangen ist . . ."

„Lewis Franconia." Er machte eine einladende Handbewegung. „Nehmen Sie Platz."

„Wir waren zusammen in der Quarantäne."

Er nickte eifrig. „Kein Zufall."

Sie setzte sich und verschränkte die Hände, um das Zittern zu stoppen. „Hat sich etwas Neues ergeben?"

„Was? Nein, nichts der Art, nichts Medizinisches. Es ist eben nur kein Zufall, daß Sie beide kürzlich auf der Erde waren. Das trifft fast auf jeden zu, der heute hier hereinkommt."

Als O'Hara schwieg, fuhr er fort: „Wir möchten Sie um einen Gefallen bitten. Einen sehr großen Gefallen."

„Für Notfallplanung?"

„Wir sind die durchführende Abteilung. Aber die Anforderung kommt direkt von den Koordinatoren."

„Ich werde tun, was ich kann."

„Wir brauchen eine Gruppe, die zur Erde zurückkehrt."

„Erde?" Sie lehnte sich vor. „Jetzt? Was ist mit der Seuche?"

„Sie werden in Raumanzügen isoliert sein. Und vakuumsterilisiert, bevor Sie wieder heraussteigen." Raschelnd schob er einige Papiere hin und her. „Das ist absolut geheim. Ob Sie ja oder nein sagen, Sie können niemandem davon erzählen. Auch Ihren Männern nicht."

„In Ordnung."

„Sie wissen, warum New New den Krieg überlebt hat."

„Sicher. Einem Berg kann man mit einer Schrotflinte nichts anhaben."

Er nickte. „Die Raketen, die die Welten erwischt haben, sind vor über achtzig Jahren entworfen, konstruiert und eingelagert worden. Sie wurden von den Amerikanern zum Einsatz gegen sozialistische Militärsatelliten in Dienst genommen, aber nach dem Vertrag von 2021 nicht desaktiviert. Nur auf neue Ziele eingerichtet – für den Fall, die Welten täten etwas, das den Staaten mißfiele. Zu unserem Glück wurden sie für den Einsatz gegen relativ kleine, zerbrechliche Ziele entwickelt. Um New New zu zerstören, wäre der direkte Treffer einer großen Wasserstoffbombe nötig."

„Ich verstehe."

„Tja, und genau das steht uns bevor. Sie haben eine Wasserstoffbombe. Und sie planen, sie gegen uns einzusetzen." Er wies auf den Würfel an der Wand, der eine Karte Afrikas zeigte. „Von Zaire."

Sie starrte ihn an. „*Wer* hat eine Wasserstoffbombe? Wie können sie sie hierher befördern?"

Er durchforstete seine Papiere und reichte ihr zwei Blätter. „Lesen Sie das. Es ist durch und durch phantastisch."

Es war kein Geheimnis, daß viele der Überlebenden auf der Erde die Welten als verantwortlich für den Krieg ansahen. Ein Energieboykott gegen die Vereinigten Staaten war der Revolution vorausgegangen, die binnen Stunden zum Nuklearkrieg eskalierte.

Und hier gab es nun eine Gruppe, die beschlossen hatte, etwas dagegen zu tun: Rache. *Die Schwerter Gottes,* eine Gruppe junger Deutscher, denen es gelungen war, den Sprengkopf von einer nicht abgefeuerten Rakete zu demontieren. Sie transportierten sie gerade zum Raumhafen in Zaire, einer der beiden Starteinrichtungen, die nicht zerstört worden waren. Auf der Abschußrampe war eine Fähre. Sie hatten vor, die Bombe in den Frachtraum zu laden. Eine Selbstmordmission.

„Aber das ist doch gar nicht möglich, oder? Es sind keine Ingenieure mehr übrig, und keine Piloten."

„Es ist kaum möglich. Die Fähre ist eine der Luxuskonstruktionen von Mercedes. Sehr schnell, hoher Treibstoffverbrauch, aber sie kann um die zwanzig Menschen in zwei Tagen von der Erde in einen hohen Orbit befördern. Sie ist bis aufs I-Tüpfelchen automatisiert; jeder, der das Handbuch lesen und eine Computertastatur bedienen kann, könnte sie hierher bringen. Sie könnten nicht sicher landen, nicht ohne einen erfahrenen Piloten, aber das ist unerheblich für sie."

Sie gab ihm die Papiere zurück. „Sie wollen, daß wir zur Erde fliegen und sie aufhalten?"

„Was wir hoffen, ist, daß Sie vor ihnen nach Zaire kommen. Sie haben Transportprobleme mit der Bombe, in Europa gibt es keinen Lufttransport mehr. Sie schaffen sie über Land nach Spanien, von dort nehmen sie ein Schiff nach Maghreb. So haben wir auch von ihnen erfahren: durch abgefangene Funknachrichten, als sie die Beschaffung des Schiffs organisierten."

„Und wenn wir zu spät kommen?"

„Dann stecken Sie fest. Unsere Fähre wird Sie hinbringen, aber für den Rückflug müssen Sie ihre nehmen."

„Ist irgend jemand dort, am Raumhafen?"

„Das Teleskop zeigt uns ein paar umherwandernde Menschen. Keine organisierte Aktivität, keinerlei Kommunikation, die wir überwachen konnten."

„Aber sie werden uns kaum hineinspazieren und ihre Fähre entführen lassen."

„Wer weiß? Vielleicht vertreiben Sie sie allein schon durch Ihre Landung."

„Gut möglich." Sie schüttelte den Kopf. „Ich muß mich auf der Stelle entscheiden, kann mit niemandem reden?"

„Nur mit mir. Sie müssen sich entscheiden, bevor Sie diesen Raum verlassen."

„Wann würden wir starten?"

Er schaute auf die Uhr. „In etwa sieben Stunden. Von hier aus gehen Sie direkt zur Nabe."

O'Hara stand auf und durchquerte das Zimmer. Eine Minute lang starrte sie auf den Würfel. „Ich begreife es einfach nicht.

Wieso ich? Nur weil ich am Raumhafen von Zaire gewesen bin?"

„Teils, weil Sie dort gewesen sind. Teils, weil ... Es kann zu Gewalttätigkeiten kommen. In New New haben nicht viele Menschen Erfahrungen damit."

„Sie scheinen verflixt viel über mich zu wissen", sagte sie gleichmütig. „Wer hat Ihnen diese spezielle Information gegeben? Einer meiner Ehemänner?"

„Hier steht's ... Aus einem Protokoll, ämm, Ihrer Therapiesitzungen vom letzten Jahr."

„Wie, zum Teufel, ist das in Ihre Hände gekommen?"

„*Ich* könnte das nicht. Aber wenn die Koordinatoren etwas wollen, bekommen sie es gewöhnlich."

„Und ich soll glauben, daß sich einer der Koordinatoren hingesetzt und vertrauliche medizinische Berichte durchgeblättert hat? Nur für den Fall, daß etwas Nützliches dabei auftaucht?"

„Natürlich nicht. Das hat jemand aus meinem Büro gemacht. Aber unter der Autorität der Koordinatoren. Es war eine schlichte Computersuche, semantische Assoziation – und wir haben Sie nicht herausgepickt. Sämtliche Berichte wurden unter die Lupe genommen."

„Wie nett zu wissen. Niemand hat Bürgerrechte."

„Es ist nur vorübergehend. Sie werden zugeben müssen, daß die Situation ..."

„Ich schätze, wir haben nicht die Zeit, darüber zu diskutieren. Aber wenn Sie mich wollen, weil ich mit Gewaltanwendung vermutlich gut zurechtkomme, haben Sie den Bericht nicht sehr gründlich gelesen. Deshalb war ich ja in Therapie."

„Alles, was ich persönlich weiß, steht auf diesem Stück Papier. Daß Sie Schußwaffen getragen und abgefeuert haben ..."

„Kein Plural. Einmal. Einmal habe ich eine Schußwaffe getragen, in meinem Schoß, auf dem Weg zum Cape, als der Krieg ausbrach. Und ich habe sie auch nur einmal abgefeuert."

„Das ist einmal mehr, als für den Rest von uns gilt."

Sie blickte wieder auf den Würfel. „Sie wollen hauptsächlich Leute, die auf der Erde gewesen sind."

„So ist es. Je kürzer zurück, desto besser. Eingewöhnungszeit wird es nicht geben." Er unterbrach sich und beugte sich vor.

„Sie erfüllen weitere Kriterien: Wir brauchen Leute, die jung und körperlich kräftig sind, die Erfahrung mit der Arbeit im Raumanzug haben. Und Leute ohne Kinder."

„Wie ermutigend." Sie ging zu dem Sessel zurück und ließ sich hineinsinken. „Ich nehme an, Sie wollen außerdem Leute, die relativ nutzlos sind und nicht vermißt werden."

Er schüttelte den Kopf. „Das ist überhaupt kein Faktor. Der Anführer der Expedition ist die Technikkoordinatorin."

„Sehr klug ist das nicht."

„Es war ihre Entscheidung." Er zerknüllte das Blatt mit O'Haras Daten und warf es in den Recycler. „Wie lautet Ihre?"

„Oh . . . ich nehme an, ich muß es machen."

„Niemand zwingt Sie."

„Das habe ich auch nicht unbedingt gemeint."

3

Ihr wurde nicht einmal erlaubt, sich zu verabschieden. Sie nahmen eine Nachricht von ihr an Daniel und John auf, die besagte, daß sie und einige andere wieder isoliert würden, es aber keinen Grund zur Sorge gäbe, es wäre nicht die Seuche.

Der Lift zur Nabe war leer. O'Hara zog die Haftschuhe an und drückte den mittleren Knopf, der mit „O" markiert war.

Das Empfinden ihres Gewichts ließ nach, als der Lift zur Nabe hinauffuhr (oder hinunter). Als er anhielt, war sie schwerelos, was natürlich keine neue Erfahrung war. Die Türen glitten auf, ein Mann kam herein – auf dem Kopf – und stand an der Decke. Auch er trug Velcroschuhe. Sie nickten sich kurz zu, und O'Hara ging durch den kurzen Gang. Jedesmal wenn sie den Fuß hob, gab es ein Geräusch wie von reißendem Stoff. Auf einem Schild stand: BITTE AUSSCHLIESSLICH GEHEN!

Es wäre bequemer gewesen, Handgriffe zu benutzen und durch den Gang zu schweben, aber dann lief man Gefahr, mit anderen zusammenzustoßen, die um die Ecke oder aus einer Tür kamen.

Sie ging in den Umkleideraum und prüfte den Raumanzug, der ihr im letzten Jahr zugeteilt worden war, nahm ein Bündel der verdammten Windeln und flog in den Einsatzraum.

Vier Männer waren da, so alt wie sie oder jünger, und eine Frau, Koordinatorin Sandra Berrigan. Ihre Raumanzüge hingen vor der gegenüberliegenden Wand in der Luft. O'Hara stieß ihren Anzug sachte in diese Richtung.

O'Hara schwamm zu den anderen und machte sich bekannt. Einen von ihnen, Ahmed Ten, kannte sie schon, hatte ihn aber nicht sofort erkannt. Der kleingewachsene Schwarze hatte auf der Erde sein graues Haar lang und in einer gewaltigen Lockenwolke getragen, jetzt war er kahlgeschoren. Das ließ ihn jünger wirken.

„Noch zwei kommen", informierte Berrigan sie. „Die letzte Einweisung erfolgt an Bord der Fähre. Goodman, würden Sie O'Hara zeigen, wie die Waffen funktionieren?" Darüber hatte sie sich Gedanken gemacht. Durch Gesetzesverordnung gab es in New New keine Waffen.

Goodman war ein stämmiger Jüngling mit einem flüchtigen Grinsen. Er winkte O'Hara, ihm durch die Luftschleusentür zu folgen.

Der Startschacht stand unter Normaldruck. Über ihnen schwebte die Fähre. Es roch eigenartig nach verbranntem Metall, ähnlich wie in der Nähe eines Schweißgeräts.

„Sie haben folgendes gemacht", erklärte Goodman. „Eine Oxy-Kanone bekommt eine Brennstoffzuführung, dann wird ein Funkeninduktor an der Mündung montiert. Der Brennstoff ist eine Mischung aus Pflanzenöl und pulverisiertem Aluminium." Er holte ihr eine Oxy-Kanone mit Zusatztank und einer keramischen Auswölbung an der Mündung. „Ziel mal dort hinten hin, und drück kurz auf den Auslöser."

Sie zielte in die Längsachse des Schachts und tippte den Auslöser an. Eine Flammenzunge, orangefarben und von blendendem Blauweiß durchsetzt, schoß zwanzig oder dreißig Meter hervor, begleitet von lautem Brüllen, das in der Kammer widerhallte. Der Rückstoß schob O'Hara sanft gegen die Tür der Luftschleuse.

„Haben wir alle eine?"

„Du, ich und noch zwei. Mehr herzustellen war keine Zeit."

„Hoffen wir, daß wir sie nicht einsetzen müssen. Das ist ja schrecklich!"

„Ja, scheußlich", sagte Goodman, klang aber nicht sehr überzeugt. „Und denk dran, auf der Erde feuert sie nicht in gerader Linie. Du mußt höher zielen – wegen der Schwerkraft."

„Richtig." O'Hara stellte sich im stillen die Frage, welche Tugend der Computer in Goodman erspürt hatte.

Die Luftschleuse öffnete sich, Berrigan spähte hinein. „Alles da. O'Hara, packen Sie mal mit an. Goodman, Sie haben zwei neue Klienten."

Nur die Raumanzüge und einige Pappkisten mit Lebensmitteln mußten noch eingeladen werden. Sie verstauten sie in Netzen, die einzeln an ein Zentrifugalgerät gehakt wurden, um sie zu wiegen. Berrigan gab die Massewerte in eine Computerkonsole in der Fähre ein.

Der Start verlief völlig undramatisch. Pumpen hämmerten und wurden leiser, als sie die Luft aus der Kammer saugten. Dann öffnete sich die Außenschleuse, ein winziger Beschleunigungsschub war zu spüren, und dann trieben sie, langsamer als ein Fußgänger, in den Weltraum hinaus.

„Orbitwechsel in einer Stunde und zwanzig Minuten", sagte Berrigan. „Gehen wir den Plan noch einmal durch."

Sie schaltete einen Würfel an und tippte einige Anweisungen ins System. Eine zweidimensionale Karte des Raumhafens von Zaire erschien. „Eigentlich müssen wir nur das Schiff hier lassen", sagte sie und zeigte auf das Ende der Rollbahn, „und es funktionsuntüchtig machen, damit es nicht gegen uns eingesetzt werden kann. Dann gehen wir einfach diese Bahn entlang zu der Stelle, wo die Fähre wartet. Dort wird es ein bißchen kompliziert. Wenn es so aussieht, als könnte es Probleme geben, gehen wir rasch an Bord und starten. Vorausgesetzt, das Schiff funktioniert. Wenn wir aber ungestört den Hafen erkunden können, könnten wir einige interessante Dinge tun. Zuerst laufen Goodman und O'Hara zum Kontrollzentrum – hier – und brennen alles nieder, was wichtig aussieht. Wir wollen ihnen keinerlei Möglichkeiten für einen Start zurücklassen.“

„Was ist mit uns?“ fragte Ahmed Ten. „Kann die Mercedes-Fähre ohne jede Starthilfe abheben?“

Sie lachte. „Mit einem trainierten Affen an den Kontrollen. Jeder bekommt noch Gelegenheit, das entsprechende Handbuch zu studieren, aber im Grunde müßt ihr nur den Computer nach einem Katalog fragen, Flugziel und Startzeitpunkt eingeben und euch anschnallen.

So, während ihr beiden euch austobt, wird der Rest in diesem Gebäude hier sein. Dort sind kältetechnische Lagereinrichtungen, und sie scheinen intakt zu sein. Kältetechnik bedeutet Stickstoff. Wir nehmen soviel wir können. Goodman und O'Hara halten die Augen nach einem Fahrzeug offen. Doch selbst wenn wir es tragen müssen, sollten wir einige Tonnen für die Farmen transportieren können.

Ich begebe mich direkt zur Fähre und prüfe alle Systeme durch. Es dürfte nur ein paar Minuten dauern herauszufinden, ob sie noch funktioniert.“

„Und wenn nicht, sind wir alle tot“, warf O'Hara ein.

„Es gibt auch dann eine Chance, das ist kein Selbstmordkommando. Wir haben einschließlich der Reservetanks ausreichend Luft, um vierzig Stunden in den Anzügen zu bleiben. Und wahrscheinlich können wir am Raumhafen passende Lufttanks finden, auch wenn das nicht sicher ist. Deutsche Standardtanks sind nicht kompatibel.

Trotzdem können wir wahrscheinlich Zeit gewinnen, vielleicht unendlich. Wir müssen eine hyperbarische Kammer finden oder bauen und den Innenraum steril halten. Wenn die Fähre nur beschädigt ist, könnten Michaels, Washington und ich sie möglicherweise reparieren.

Wenn das nicht klappt, haben wir immer noch eine kleine Chance: Antarktika.“ New New stand in regelmäßigem Kontakt mit den Wissenschaftlern, die dort festsaßen. „Die Mercedes kann auf dem Heck landen. Selbst wenn wir in keine Umlaufbahn kommen, könnte es uns möglich sein, sie wie einen Gleiter zu fliegen. Oder wir könnten einen Gleiter finden, der uns dorthin bringt.“

„Ich dachte, in Europa und Afrika gibt es keine betriebsfähigen Gleiter mehr“, wandte Ten ein.

„Das ist richtig, aber der Grund ist die Zerstörung des Energienetzes. Mit drei guten Ingenieuren müßten wir in der Lage sein, eine behelfsmäßige transportable Energiequelle herzustellen.“

„Was geschieht, wenn wir dort landen?“ fragte Goodman. „Übernehmen wir die Station von den Wissenschaftlern?“

„Nein. Wir haben mit ihnen ein Abkommen geschlossen. Sie teilen ihre Vorräte mit uns, bis eine Rettungsmission auf den Weg geschickt werden kann. Wahrscheinlich wäre das erst möglich, wenn Deucalion da ist, aber wir könnten es schaffen. Dann würden sie mit uns zusammen zurückkehren.“

„Fünf Jahre“, sagte O'Hara.

„Es heißt, Pinguine seien faszinierend“, meinte Berrigan lächelnd. „Man wird es nie müde, sie zu beobachten.“ Sie schaltete den Würfel ab. „Das wär's. Noch Fragen?“

„Das geschieht alles so schnell“, sagte O'Hara. „Dabei hat noch niemand erläutert, wieso wir überhaupt hinunter müssen. Ich bin kein Ingenieur, aber mir scheint, es muß ein Dutzend Möglichkeiten geben, sie von hier oben aus aufzuhalten. Ich meine, die Bombe muß doch echten Kontakt mit New New haben, oder?“

„Das stimmt. Könnten wir sie dazu bringen, einen oder zwei Kilometer entfernt zu detonieren, wäre das nicht mehr als etwas zusätzlicher Sonnenschein.“

Goodman kratzte seinen Schädel. „Warum schießen wir das verdammte Ding dann nicht einfach mit dem Laser ab?“

„Das würde funktionieren, wenn es langsam genug hereinkommt. Ein Bergwerklaser würde zumindest ihre Elektronik lahmlegen, vielleicht die Bombe vorzeitig zur Detonation bringen oder sie entschärfen. Aber sie kommen mit etwa dreißig Kilometern pro Sekunde, und das heißt, wir kriegen nicht genügend Energieflux aufs Ziel. Natürlich werden sie es versuchen, wenn wir in Afrika keinen Erfolg haben. Wir können ihnen auch mit Hilfe eines Masseantriebs eine Mauer aus Staub und Fels in den Weg schieben, was noch wirkungsvoller wäre – falls sie dumm genug sind, keine Ausweichmanöver zu unternehmen. Aber selbst wenn wir das Schiff zu einem Sieb machen und sie alle umbringen, könnte die Bombe immer noch durchkommen. Und es ist nicht nur die Bombe. Wenn sie hochgeht, entzündet sich alles Deuterium und Tritium in den Treibstofftanks des Schiffs. Das reicht, um New New zu Kiesgestein zu machen. Und den Kies zu schmelzen."

Während der fünf Tage, in denen sie in langsamen Spiralen in eine niedrige Erdumlaufbahn hinabtrudelten, geschah nichts Bemerkenswertes. Sie machten viel Gymnastik, genossen das ungewohnt gute Essen und lasen das Mercedes-Handbuch mit einigem Interesse. Zweimal nahmen sie eine Dosis Amphetamine, damit sie bei der Landung an die Wirkung der Droge gewöhnt waren.

O'Hara entwickelte ein enges Verhältnis zur Koordinatorin Berrigan, nicht nur, weil sie die einzigen Frauen an Bord waren. Auch Berrigan war, vor zwanzig Jahren, ein Studienjahr auf der Erde zugebilligt worden, und wie O'Hara hatte sie die NY-Universität in New York City gewählt. Gemeinsame Studienfächer hatten sie nicht, da O'Hara Amerikanistik belegt und Berrigan sich auf Systemanalyse konzentriert hatte. Aber sie hatten beide *Die Stadt* erlebt – phantastisch, unheimlich, herausfordernd.

Kurz bevor das Schiff in die Atmosphäre eintauchte, stiegen sie in ihre Raumanzüge. O'Hara empfand unbestimmten Ärger, als sie sah, daß Berrigan einen Raumanzug mit Katheter benutzte.

4

Es war ein holpriger Flug, als sie mit schrillem Heulen über dem afrikanischen Dschungel niederkamen, und es gab einen schlimmen Augenblick, als sie, vielleicht eine Spur zu schnell, auf dem Betonstreifen aufsetzten, der vom Morgenregen noch naß war. Die Fähre kam ins Schlingern, und Berrigan schlug auf einen Knopf, der einen Notfallschirm auslöste. Wahrscheinlich rettete sie das davor, von der Rollbahn zu schleudern, aber sie wurden alle schmerzhaft in die Haltegurte gepreßt. Michaels schlug mit dem Kopf gegen die Innenseite seines Helms und war einige Sekunden bewußtlos. O'Hara hatte das Gefühl, von den Schultern bis zur Hüfte nur noch aus blauen Flecken zu bestehen.

Dann rollten sie gemächlich aus. Etwa einen Kilometer vom Ende der Rollbahn entfernt schimmerte die Mercedes in der heißen, feuchten Luft.

„Nun ja, sie ist noch da", sagte Berrigan über den Helmfunk. Vor dem Eintritt in die Atmosphäre hatte New New sie noch informiert, daß am Hafen alles ruhig sei. Doch sie wußten nicht, wie nahe die Deutschen waren. Kurz nach ihrer Landung in Nordafrika hatte das Teleskop sie verloren.

„Wir können uns abschnallen. Die vier mit den Waffen machen sich bereit hinauszuspringen, sobald wir stehen." Die Motoren erstarben, die Fähre stand. „Los!"

Die Innentür der Luftschleuse stand offen. Goodman drehte das Rad an der Außentür, ein Spalt hellen Sonnenlichts tat sich auf. Dann ein großes Rechteck. Die Ausstiegsleiter glitt hinaus und entfaltete sich mit peinigender Langsamkeit.

Goodman war der erste. Er stürmte die Leiter hinab, zielte mit seiner Kanone von links nach rechts. „Niemand hier", sagte er, als er den Boden erreichte.

O'Hara folgte dicht hinter ihm. Der Platz sah verlassen aus, der Dschungel holte ihn sich zurück. Dichtes Kriechgewächs hatte sich über die Ränder der Rollbahn hergemacht. Hier und da, wo Gras sich ans Licht zwängte, war der Beton aufgeplatzt.

In Schwerkraft hatte sie noch nie einen Raumanzug benutzt. Es fühlte sich an, als wäre sie in steife, schwere Bandagen gewickelt. Sie hoffte, sie würde sich nicht sehr schnell bewegen müssen.

Es dauerte zwanzig Minuten, zu der Mercedes-Fähre zu kommen. Bis dahin atmete O'Hara schwer und war schweißbedeckt. Die Klimaanlage des Anzugs arbeitete ungleichmäßig, auf Brust und Hals spürte sie kalte Flecken, aber ihr Rücken war warm und feucht.

„Probleme", sagte Berrigan und zeigte in den Dschungel

hinter der Mercedes. „Da stecken Menschen drin." Ihre elektronisch verstärkte Stimme dröhnte hinüber. „Wir tun euch nichts. Haltet euch nur von uns fern!"

Ein einzelner Pfeil flog in hohem Bogen auf sie zu und fiel weit vor ihnen herab. Goodman hob seine Waffe, aber Berrigan drückte die Mündung nach unten. „Nein. Noch nicht. Ten, wiederholen Sie, was ich gesagt habe!"

Ten schrie eine Reihe von Suaheli-Lauten. Eine hohe Stimme antwortete ihm. „Er sagt, er weiß, daß wir von den Welten sind. Sie wüßten, wir sind diejenigen, die ihre Eltern umgebracht haben. Wenn wir nicht verschwinden, töten sie uns."

„Sagen Sie ihm, wir gehen, wenn wir so weit sind. Dann feuert ihr alle vier in die Luft."

Während Ten sprach, flogen zwei weitere Pfeile und landeten nur um wenige Meter zu kurz. Einer rutschte über den Beton und blieb fast direkt vor Tens Füßen liegen. Er verstummte, nahm den Pfeil und zerbrach ihn. Dann donnerten die Kanonen, und er sprach erneut.

„Ich habe sie aufgefordert, ihre Waffen zu Boden zu werfen und abzuziehen. Und wenn sie uns aufhielten, würden wir den Dschungel mit ihnen drin niederbrennen."

„Gut. Ich hoffe, sie glauben es." Nach einer Minute traten sieben oder acht Kinder, eins von ihnen auffällig groß, aus dem dichten Grün heraus und warfen Bögen, Pfeile und Speere auf den Boden. Die Kleinen huschten sofort wieder in ihre Deckung zurück, aber der Große schüttelte einen Speer in ihre Richtung, schrie dabei und bohrte seine Waffe dann in die Erde. Eine Minute blieb er stehen, ihnen den Rücken zugewandt, dann ging er langsam in den Busch.

„Eine Art Fluch?" fragte Berrigan.

„Nehme ich an. Ein Dialekt, den ich nicht kenne."

„Nun gut ... jeder hält Ausschau, während ich die Systeme durchprüfe."

Am Eingang zum Lift waren ein menschlicher Schädel und gekreuzte Schenkelknochen. Sie beförderte sie mit dem Fuß zur Seite und drückte einen roten Knopf. Der Lift summte, die Türen begannen sich zu öffnen. „Na also ... mein Gott! Seht euch das an!"

Eine schwarze Wolke aus Fliegen schwärmte heraus. In dem Lift lagen Dutzende sauber abgenagter Skelette und drei frischere Leichen, in und auf denen es von Insekten wimmelte. Raumanzüge hatten eine Saugvorrichtung für Erbrechen, und einige schalteten sich jetzt automatisch ein. O'Hara war überrascht, daß der Anblick ihr nicht den Magen umdrehte; sie vermutete, er kam ihr so abscheulich vor, daß sie seine Realität einfach nicht akzeptieren konnte. Aber sie sah kein zweites Mal hin.

„Jemand hilft mir, das hier rauszuräumen. Aber bleibt weiter wachsam!"

O'Hara behielt den Rand des Dschungels im Blick, aber nichts rührte sich. „Ahmed . . . das war einer der zivilisiertesten Orte der Erde, als ich hier war. Wie konnten sie so schnell in Barbarei zurückfallen?"

„Ich glaube, zurückfallen kann man nicht sagen. Nicht in dem Sinn, daß sie die Zivilisation vergessen hätten. Ich glaube, was wir hier sehen, ist zum Teil ein Spiel – schließlich sind es Kinder – und zum Teil der Versuch einer sozialen Organisierung." In normalen Zeiten unterrichtete Ahmed Anthropologie. „Vor dem Krieg hörten die meisten von ihnen zu Hause einige Stammesüberlieferungen und studierten in der Schule präkoloniale Geschichte. Die populären Volkshelden stammten noch aus den Zeiten der Stammesorganisation, ebenso ein großer Teil der Massenunterhaltung. Sie handeln nur nach einem Muster, das ihnen vertraut ist und daher ein Gefühl der Sicherheit gibt."

„Im Dschungel leben und wilde Tiere jagen?" fragte O'Hara.

„Ich weiß es nicht. Es ist wahrscheinlicher, daß sie in der Stadt leben und Supermärkte plündern. Hier in der Gegend ist vermutlich nicht viel Wild, und es dauert Jahre, ein guter Jäger zu werden. Es wäre faszinierend, sie zu studieren."

Ein plötzlicher Gedanke elektrisierte O'Hara. „Und wenn sie Gewehre haben?"

„Daran habe ich auch schon gedacht. In der Panafrikanischen Union war der private Besitz von Schußwaffen strengstens verboten. Ich glaube, selbst die Polizei war nur mit Knüppeln bewaffnet."

„Wir können von Glück reden, daß es nicht Amerika ist.“

„Allerdings. Da drüben vollführen sie Stammesrituale ganz eigener Art.“

O'Hara spannte sich plötzlich an. „Hast du das gesehen?“

„Nein“, antwortete Ahmed.

„Aber ich“, sagte Goodman. „Der Große ist noch dort drin. Wir sollten ein Feuer in Gang setzen.“

„Besser, wir fragen Berrigan“, meinte O'Hara.

„Nur zu“, sagte die Koordinatorin über den Helmfunk. „Aber nehmt Tens Waffe, oder Jacksons. Goodman und O'Hara müssen Brennstoff sparen.“

„Er war drüben an dem großen Baum mit den rosa Blüten“, sagte Goodman.

„In Ordnung“, sagte Ten und feuerte kurz in ein Dickicht etwa fünfzig Meter links von dem Baum. „Wir wollen sie nur verscheuchen.“ Er ließ das Gesträuch eine Minute schwelen und sandte einen längeren Feuerstoß hinterher. Flammen züngelten hoch und breiteten sich aus.

„Als ich hier war“, sagte Marianne, „besichtigten wir ein Wildreservat etwa hundert Kilometer südlich. Der Mann, der uns herumführte, hatte ein Gewehr, das mittels Luftdruck Tranquilizer-Pfeile abfeuerte. Ich glaube, wenn sich etwas durch die Haut eines Nashorns bohrt, ist ein Raumanzug nicht der beste Schutz.“

„Und wenn es ein Rhino zum Schlafen bringt, würde es einen Menschen wahrscheinlich töten“, spann Ten ihren Gedanken fort. „Aber allzu viele von diesen Gewehren kann es nicht geben.“

„Außerdem würden wir es mittlerweile längst wissen, wenn sie so etwas wie Gewehre hätten“, meinte Jackson.

„Oder sie holen es erst“, sagte Goodman. „Wie weit kann so ein Ding schießen?“

„Wahrscheinlich weiter als wir“, erwiderte Jackson.

„Warum hört ihr nicht auf, euch gegenseitig nervös zu machen?“ schaltete Berrigan sich ein. „Wir fahren jetzt nach oben.“ Die Türen schlossen sich, der Lift stieg gleichmäßig die hundert Meter bis zur Luke des Kontrollraums.

Niemand sprach, während sie Berrigan und den beiden anderen Ingenieuren lauschten, die murmelnd Zahlen und geheimnisvolle Begriffe austauschten. Über dem Surren der Fliegen konnten sie das Klicken und Summen aus dem Innern des schimmernden Raumfahrzeugs hören.

„Scheint betriebsbereit“, sagte Berrigan schließlich. „Marianne, Jimmy, ihr kümmert euch jetzt ums Kontrollzentrum. Dann schließt ihr euch den anderen im Kältebereich an. Ich werde hierbleiben – nur für den Fall des Falles.“

Sie eilten den zerbröckelnden Weg entlang, so schnell es ihnen die Anzüge erlaubten. Goodman schaltete auf einen persönlichen Kanal um. „Das gefällt mir nicht. Sie kann ohne uns starten.“

„Das tut sie nicht. Sie will nur sichergehen, daß die Kinder nicht an Bord kommen.“

„Das werden sie nicht. Sie hatten zwei Jahre, um hineinzugehen, und haben es nicht getan.“ Berrigan hatte ein Inspektionssiegel aufbrechen müssen, um in den Kontrollraum zu gelangen.

„Vielleicht war es tabu – mit den Leichen im Lift. Jetzt ist alles anders.“

„Mir gefällt es trotzdem nicht.“

„Sehen wir, daß wir diesen Auftrag möglichst schnell erledigen!“ Sie kamen an einem langen schwarzen Fenster vorbei und gingen Marmorstufen hinauf, die von jungen Pflanzen schlüpfrig waren. Die Gleittüren des Eingangs waren fest geschlossen, das bruchsichere Glas war von Hunderten Stößen und Hieben rissig. Ein längerer Feuerstoß ließ einen der Türflügel schmelzen und löste einen heulenden Alarm aus.

Drinnen stießen sie auf das nächste Hindernis. Sie kamen in eine ehemals komfortable Empfangshalle, jetzt nur noch Staub und Schimmel. Auffällige Schilder wiesen zu den verschiedenen Einrichtungen, aber alle in Deutsch und Suaheli. Vor zwei Jahren war O'Hara bei einer Führung durch das Gebäude gescheucht worden, aber sie konnte sich nicht mehr erinnern, welche Richtung sie eingeschlagen hatten.

„Vielleicht sollten wir Ahmed anfunken“, schlug O'Hara vor.

„Nein . . . wir können Suaheli weder aussprechen noch buchstabieren. Wir teilen uns einfach und brennen alles nieder, was wichtig aussieht."

„Wir sollten zusammenbleiben. Sonst steckt womöglich einer in der Falle, wenn das Gebäude Feuer fängt."

„Okay, das scheint vernünftig. Hier entlang?"

„Ganz gleich." Sie gingen durch einen Flur, der auf deutsch als BEREICH ZEITUNGSWESEN ausgewiesen war. Die nächste geschlossene Tür öffnete Goodman mit einem Fußtritt.

„Oh, verdammt! Sieh dir das mal an."

O'Haras Handschuh schlug gegen ihren Helm, als sie instinktiv versuchte, die Hand vor den Mund zu legen. Statt zu schreien, quiekte sie.

Sie befanden sich auf der Beobachtungsplattform oberhalb eines großen Raums, in den gedämpftes Sonnenlicht hineinschien. In penibler Anordnung waren dort vierzig oder fünfzig Terminals aufgereiht, und vierzig oder fünfzig Leichen waren über den Terminals zusammengesunken oder lagen auf dem Boden. Sie trugen identische weiße Uniformen, die jetzt fleckig waren. Ihre Gesichter und Hände waren mumifiziert, die Haut, dunkelgrau mit weißlichem Schimmelstaub, war um die Knochen geschrumpft.

„Was ist wohl mit denen passiert?"

O'Hara lehnte sich schwer gegen das Geländer. „Sie . . . sie waren hier eingeschlossen, seit sie gestorben sind. Und sie müssen alle gleichzeitig gestorben sein. Wahrscheinlich Giftgas in der Klimaanlage. Oder Strahlen – wie eine Neutronenbombe. Wer das wohl getan hat?"

„Jedenfalls ist es der Raum, nach dem wir suchen. Stecken wir ihn an!"

„Kommt mir irgendwie abscheulich vor."

„Ja." Sie kauerten sich zusammen auf die Stufen. „Zuerst die Fenster", sagte Goodman. Ein großes polarisiertes Plastikfenster ermöglichte den Blick auf Landestreifen und Startplätze. Er schmolz ein Loch hinein.

„Vorsichtig", warnte O'Hara. „Wir sollten nicht zu nahe bei den Terminals stehen, wenn die Bildröhren rausfliegen."

„Ich glaube nicht, daß das Röhren sind. Sieht eher nach Flachschirmen aus." Er zielte sorgfältig und sandte eine Flammenzunge quer durch den Raum bis zu den beiden entferntesten Terminals. Er hatte recht: Die Bildschirme zerflossen nur. Die Leichen brannten zuerst starr, dann begannen die Gliedmaßen zu zucken.

„Mein Gott, ist das ekelhaft. Bringen wir den Dreck hinter uns!“ Er ließ die Flamme fächerförmig durch den halben Raum streichen, und O'Hara setzte auch ihre Waffe in dem Inferno ein. Gemeinsam gingen sie rückwärts die Stufen hinauf und spien Feuer in den Raum. Der Kachelboden fing Feuer, hellorangefarbene Flammen wirbelten öligschwarzen Rauch auf.

Etwas klingelte gegen O'Haras Tanks, und sie sah eine glänzende Nadel ins Feuer schwirren. Sie wirbelte herum. „Jimmy!“

Es geschah alles in weniger als einer Sekunde. Oben an der Treppe standen vier Jungen, Teenager, nackt bis auf die Körperfarbe. Drei von ihnen hielten Speere, und einer hatte ein wuchtiges Gewehr mit einem Holzkolben. Er arbeitete an dem Gewehrschloß herum.

O'Hara schoß hoch und nach rechts, die Flamme spritzte gegen die Wand hinter den Jungen. Der mit dem Gewehr feuerte, sein Pfeil und das Feuer aus Goodmans Waffe kreuzten sich im Flug. Plötzlich waren alle vier Jungen mit brennendem Öl überdeckt. Zwei stürzten zu Boden, zwei rannten kreischend davon.

Goodmans Feuerstrahl kippte nach oben und schoß über die Decke. O'Hara drehte sich um und sah, wie er rückwärts die Stufen hinabtaumelte, einen Metalldorn in der Brust.

Er lag auf dem brennenden Boden. O'Hara eilte ihm nach, sah die Flammen an den Sauerstoff- und Öltanks lecken, hielt inne, schimpfte sich selbst einen Feigling, packte seinen Fuß und zog mit aller Kraft. Auf halbem Wege auf der Treppe hörte sie ein gräßliches rasselndes Stöhnen. Durch den Helm erkannte sie, daß er tot war. Seine Augen wölbten sich aus dem purpurgefärbten Gesicht, die geschwollene Zunge zwang die Kiefer auseinander. Mit einem Aufschrei ließ sie los, und die Leiche rutschte die Treppe hinunter, während sie zurückwich. Fast stolperte sie über einen der Körper oben an der Treppe, dann drehte sie sich um und rannte. In der Halle lagen noch zwei schwelende Leichen. Als sie nach draußen trat, gab es eine ungeheure Explosion – Goodmans Tanks. Das schwarze Fenster platzte in einem Stück heraus und segelte mit schwerfälliger Grazie in einem Regen brennender Gliedmaßen und Körperfetzen durch die Luft.

Sie setzte sich und versuchte, den Kopf zwischen die Knie zu legen. Dann fiel ihr der Med-Pack an ihrem Handgelenk ein. Sie riß ihn auf und drückte den Tranquilizer-Knopf.

Ihre Zähne schmerzten, als ihre Kiefer sich entkrampften. Das Hämmern in ihren Ohren verstummte, die Muskeln in ihren Armen und Beinen lockerten sich. Klappernd landete ein Speer neben ihr.

Sie blickte hoch. Ein kleiner Junge rannte davon. Träge zielte sie in seine Richtung, dachte einen Moment nach und feuerte dann absichtlich hoch. Sein Haar fing Feuer, und er rannte noch schneller, während seine Hände auf die Flämmchen schlugen.

„Armes Kind“, sagte sie. „Ich sollte dir einen Gefallen tun.“ Sie stand auf und widerstand dem Impuls, sich abzuputzen. Jemand schrie nach ihr.

„Goodman! O’Hara! Was ist da unten passiert?“

„Goodman ist tot. Ich komme jetzt.“ Sie schaltete den Helmfunk eine Weile ab und begann ihren Marsch in Richtung Rollbahn. Ab und zu feuerte sie wahllos ins Dickicht. Das schien ihr sicherer.

Komisch, wie der Dschungel zur Eroberung angesetzt hatte. Vor zwei Jahren war das Grundstück sorgfältig gestaltet gewesen. Ihr fiel die lustige, dicke Frau ein, die sie herumgeführt und in ihrem lispelnden Akzent einen Strom kleiner Witzeleien von sich gegeben hatte. Jeder von ihnen hatte eine Blume bekommen, eine Lilie, rot wie Blut. Und jetzt war sie wieder hier.

Vom Kältetechniklager bis zu der Mercedes war der Urwald eine undurchdringliche Flammenhölle. Die Farbe auf einer Seite des Gebäudes warf Blasen und qualmte. Jackson und Ahmed standen Wache. Sie schaltete ihren Helmfunk an und ging hinein.

Sie hatten einen Gabelstapler gefunden und beluden ihn mit langen, grauen Zylindern. Neben den gestapelten Behältern war eine große Gewölbetür. O'Hara mochte nicht daran denken, was sich dahinter befand. Köpfe.

Dies war die Lagerzone der Unsterblichkeits-Gesellschaft, die einzige in Afrika. Sterbende Menschen ließen ihre Köpfe vom Körper abtrennen, das Blut wurde durch eine dauerhaftere Flüssigkeit ausgetauscht, und dann wurde der Kopf schnell auf die Temperatur von flüssigem Stickstoff gefroren und zur Einlagerung hierher geschickt. Dem lag die Vorstellung zugrunde, später konnte ein neuer Körper aus einer Zelle geklont und das Gehirn mit noch intakten Erinnerungen neu geladen werden. Niemand wußte, wieviel übrigblieb. Als sie es mit Hunden gemacht hatten, erinnerten die Tiere sich an einige Tricks. O'Hara hielt es für gespenstisch – und es sah den Erdwürmern so ähnlich, Millionen neuer Mäuler einzulagern, die einmal wieder gestopft werden müßten, während die halbe Welt schon hungerte.

Sie erinnerte sich, wie die dicke Frau darüber gesprochen hatte – zur Abwechslung einmal ernst. Die Lagerzone war hier, weil einige der Köpfe für den Orbit bestimmt waren. Die Einstandskosten waren höher, aber es gab keine Unterhaltungsgebühren. Dinge im Orbit kalt zu halten, war einfacher, und man mußte sich keine Sorgen wegen Erdbeben und so weiter machen. Krieg sagte sie nicht. O'Hara fragte sich, ob sich wohl jemand die Mühe gemacht hatte, eine Rakete für den Schädelstättensatelliten zu verschwenden. Es war möglich. Da oben waren zahlreiche Politiker, von denen einige Menschen glaubten, daß sie besser tot blieben.

Ein weiterer Gabelstapler kam rumpelnd durch die Tür, und Berrigan forderte sie auf, beim Beladen zu helfen. Noch zwei Fuhren, dann hätten sie den Stapel abtransportiert.

Die Zylinder waren schwer, zu zweit konnten sie sie kaum bewältigen. O'Hara arbeitete mit Berrigan und einem anderen Ingenieur. Jeweils zwei von ihnen hievten den Zylinder an Ort und Stelle, während der dritte, der sich mit den anderen abwechselte, den Stapel auf der Gabel zusammenhielt. Sie war dankbar für die anstrengende Arbeit, merkte aber, daß es ziemlich qualmig wurde.

„Sind Sie sicher, daß er tot war?" fragte Berrigan.

„Ganz sicher. Sie haben ihn mit einem Pfeil aus einem Gewehr erschossen, muß ein Giftpfeil gewesen sein. Sein Gesicht war ganz aufgedunsen. Und dann sind seine Tanks explodiert. Er ist wirklich tot." Sie rückte den Zylinder zurecht, machte aber keine Bewegung zum nächsten hin.

„Alles in Ordnung, Marianne? Sie sollten mit Ten oder Jackson tauschen."

„Nein, lieber das hier. Von Gewehren habe ich wahrlich genug." Sie ging zum nächsten Zylinder, schlug den Sicherungskeil los und hielt den Zylinder fest.

„Sie haben etwas genommen." Berrigan tat das gleiche auf ihrer Seite, und sie rollten den Zylinder hinaus.

„Einen Tranki. Ich war dabei, ihn wirklich loszumachen."

„Kein Vorwurf. Wir hätten das verdammte Amphetamin nicht nehmen sollen. Aufregung genug, uns wach zu halten, gibt's auch so." Sie hoben den Zylinder auf den Stapel, und der Fahrer lehnte sich dagegen. „Noch zwei, dann sichern wir die Fuhre."

Sie zurrten ein Kabel um die Ladung und setzten sich, während der Gabelstapler davonrollte. Marianne berichtete ihr von den mumifizierten Technikern im Kontrollzentrum.

„Es ist ja nicht mehr von Belang", sagte Berrigan, „aber ich möchte schon wissen, ob es die Amerikaner oder die Sozialisten gewesen sein mögen. Es ist eigenartig, daß keine Seite hier Bomben geworfen hat."

„Wer auch siegt, ihm bleibt ein Raumhafen", meinte O'Hara.

Als der Gabelstapler zurückkam, beluden sie ihn erneut, doch während sie auf seine Rückkehr warteten, begann die Metallwand auf der Seite des Feuers unheilvoll zu knacken. Das Wandthermometer hatte mit fünfzig Grad Celsius ohnehin seinen Höchststand erreicht. Zwar warteten noch genügend Zylinder für eine weitere komplette Ladung, doch Berrigan entschied sich gegen das Risiko. Alle fuhren mit dem Lift nach oben und halfen, den Stickstoff für den Start zu sichern, dann suchten sie sich Plätze im Passagierbereich. Es war eng, denn die Beschleunigungsliegen waren nicht für Raumanzüge konstruiert.

„Jemand hier, der keine sieben g aushält?" fragte Berrigan. Jackson und Ten antworteten, sie wären noch nie in einem

Hochschwerkraftfahrzeug gewesen. „Nun gut, wir gehen nicht über fünf. Je mehr g hier unten, desto weniger Treibstoff verbrauchen wir insgesamt. Je weniger Treibstoff, desto mehr Wasser für die Gänseblümchen."

Lautes statisches Knistern ließ erkennen, daß die Elektrik des Schiffs arbeitete. O'Hara konnte kaum verstehen, was Berrigan sagte, während der Tranquilizer in ihren Blutbahnen ein Wiegenlied sang und ihr Körper schlaff ermattete. Mit dem Kinn drehte sie die Lautstärke herab und starrte durch das Bullauge über das grüne Dach des Dschungels. Ihr letzter Blick galt der Erde, aber sie empfand eigentlich gar nichts.

Berrigans Stimme summte gleichmäßig durch den Countdown. Es waren nur zwei Minuten, aber O'Hara nickte ein und hörte die Warnung nicht: Den Kopf nach vorn richten!

Ein helles Klingeln ertönte, dann ein überlautes mahlendes Brüllen. O'Haras Kopf wurde plötzlich zur Seite gepreßt, die Augen starrten zum Bullauge hinaus, während das Schiff rasch aufstieg. Innerhalb von Sekunden krümmte sich der Horizont zu einem Bogen. Etwas krachte in ihrem Nacken, der Knorpel in ihrer Nase knackte, und ihre Nase begann zu bluten. Der Saugapparat begann zu hämmern, und sie fragte sich müde, ob er wohl auch bei fünf oder sieben g funktionierte, und dann erhielt sie die Antwort. Das Schiff kippte plötzlich zur Seite, feine Blutrinnsale spritzten über die Innenseite ihrer Helmplatte und verteilten sich zu einem dünnen, roten Film, der kaum durchsichtig war. Für das kleine Hirn des Anzugs fühlte es sich wie Kondensation an. Die Helmplatte erwärmte sich und buk das Blut zu einer schwarzen Kruste. Sie versuchte zu fluchen, konnte aber weder Lippen noch Kiefer bewegen.

Nach scheinbar sehr langer Zeit hörte die Beschleunigung abrupt auf, und sie befanden sich im freien Fall. Vorsichtig drehte sie den Kopf. Mit ihrem Nacken schien alles in Ordnung. Durch feine Risse in der Blutkruste konnte sie ein wenig sehen.

Eine Gestalt im Raumanzug schwebte vor ihr. Es war Berrigan. „Marianne – was ist los? Ist Ihnen . . ."

„Ier eht's anz priba. Aber ich abe ier die ase ebrochen. Elfen Sie ier, den eisselm abzunehm?"

„Haben Sie Nasenbluten?"

„Uatsch, ich ach' ur Witze. Elfen Sie ier ellich, den elm abzunehm?"

Berrigan lachte in kindischer Erleichterung. „Sie können den Helm nicht abnehmen, bevor wir desinfiziert sind. Das dauert noch einige Stunden. Besser, Sie gewöhnen sich daran."

„Ewöhnen!"

Der erste Schritt war, die Sprühbomben mit Biozid auszulösen, wonach sie alle eine Stunde lang durch den Nebel schwammen. Dann pumpten sie sämtliche Luft aus dem Kontrollraum und der Passagierzone und bestrahlten jeden Quadratzentimeter des Schiffs und ihrer Anzüge mit starken Ultraviolettlampen. Anschließend wurde wieder Luft hereingepumpt und bis zweihundert Grad erhitzt, der Obergrenze ihrer Anzüge. Diese Kombination tötete jeden Virus und jede Bakterie, aber sie versaute die ganze Lederpolsterung.

Sie stiegen aus ihren Raumanzügen, und alle schwebten zum Kontrollraum hinauf, um zuzuhören, wie Berrigan ihren Bericht nach New New durchgab. Ahmed, der eine paramedizinische Ausbildung hatte, spähte und stocherte in O'Haras Nase und verkündete, sie wäre wahrscheinlich nicht gebrochen – und wenn doch, könnte er ohnehin nicht viel tun. Er half ihr, das Gesicht vom getrockneten Blut zu säubern, und gab ihr einen Kältepack, den sie sich gegen den Nacken drücken konnte.

Berrigan sprach mit dem politischen Koordinator, Weislaw Markus. Nach ihrem Aufbruch hatte er alle Einzelheiten öffentlich gemacht – eine Raumfähre zur Erde wäre auch schwer geheimzuhalten gewesen –, und wie vorherzusehen, waren einige Leute erbost, daß es kein Referendum gegeben hatte. Paranoische Angst vor der Seuche kam auf. Die Belohnung für einen erfolgreich durchgeführten Auftrag wären zwanzig Tage Quarantäne.

Sie schaltete ab. „Gut, daß sie nicht wissen, daß wir genügend Treibstoff haben, um bis zum Mars zu kommen. Sie könnten sonst vorschlagen, wir sollten dort eine neue Ansiedlung ins Leben rufen." Sie tippte einen Befehl in den Terminal. „Ich lasse besser auch den Frachtraum leerpumpen. Wir brauchen ihn nicht völlig zu sterilisieren, aber . . ."

„Ausgesetzt", sagte der Terminal mit deutlichem deutschen

Akzent. Sie löschte alle Eingaben und tippte erneut den Befehl. „Ausgesetzt“, hieß es wieder.

Ahmed, der gerade seine medizinische Ausrüstung verstaute, blickte hoch. „Was ist los?“

„Ach, ich mache irgendwas falsch.“ Sie überlegte einige Sekunden und tippte einen kurzen Befehl ein.

„Diagnose.“ Es klickte. „Ausgesetzt, weil Abpumpzone zur Zeit besetzt.“

„Besetzt?“ Sie gab eine Befehlskette ein, und jetzt zeigte der Würfel das Innere des Frachtraums. In seiner Mitte schwebten zwei Kinder, ein Junge und ein Mädchen, beide sechs oder sieben Jahre alt. Das Mädchen weinte klagend, und der Junge war entweder bewußtlos oder tot.

Sie starrten auf das Bild. „Ihr Arm ist gebrochen“, sagte Ahmed.

„Hier.“ Berrigan reichte Ahmed ein Kehlkopfmikrofon. Er hielt das Scheibchen an seinen Adamsapfel und sagte etwas auf suaheli.

Das Mädchen hörte zu weinen auf und murmelte etwas, dann begann es wieder zu schluchzen. Ahmed berührte das Scheibchen, und es wurde leise.

„Verdammt! Sie spricht kaum Suaheli. Nur Bantu.“

„Sie sind wahrscheinlich dem Gabelstapler gefolgt und haben sich versteckt“, sagte Berrigan. „In den Schränken.“

„Wir können sie nicht mit zurücknehmen“, meinte O’Hara.

Ahmed nickte. „Ganz gleich, was du mit ‚zurück‘ meinst.“ Er seufzte. „Sie müssen sterben.“

„Vielleicht nicht“, widersprach Berrigan. „Als wir die Planung diskutierten, sprachen sich zwei Personen dafür aus, jemanden zu entführen – für medizinische Experimente. Es ist ziemlich sicher, daß diese Seuche durch einen Virus verbreitet wird. Wenn wir ihn isolieren könnten, wäre es möglich, ein Gegenmittel zu produzieren.“

Ahmed starrte in den Würfel. „Das Risiko . . .“

„Ich halte es nicht für so groß. Harkness, Robert Harkness, vertrat die These, wir könnten jemanden in dem alten Isoliermodul unterbringen und ihn vollständig durch Fernsteuerung manipulieren. Wenn nötig, ihn bewußtlos machen, um Proben zu entnehmen und Tests durchzuführen."

„Verflixt kompliziert."

„Ja. Und es gibt keine Möglichkeit, es geheimzuhalten. Besser ich funke Markus noch einmal an."

Ahmed ging auf den Schrank mit den Raumanzügen zu. „Ich schiene den Arm des Mädchens. Und sehe nach, ob der Junge noch lebt."

„Wir können Sie nicht noch einmal desinfizieren."

„Zwei Tage kann ich im Anzug verbringen." Er schaute auf den Würfel. „Aber wahrscheinlich wäre es das beste für sie, wenn wir die Klappen des Frachtraums jetzt öffnen . . . Falls das die Entscheidung ist, geben Sie mir Bescheid. Ich gebe ihnen dann was, damit sie nichts spüren."

„Okay." Einige halfen Ahmed, in den Anzug zu steigen. Berrigan löschte den Terminal, und der Kontrollraum war plötzlich still, ohne das Weinen des kleinen Mädchens. Eine Minute saß sie reglos da und blickte in den leuchtenden Würfel, während ihre Lippen sich stumm bewegten. O'Hara rieb die Innenseite ihres Helms sauber.

„Marianne – wollen Sie eines Tages in meine Fußstapfen treten, auf der Politikseite?" O'Hara nickte. „Tja, da haben Sie ein hübsches Problem, um darüber nachzudenken. Was Koordinatoren auf eigene Faust dürfen oder nicht dürfen, ist eine nur unscharf definierte Mischung aus Vorschriften, Präzedenzfällen und gesundem Menschenverstand. Für einen Fall wie diesen gibt es keine Präzedenzentscheidung, aber da er offenkundig das Allgemeinwohl betrifft, muß er im Referendum abgestimmt werden.

Ich weiß, wir können sie sicher isolieren. Die Quarantänemaßnahmen, denen Sie sich unterziehen mußten, würden ausreichen." Nach ihrer nächsten Eingabe zeigte der Würfel wieder den Frachtraum. Ahmed hielt die Hand des Mädchens und sprach leise.

„Was tun Sie also, wenn Ihr Volk so abstimmt, daß es Sie zum Mörder macht?"

Einige der Erwachsenen starben nicht.

Vielleicht einer von einhunderttausend Menschen litt unter einer eigenartigen Fehlfunktion der Hirnanhangdrüse, die den Körper eine ungewöhnlich große Menge von WH, Wachstumshormon, produzieren ließ. Dies verhinderte, daß der normale Alterungsprozeß den Viruseffekt auslöste. Die Nebenwirkungen des hormonellen Ungleichgewichts konnten jedoch beträchtlich sein. Eine war Akromegalie, Gigantismus: Die Menschen wurden sehr groß und hatten abnorm große Hände, Füße und Köpfe. Häufig waren sie geistig verkümmert.

Diejenigen, die Apotheken und Kliniken plünderten, um ihren Vorrat des kompensierenden Hormons, NWH, aufrechtzuerhalten – diese Umsichtigen starben wie alle Erwachsenen. Die anderen lebten, wenn ihre Umgebung es zuließ.

In vielen Teilen der Welt töteten die Kinder sie oder weigerten sich, sich um sie zu kümmern. In Charlies Country, früher Florida und Georgia, wurden sie verehrt. Je verrückter sie waren, desto mehr wurden sie geachtet, denn Wahnsinn war die Maske der Wahrheit.

5

Zwei Prozent der Bevölkerung bewahrten Koordinatorin Berrigan davor, einen Mord begehen zu müssen. Das Abstimmungsergebnis nach vierundzwanzigstündiger Debatte: 51 Prozent für den Versuch, das Heilmittel zu finden, 49 Prozent dafür, nichts zu riskieren. (Das Jugendergebnis, das nicht bindend war, zeigte, daß 82 Prozent der Bürger unter sechzehn dafür plädierten, die Kinder auszulöschen oder New New zu schützen oder die Erdwürmer zu vierteilen – abhängig von der jeweils bevorzugten Rhetorik.)

O'Hara und die sechs anderen zogen wieder in das Tomaten- und Gurkenparadies von Modul 9B, um für einige Wochen die Paranoia ihrer Nachbarn zu besänftigen. O'Hara war verbittert. Wie jeder andere vernünftige Mensch wußte sie, daß es nicht die geringste Möglichkeit gab, daß einer von ihnen den Seuchenvirus trug. Berrigan behauptete, die Ferien zu genießen. Sie erledigte ohnehin den Großteil der Arbeit am Würfel, und auf diese Weise mußte sie nicht mit Leuten essen gehen, die versuchten, ihr etwas zu verkaufen.

Der afrikanische Junge gewann das Bewußtsein nicht mehr zurück. Offenbar hatte sein Körper das Mädchen bei der ungeheuren Beschleunigung geschützt. Sein Genick und die Wirbelsäule waren gebrochen. Er starb, während sie das Isoliermodul vorbereiteten, und sie froren ihn für eine spätere Autopsie ein.

Das Isoliermodul war eine kleine Kugel, die nie für die Benutzung durch Menschen konzipiert gewesen war, sondern als Lagerraum für Pflanzenschnitt, Sämlinge und von der Erde importiertes Zuchtgut diente. Wenn Anzeichen einer Krankheit auftauchten, wurde das Zuchtgut verbrannt und die Asche in den Weltraum geblasen (sobald die Leute von der Versicherung ausreichende Beweise hatten). Es war ein winziger Käfig, und das kleine Mädchen weinte und schrie und weigerte sich, das merkwürdige Essen zu nehmen, das ihr von Robotarmen angeboten wurde.

Niemand in New New sprach Bantu. Ahmed machte sich daran, es zu lernen. Innerhalb einer Woche vermochte er dem Mädchen annähernd zu erklären, was geschehen war, und kurz darauf berichtete auch sie. Sie und ihr Bruder waren oft zum Spielen hinaufgegangen. Vor der Höhe und den Knochen hatten sie keine Angst, und es steigerte den Reiz nur, daß die älteren es verboten. Sie begriff nur vage die Regeln des Spiels, das die älteren Kinder spielten. Sie sprachen dauernd von einem „Hirnteufel", der sie töten würde, wenn sie sich nicht benähme, und sie erinnerte sich düster, daß ein Cousin gestorben war und sie gesagt hatten, das wäre der Grund gewesen. Aber sie redeten viel, was keinen Sinn ergab.

Ihr Name war Insila. Sie und ihr Bruder waren über die Nottreppe in den Frachtraum gestiegen, während die Tür aufstand. Als einer der Gabelstapler zurückkam, hatten sie sich in einem leeren Schrank versteckt. Als alles still und dunkel war, kamen sie wieder heraus und versuchten, zur Tür zu kommen. Dann waren da wieder Geräusche gewesen, und sie waren zurück zum Schrank gelaufen. Und dann war plötzlich alles fort. Als sie aufwachte, flogen sie, und ihr Bruder war schlimm verletzt, und ihr Arm funktionierte nicht mehr, und dann kam Ahmed und half ihr.

Sie wollte wissen, was mit ihr werden würde. Ahmed versuchte zu erklären, was der Hirnteufel in Wirklichkeit war, was Ärzte waren und wie sie versuchen würden, sie zu heilen. Er vermutete, sie glaubte ihm kein Wort. Er sagte ihr nicht, daß sie – mit gelegentlichen Ausflügen in die Bewußtlosigkeit – aller Wahrscheinlichkeit nach die nächsten zehn Jahre in dem Käfig verbringen müßte, bis, was es auch immer war, tat, was es auch immer tat, und sie irrsinnig werden und sterben würde. Und dann aufgeschnitten, analysiert und verbrannt würde – wie ihr Bruder. Sie wußte, daß er tot war, fragte aber nie, was mit ihm geschehen war.

Jahr vier

1

Vor dem Krieg war New News Volkswirtschaft eine sorgfältig kontrollierte Form von Sozialismus, wie es für eine Viertelmillion Menschen in einer zu 99,9 Prozent geschlossenen Ökologie vielleicht auch logisch ist. Dollareinkommen erzielten die Menschen nur für Überstunden und als Bonusleistungen, und die Zahl der Dollars, die man anhäufen konnte, war begrenzt. Aber da es nur wenige Besitztümer gab, die nicht Allgemeingut waren, gab es auch nicht viel, für das man Geld ausgeben konnte. Es gab Kontenaustausch für Glücksspiele und Prostitution, die beide nicht illegal waren, aber auch der erfolgreichste Spieler oder die geschickteste Hure konnte nie mehr als 999,99 Dollar besitzen (zusammen mit einem willkürlich hohen Stapel von Schuldscheinen), da alle Kontenausgleiche elektronisch ausgeführt wurden, und alles über tausend Dollar ging direkt an die Bank zurück. Die meisten Menschen gaben ihr Geld für von der Erde importierte Luxusspeisen oder Reisen zu anderen Welten aus.

Doch jetzt gab es keine importierten Nahrungsmittel, keine anderen Welten mehr. Einigen wenigen gelang es, ihr Geld auszugeben, indem sie Alkoholiker wurden, aber das erforderte beträchtliche konzertierte Anstrengungen, denn Wein und Bier waren wie alle anderen Nahrungsmittel rationiert, und es war nicht einfach, Kohlehydrate aus der Nahrungskette auszuklinken, um sie zur Gärung zu bringen oder zu destillieren.

Insofern war es ein echter Vorteil, zwei Ehemänner zu haben, die in den KC-Laboratorien arbeiteten. Immer mal wieder kamen John oder Daniel mit einer Flasche nach Hause, deren Inhalt sie euphemistisch „Gin“ nannten. Es war reiner Industriealkohol mit einigen aromatischen Unreinheiten.

Die *Light Head*-Schenke, die zeitweise als Wohnunterkunft gedient hatte, war endlich wieder offen, und O'Hara verbrachte dort wie in den alten Zeiten einiges an Zeit. Amateur-Unterhaltungskünstler traten auf, Musiker und manchmal ein Mädchen, das sich aufs Ausziehen verstand, aber die Hauptattraktion des *Light Head* war, daß es ein Verbindungsglied zu jedermanns angenehmerer Vergangenheit darstellte. Es war ein Ort der Nostalgie und manchmal für Gespräche über die Zukunft.

„Das ist das Hirnrissigste, was ich jemals gehört habe", sagte John. „Es zeigt, wie wackelig die Leute in bezug auf die Erde geworden sind. Schiere und schlichte Paranoia."

„Es würde uns außer Reichweite bringen. Einige von uns", ergänzte Daniel. Die Menschen diskutierten den Bau eines Sternenschiffs.

O'Hara tröpfelte etwas Gin in ihr Glas und goß Bier darüber. „Ihr Ingenieure. Keinen Sinn für Romantik."

„Wie kannst du das einem Iren sagen, der dich immer wieder mit Schnaps versorgt? Aber ich habe auch einen Sinn für Prioritäten. Zuerst müssen wir die Welten wiederaufbauen und ein wenig Überfluß in das verflixte System hineinbekommen."

Daniel nickte. „Wenn mit New New etwas passiert", erklärte er O'Hara, „hätten wir keinen Zufluchtsort."

„Also wirklich." Sie betrachtete die junge Frau auf der anderen Seite des Gastraums, wie sie einige Tricks mit ihrem Bauchnabel anstellte. Sie konnte ihn im Uhrzeigersinn kreisen lassen, mit ihm zwinkern und ihn andersherum kreisen lassen, und das alles im Takt zu einer schlecht gestimmten Mandoline. Männliche Spekulationen über ihre weiteren Talente schwirrten durch den Raum. „Vielleicht ist es irrational, John, aber schlicht ist es nicht, ebensowenig wie schiere Paranoia. Du bist hier nicht aufgewachsen. Das Sternenschiff ist schon vor der Geburt meiner Mutter ein Traum gewesen."

„Ich argumentiere nicht gegen Träume. Ich meine nur, es sollte zwanzig Jahre oder so aufgeschoben werden. Teufel, ich würde selbst gerne daran arbeiten. Aber erst wenn wir ... alles geregelt haben."

„Mir scheint, wir könnten beides angehen, sobald Deucalion

eingetroffen ist. Das gibt den Leuten ein Ziel, nimmt ihnen die Bitterkeit. Alles andere ist doch nur das große Saubermachen nach dem verdammten Krieg der Erdwürmer."

„Weißt du, sie hätten uns nicht einmal eine H-Bombe aufs Haupt setzen müssen." Daniel hatte beim Gin eine Stunde Vorsprung, und das machte sich jetzt bemerkbar. „Einfach in die Scheißluftschleuse reinspazieren und niesen. Innerhalb einer Woche wären alle tot."

Sie tätschelte seine Hand. „Sieh mal zu der Tänzerin. Sie zwinkert dir zu."

Die Grundidee hinter dem Sternenschiff war sogar älter als die Welten. Ein Generationenschiff: Hunderte oder sogar Tausende von Menschen an Bord eines Raumfahrzeugs, das auf einer Reise von Jahrhunderten zu den Sternen hinauskriechen würde. Ihre n-fach-Urenkel würden auf einer anderen Welt landen.

Im einundzwanzigsten Jahrhundert war diese Idee nicht mehr so absurd. Menschen, die in den Welten lebten, konnten ebensogut an Bord eines solchen Schiffs sein; ein desinteressierter Mensch oder einer, der sich an der Nullschwerkraft in New News einziger Observatoriumskuppel störte, konnte sein ganzes Leben verbringen, ohne Erde, Sonne oder Sterne zu sehen. Wenn man ohnehin in einem Hohlfelsen leben muß, ist es gleichgültig, ob er irgendwohin unterwegs ist.

Darüber hinaus hätte das Generationenschiff – anders als im vergangenen Jahrhundert – ein eindeutiges Ziel. Ein Lunarobservatorium hatte mehrere erdähnliche Planeten entdeckt, die „benachbarte" Sterne umkreisten. Einer war nur elf Lichtjahre entfernt.

Das Hauptproblem war Energie. Nicht nur der enorme Schub, der erforderlich war, ein weltgroßes Schiff zu bewegen, sondern auch die notwendige Energie zur Erhaltung des Lebens. Die Welten selbst waren anfangs nur wegen der Überfülle kostenloser Sonnenenergie möglich gewesen. Das Generationenschiff würde eine eigene sonnengleiche Energiequelle mit genügend Brennstoff für Jahrhunderte befördern müssen.

Theoretisch könnte die Energie durch konventionelle Fusion erzeugt werden. Das Deuterium konnte entweder aus Jupiters oberer Atmosphäre oder der gefrorenen Oberfläche Kallistos gewonnen werden. Aber Aufwand und Maßstab waren beträchtlich.

Eine elegantere, allerdings aus zwingenden Gründen noch nicht getestete Energiequelle war die gegenseitige Zerstörung von Materie und Antimaterie. Antimaterie konnte in einem Magnetbehältnis mitgeführt und nur partikelweise eingespeist werden, und das Ergebnis wäre reines $E = mc^2$. In größerem Umfang war das nie versucht worden, weil Antimaterie, was die benötigte Energie betraf, in der Herstellung außerordentlich teuer war: als brenne man einen Wald ab, um sich die Hände zu wärmen.

Ausreichend Antimaterie zur Energieversorgung des Schiffs zu produzieren würde einen Sonnenkollektor von Planetengröße erfordern; ein Synchotron von der Größe des Monds.

Zum Glück mußte die Antimaterie nicht hergestellt werden, es gab die Möglichkeit, sie zu schürfen. Im Jahre 2012 hatten Astronomen den winzigen Doppelstern Janus entdeckt, der nur ein Zehntel Lichtjahr entfernt hinter der Sonne herwanderte. Beide Sterne waren schwarze Zwerge, kaum heiß genug, um als Sterne klassifiziert zu werden. Aber einer von ihnen, Alfvén, bestand aus Antimaterie.

O'Hara gehörte zu einer Diskussionsgruppe, in der sich einmal pro Woche intelligente junge Leute trafen, um aktuelle Themen mit einem oder beiden Koordinatoren zu diskutieren. Bei den letzten beiden Treffen hatten sie über die administrativen und technischen Probleme gesprochen, die mit einem möglichen Sternenschiffprojekt verknüpft waren. Von der technischen Seite war O'Hara nicht fasziniert, aber sie war intelligent genug, den Umfang des Vorhabens zu begreifen und so etwas wie Ehrfurcht davor zu empfinden.

Der Ablauf war eher simpel: zwei sich überlappende Stufen. Mit Rohmaterialien, die sowohl von Deucalion als auch von Bergungsmissionen zu einigen zerstörten Welten stammten, würden sie zwei Sternenschiffe bauen. S-1 war eigentlich nur ein Brennstoffbehälter, kaum ein echtes Sternenschiff. Sie würde eine kleine Crew nach Alfvén bringen, die dort genügend Antimaterie für die lange Reise sammeln sollte.

In der Zwischenzeit wäre S-2 im Bau – eine kleinere Version von New New, ausreichend groß für zehntausend Menschen. Sie wäre fertig, wenn S-1 zurückkehrte. Sie würden auftanken und nach Epsilon Eridani aufbrechen, eine Reise von achtundneunzig Jahren.

Die voraussichtlichen Kosten in Dollar waren atemberaubend, mehr als das Zehnfache von dem, was es gekostet hatte, New New zu bauen. Aber in New News geschlossener Volkswirtschaft war Geld nur eine Buchhaltungsgröße. Das wesentliche Gegenargument bestand darin, daß man mit dem gleichen Aufwand die Welten wiederaufbauen könnte, und zwar *richtig* – nicht nur eine Auswahl von Utopias, dutzend verschiedenen sozialen und physikalischen Konstruktionen, sondern eine Garantie auf eine sichere Zukunft. Die neuen Welten, ohne Geld und Einmischungen von den Erdlingen gebaut, könnten mit undurchdringlichen Abwehranlagen gegen Angriffe von der Erde versehen werden.

Dies war die schleichende Sorge, die zum Teil sowohl das Sternenschiffprojekt als auch die Pläne für den Wiederaufbau beflügelte. Die Erde war jetzt ein Chaos, aber die industrielle Basis war noch vorhanden, schlafend zwar, aber in Größenordnungen, welche die New News weit übertrafen. Wenn die Seuche verebbte oder ein Heilmittel entdeckt würde, könnten sie den Wiederaufbau innerhalb einer Generation zustande bringen – und was würde dann aus den Welten werden? Erdwürmer waren im besten Fall ein wenig verrückt. Was würde geschehen, wenn sie verrückt nach Rache waren?

Die Koordinatoren verrieten O'Haras Gruppe etwas, das nicht allgemein bekannt war: New New hatte selbst eine Epidemie – eine Selbstmordwelle. In allen Erwachsenen-Altersgruppen war Selbsttötung die führende Todesursache, und es waren so viele Fälle, daß sie den Bevölkerungszuwachs durch die Devoniten nahezu ausglichen.

Es gab weitere Hinweise auf ein alarmierendes Nachlassen der Moral von New New. Die Produktivität war niedrig wie nie, die Abwesenheitsquote auf Rekordhöhe. Drogenabhängigkeit und Alkoholismus nahmen trotz der Schwierigkeiten, eine Sucht zu befriedigen, zu.

Während sie sich mit John unterhielt, war Daniel still eingeschlafen und in seinem Stuhl zusammengesunken. Machte ihn ein Zechgelage pro Woche zum Alkoholiker? Deucalion war jetzt weniger als ein Jahr entfernt, und er steckte Zwölf- und Vierzehnstundentage in die Laborarbeit, denn er war der einzige Spezialist für Ölschieferchemie in New New – der einzige überhaupt – und Gruppenleiter der Abteilung für angewandte Chemie, ständig in Rufbereitschaft. Vielleicht brauchte er diese Flucht, aber sie machte sich seinetwegen Sorgen.

„Ich bringe den Helden wohl besser nach Hause", sagte sie. „In Ordnung, wenn ich heute bei ihm schlafe?"

„Jemand muß sich um ihn kümmern." John äugte in die Ginflasche und schüttelte sie. „Nimm sie besser mit. Frühstück für Champions."

„Champions?"

„Hat mal was bedeutet."

2

Als sie sich am nächsten Morgen zum Aufbruch zur Arbeit vorbereitete, summte O'Haras Würfel. Sie fuhr zweimal mit der Bürste durch ihr Haar und meldete sich dann.

Es war der Nachrichtenmann, Jules Hammond. „Marianne O'Hara?"

Sie starrte nur auf sein Bild und nickte. Zwei Jahre vorher, nach der Zaire-Mission, hatte sie schon einmal mit ihm gesprochen, hätte aber nie erwartet, daß sie ihn – außerhalb der allabendlichen Sendung – noch einmal wiedersehen würde.

„Können Sie heute morgen zum Studio herunterkommen? Bellcom Studio eins."

„Wes . . . weshalb? Etwas wegen Zaire?"

Er beugte sich vor und spähte in seinen Würfel. „Ja, richtig, Sie waren dabei." Er schüttelte den Kopf. „Interessant. Aber es handelt sich um etwas anderes – wir nennen es eine Anschlußstory. Können Sie kommen?"

„Sicher . . . Ich, hmm, komme vorbei." Hammond nickte und schaltete ab. Sie rief das Büro an, hinterließ eine Nachricht für ihren Assistenten mit der Bitte, er möge eine Verabredung für sie wahrnehmen, wenn sie nicht rechtzeitig käme. Anschlußstory? Beinahe hätte sie Daniel geweckt, der mit offenem Mund schnarchte, doch dann entschloß sie sich, seinen Kater nicht noch zu komplizieren.

Im Studio begrüßte ein mädchenhafter junger Mann sie wie eine alte Bekannte, nahm sie beim Arm und lenkte sie in einen Nebenraum. Er setzte sie in einen von zwei zu weich gepolsterten Drehstühlen vor einer Konsole mit sechs Würfeln und komplizierten elektronischen Geräten.

„Tja, meine Liebe, wir wollen doch hübsch aussehen." Er klappte ein Köfferchen auf und nahm zwei Kämme heraus. Während er ihr Haar bearbeitete, pfiff er zwischen den Zähnen. Dann trat er einen Schritt zurück, musterte sein Werk mit schiefgelegtem Kopf und tupfte ihr etwas Puder auf Gesicht und Hals. „Wir wollen doch nicht glänzen." Finger unter ihr Kinn. „Ein bißchen höher . . . genau so. Bleiben Sie so. Sammy, du kannst einmessen."

Sie spürte einen warmen Laserpunkt auf der Wange. „Ich fühle mich, als würde ich geröntgt", sagte sie mit geschlossenem Mund.

„Oh, wir durchschauen hier eine Menge Leute. So, schön, Sie können sich jetzt wieder bewegen. Mr. *Ham*mond."

Der Mann ging leicht stolzierend hinaus, und durch dieselbe Tür kam Jules Hammond herein. Er warf O'Hara einen merkwürdigen Blick zu und setzte sich neben sie.

„Wir möchten, daß Sie sich etwas anhören", sagte er und drückte einen Knopf auf der Unterseite seiner Stuhllehne. „Fertig für die Vier."

Einer der Würfel wurde hell, blieb aber ein weißer Block ohne Bild. Dann kam eine leise Stimme, metallisch und vom Knistern statischer Störungen begleitet. Sie erkannte sie nicht.

„Wahrscheinlich kann es nicht funktionieren, aber es ist einen Versuch wert. Ich habe die Antenne geprüft, sie ist auf New New gerichtet. Die Kraftstoffzelle hat noch etwas Saft. Ich habe sie in den Schlitz ‚Notstrom' gesteckt. Die Nadel auf der Energieanzeige hat sich ein bißchen bewegt."

In jener Nacht sahen eine Viertelmillion Menschen, wie sie

zu keuchen begann und plötzlich in Tränen ausbrach. „Hier ist Jeffrey Hawkings, ich rufe New New York, ganz besonders rufe ich Marianne O'Hara, Ursprungsstamm Scanlan. Marianne? Ich hoffe, du bist wohlbehalten nach Hause gekommen. Aus irgendeinem Grund bin ich am Leben. Die Seuche hat mich verschont.

Ich bin ziemlich sicher, daß es meine Akromegalie ist. Du weißt ja, ich mußte jeden Tag meine NWH nehmen. Nach dem Krieg konnte ich keine mehr finden. Die Krankheit ist recht selten.

Ich bin zwei anderen Erwachsenen begegnet, die die Seuche überlebt haben, und beide waren riesenwüchsig. Einer ist ein Idiot, der einen Stamm nördlich von hier, in Disney World, führt. Den anderen habe ich eben erst auf der Landstraße getroffen. Auch er ist geistig zurückgeblieben. Ich schätze, keiner von beiden bekam in jungen Jahren die richtige Behandlung.

Falls jemand dort oben Interesse daran hat, ein Mittel zu finden, dann müßte das der Schlüssel sein. Hat was mit der Hirnanhangdrüse zu tun. Es werden zu viele Wachstumshormone produziert. Mein Gesundheitsprofil müßte irgendwo in euren Aufzeichnungen stecken, weil ich mich kurz vor Kriegsausbruch um die Einwanderungszulassung bemüht habe.

Wie du dir vorstellen kannst, Marianne, sieht es hier unten ziemlich übel aus. Soweit ich weiß, ist es im Norden sogar noch schlimmer. Mir selbst geht's den Umständen entsprechend ganz gut. Ich bin in einem Städtchen namens Plant City, in der St. Theresa Kinderklinik, und ich habe den Schlüssel zu einem Luftschutzbunker hier gefunden, der voller Medikamente steckt. Ich fülle meine Satteltaschen damit, radle von Stadt zu Stadt und spiele den Doktor. Sie behandeln mich wie eine Art Halbgott. Es gibt viele Gewalttätigkeiten, viele Ritualmorde durch diese verdammte Familienideologie, aber mir krümmt keiner ein Haar. Mein langer, weißer Bart schützt mich. Ich bin froh, daß er weiß gewachsen ist."

Ein langes statisches Krachen unterbrach ihn. „. . . sicher, daß die Energie zum Empfang nicht ausreicht. Aber ich halte nach neuen Kraftstoffzellen Ausschau, vielleicht finde ich eine Methode, sie herzustellen.

Ich habe keine Möglichkeit, einen Kalender zu führen. Aber ich bin hier, in der St. Theresa Kinderklinik in Plant City, Florida, bei jedem Vollmond, etwa um Mitternacht, um zu senden und zu versuchen, eine Antwort zu empfangen.

Bei euch da oben wird es auch nicht einfach sein . . ., falls ihr überhaupt da seid. Wenn die Seuche übertragen worden ist, vergeude ich wohl meine Zeit. Aber ich hoffe, Marianne, du bist durchgekommen und hast Daniel geheiratet. Es scheint ein anderes Leben gewesen zu sein, eine ganze Lebensspanne zurück, als du . . .“ Wieder waren die Störungen lauter, und als sie verebbten, wurde nicht mehr gesendet.

Charlies Wille

Er schaltete das Funkgerät ab und starrte auf seine großen Hände. Vielleicht hätte er nicht Mitternacht sagen sollen. Das bedeutete, daß er entweder nachts unterwegs war oder sich über Stunden in dieser Klinik einnisten mußte. Der Ort war ein Friedhof. Aber er erinnerte sich, daß sein Polizeifunkgerät gewöhnlich nachts am besten empfing. Er nahm seine vollen Satteltaschen und seine Schrotflinte und folgte einer großen Küchenschabe durch den Krankenhausflur zur Feuertreppe. Komisch, wie man sich änderte. Früher hätte er die Schabe gejagt und zerquetscht, jetzt war er auf merkwürdige Weise froh, daß in der Klinik noch etwas anderes lebte. Vielleicht beeinflußte es sein Gehirn, das Wachstumshormon. Es wirkte auf seine Hände, Füße und andere Gelenke, die arthritisch schmerzten. Beim ersten Halt würde er sich mehr Aspirin gönnen.

Im Erdgeschoß zog er seinen Wagen aus dem versteckten Wandschrank und legte die Satteltaschen auf den Leinwandbeutel mit seinen diversen Habseligkeiten. Er rollte den Wagen nach draußen, band ihn mit Draht ans hintere Schutzblech seines Fahrrads, schloß das Rad auf und radelte davon, wieder einmal auf der Suche nach Kunden.

Die Stadt war so verlassen wie alle Städte, sobald die Ladenregale einmal leergeräumt waren. Gewöhnlich fand er jemanden, mit dem er handeln konnte, eine Gruppe Aasgeier, die tiefer und gründlicher schürfen wollten als ihre Vorgänger. Doch das Haus, bei dem er vor einem Monat angehalten hatte, war jetzt leer. Er radelte eine Stunde kreuz und quer durch die Innenstadt und hatte gerade beschlossen, seine Notrationen anzubrechen, als er Stimmen hörte. Er bog in eine Gasse und sah eine Gruppe kleiner Mädchen bei einem komplizierten Hüpfspiel. Sie sangen dabei mehr laut als melodisch:

Maria war Jungfrau, hatte trotzdem ein Kind.
Jesus starb am Kreuz, damit wir glücklich sind.
Charlie sah die Zukunft, wurde weggebracht.
Helter-Skelter spart uns hundert Jahre Nacht.
Tod ist der Erlöser, nur der Tod macht euch rein...

Sie hörten zu singen auf, als sie ihn heranklappern hörten. Ein Mädchen rannte weg, aber die vier anderen starrten ihm entgegen.

„Ich brauche Essen und Wasser. Wo ist eure Familie?" Erst zeigte eins, dann alle Mädchen in die Richtung, in die ihre Spielgefährtin gelaufen war. Langsam ging er neben seinem Fahrrad weiter, die Schrotflinte nach vorn gerichtet. Die Mädchen setzten ihr Spiel und das Lied fort:

Leben auf Erden, das sind zwanzig Jahre Pein.

Das Mädchen rannte durch eine offene Tür und schrie nach seinem Daddy. Er lehnte sich an sein Fahrrad und wartete, die Flinte wie beiläufig auf die Tür gezielt.

Ein Gewehrlauf richtete sich von einem dunklen Fenster auf ihn. „Was willst du?"

„Ich bin Heiler."

„Wir haben von dir gehört."

„Ich will handeln. Braucht jemand in eurer Familie Heilung?"

„Eine Frau. Was brauchst du?"

„Eine geladene Kraftstoffzelle."

„Haben keine."

„Dann Essen und Wasser."

„Das haben wir. Komm rein, aber laß die Flinte draußen."

„Einen Dreck werde ich. Sie geht dahin, wo ich hingehe." Und die beiden versteckten Pistolen, das Stiefelmesser und der Sprühstab.

Drinnen gab es eine gedämpfte Unterhaltung. „In Ordnung. Aber du weißt, wir haben dich die ganze Zeit im Visier."

„Ja, ja." Er verschloß das Fahrrad und hängte sich den Beutel und die Satteltaschen über den linken Arm. Auf dem Weg zur Tür kam er an einem Abfallhaufen vorbei. Obenauf lag ein Mädchen, das erst einige Stunden tot war. Sein Schädel war eingeschlagen, der Körper mit Quetschungen und Prellungen übersät. Auf den ersten Blick glaubte er, sie hätten ihr die Eingeweide herausgenommen, doch dann sah er, daß es eine teilweise herausgezogene Plazenta war – und das, was von einem Säugling übriggeblieben war.

„Monstergeburt?" fragte er, als er durch die Tür trat.

„Keine Augen", sagte der Mann mit dem Gewehr.

„Hättet die Frau leben lassen sollen."

„War ihr zweites. Familiengesetz. Das erste waren Zwillinge mit einem einzigen Kopf dazwischen."

Er stand kurz hinter der Tür und gewöhnte sich an das trübe Licht. „Wie lange habt ihr dieses Gesetz schon?"

„Es ist ein Gesetz. Ist Wissenschaft."

„Ja, sicher. Was ist mit dem Vater?"

Der Junge zuckte die Achseln. „Sind wir alle. Wir wechseln uns ab."

„Klingt nach Wissenschaft. Wo ist die kranke Frau?"

Sie führten ihn in ein dunkles Schlafzimmer. Er konnte die schmale Gestalt, die sich auf dem Doppelbett hin und her wand und unzusammenhängende, stöhnende Laute von sich gab, kaum erkennen. Als er zum Fenster ging und den Knopf schob, um es zu entpolarisieren, flutete Sonnenlicht in das Zimmer. Das Mädchen schrie laut.

„Das Licht tut ihren Augen weh", sagte der Anführer. Das Mädchen war zwölf oder dreizehn, mit kindlichen Brüsten. Es war etwa im sechsten Monat schwanger. Außer zwei schmutzigen Bandagen um die Oberschenkel trug es nichts.

„Kocht Wasser!"

„Willst du Kaffee?"

„Zum Waschen. Kocht einen großen Topf." Die Haut des Mädchens war heiß und trocken, es hatte vierzig Fieber. Er gab ihr in Wasser aufgelöstes Kinderaspirin. Der Anführer kam zurück, die meisten anderen versammelten sich in der Tür.

Sie mußten das Mädchen festhalten, während er die Bandagen aufschnitt. Es sah schlimm aus. „Wie lange ist sie schon krank?"

„Letzte Woche hat sie Ausschlag gekriegt. Aber erst seit zwei Tagen ist es so schlimm." So etwas hatte er noch nie gesehen. Auf der Innenseite beider Schenkel, vom Unterleib etwa fünfzehn Zentimeter herab, wuchs ein grauer Pilzbelag. Das Fleisch darunter war tiefrot und sonderte Eiter ab. Auf den Schamlippen saßen drei auffällige Syphilismale, die wahrscheinlich mit dem Pilzbefall zusammenhingen.

„Stirbt sie?"

„Charlie weiß, wann", sagte Heiler mit nur geringem Sarkasmus.

„Charlies Wille", murmelten die anderen im Chor.

Er goß Wasserstoffperoxid über die entzündeten Stellen, die beeindruckend aufdampften. Dann spülte er sie mit Wasser aus seiner Feldflasche ab, trug wieder Peroxid auf, spülte erneut ab und tupfte die kranke Haut mit einem sauberen Gazepolster trocken. Er drehte sie auf den Bauch und injizierte ihr eine volle Dosis Breitband-Antibiotikum.

„So, und das müßt ihr tun: Nehmt das schmutzige Laken und verbrennt es; legt etwas Sauberes unter sie. Verbindet es nicht, laßt es atmen. Sie muß viel Wasser trinken. Jeder, der sie berührt, wäscht sich hinterher mit heißem Wasser und Seife. Könnt ihr das behalten?"

Der Anführer nickte. „Wenn sie doch stirbt, begrabt sie. Oder schafft die Leiche wenigstens weit weg von hier. Werft sie nur nicht einfach zur Tür raus wie die andere – und begrabt die auch. Ihr könnt alle richtig krank werden, wenn die Toten hier herumliegen."

„Das hatten wir sowieso vor. Zwei sind noch auf der Jagd, sie müssen auch Erde ins Grab werfen. Das bringt Glück."

„Ja, Glück. Ich nehme an, ihr habt alle Syphilis, oder?" Sie blickten ihn verständnislos an. Er zeigte auf die syphilitischen Stellen. „Solche Geschwüre."

„'türlich haben wir die, alle Großen", sagte der Anführer.

„Außer Jimmy", sagte ein Mädchen kichernd. „Er hat Haare, aber er rubbelt nur an sich selbst."

„Jimmy hat Angst, gegen mich zu kämpfen", sagte der Anführer stolz. „Wer nicht kämpft, fickt nicht. Das ist Wissenschaft. Natürliche Auswahl."

„Wo habt ihr den ganzen ‚Wissenschafts'-Mist her?"

„Hat Old Tony uns beigebracht. Er ist einundzwanzig geworden und konnte richtig gut lesen."

Er zupfte an seinem weißen Bart. „Hört mir mal zu! Ich bin älter als Tony jemals war, und ich habe schon gelesen, da war noch keiner von euch geboren. So. Und ihr habt Kinder, die blind geboren werden."

„Zwei oder drei", gab der Anführer zu.

„Und woher hab' ich das wohl gewußt?"

„Du bist ganz schön alt."

„Das passiert, wenn Leute Syphilis haben. Sie haben Babys, die blind und blöd geboren werden. Es ist eine *Krankheit.* Man muß sie nicht kriegen."

„Klar", sagte das kichernde Mädchen. „Genau, wie man keine Babys kriegen muß – man darf nur nicht ficken." Die anderen fielen in ihr Kichern ein.

„Das ist eine ernste Sache. Wenn ihr die Syphilis nicht geheilt kriegt, werdet ihr alle vor der Zeit verrückt." Er schaute den Anführer an. „Du wirst ihn nicht mehr hochkriegen, weil es zu weh tut."

Er wurde bleich unter dem Schmutz. „Was müssen wir tun?"

„Ich gebe jedem eine Spritze. Dann laß ich eine Flasche mit Pillen hier. Jeder nimmt jeden Morgen eine. Du achtest darauf, daß sie es tun. Und zehn Tage nicht ficken."

„Zehn *Tage!* Zehn Tage kann man nicht."

„Ihr könnt und werdet. Absolut kein sexueller Kontakt. Ich möchte, daß ihr zu Christus und Charlie schwört."

Alle blickten auf den Anführer. Er zögerte, machte dann das Kreuzzeichen und murmelte: „Charlies Wille." Die anderen folgten seinem Beispiel.

„Okay, ruft die Kinder herein. Dann stellt euch alle in einer Reihe im Wohnzimmer auf und laßt die Hosen runter." Er schraubte eine Flasche Omnimyzin auf die Impfpistole.

„Mit den Kindern machen wir's nicht", sagte der Anführer.

„Freut mich zu hören. Aber sie können es sich auf andere Weise holen, wenn sie mit euch leben." Er war sich nicht sicher, ob das zutraf, aber ebensowenig konnte er sicher sein, ob sie die jüngeren Kinder tatsächlich in Ruhe ließen. Dann wären sie eine außergewöhnliche Familie.

Während sie darauf warteten, daß die beiden Jäger zurückkehrten, behandelte er verschiedene kleinere Beschwerden. Für die meisten verabreichte er Aspirin oder eine harmlose Salbe. Seine Polizeiausbildung vor vielen Jahren hatte auch einige Tage Erste Hilfe umfaßt – hauptsächlich war es darum gegangen, was man tat, wenn der Partner niedergeschossen worden war. Er wußte, wie man bei einer Geburt half, was sich jetzt häufig als nützlich erwies. Aber alles andere mußte er aus medizinischen Büchern und den kleinen Broschüren lernen, die den Arzneien beigepackt waren.

Bücher waren selten. Vor dem Krieg konnte ein Arzt vor dem Würfel sitzen und sich jeden gewünschten Text bestellen, üblicherweise mit dreidimensionalen Illustrationen typischer Fälle und Techniken. Die meisten Bücher, die er gefunden hatte, waren Erbstücke, deren Medizin hundert Jahre oder länger veraltet war. Die beschriebenen Mittel existierten nicht mehr unter demselben Markennamen, da die Bücher geschrieben worden waren, bevor sich sämtliche Hersteller zu einer einzigen Pharmazeutischen Lobby vereint hatten.

Er hatte beispielsweise keine Vorstellung, was der Pilz des Mädchens war. Würde er sich auf dem ganzen Körper ausbreiten? War er wirklich gefährlich, oder hatten nur die schmutzigen Bandagen die Infektion und das Fieber ausgelöst? Vielleicht würde er einen dermatologischen Text finden.

Die Jäger kamen triumphierend mit einer vollen Kiste gefriergetrockneten Rinderstews zurück. Heiler nahm zwei Dosen davon, eine Gallone Regenwasser und eine Flasche alten Weins. Er gab den Jägern die Spritze und brach auf. Als er fortradelte, hörte er wildes Gelächter und das dumpfe Geräusch von Steinen, die auf totes Fleisch trafen.

Ihn konnte nichts mehr schockieren, dachte er. Nichts konnte so aufwühlend sein, daß es durch die Hülle drang, die seine geistige Gesundheit barg. Falls man es geistige Gesundheit nennen konnte. Im Land der Blinden ist der Einäugige der Verschrobene. Die Menschen, die jetzt an der Seuche starben, waren kaum Teenager gewesen, als der Krieg ausbrach. Ihre Erinnerungen an die alte Zeit waren verzerrt und vage. In weiteren zehn Jahren würde es nur noch Gerüchte und Spekulationen geben. Die alte Ordnung wandelt sich, erinnerte er sich aus einem alten Gedicht. Macht einer neuen Platz. Und Gott erfüllt sich selbst auf viele Weisen.

Jahr fünf

1

Zuerst war Deucalion ein Stern, dann ein heller Stern, der sich langsam über den Himmel bewegte. Schon bald war er eine deutlich erkennbare Form, nicht mehr nur ein Punkt, wuchs von Tag zu Tag.

Er kam in etwa zwanzig Kilometer Entfernung zum Stillstand. Aus der Distanz sah er wie eine kleine, längliche Kartoffel mit kleinen Kratern darin aus. Die Fabriken, winzige, an übergroßen Sonnenkollektoren angebrachte Spielzeuge, hatten seit Monaten gewartet.

Jetzt war John Ogelby mit Überstunden dran. Er verbrachte zwei Monate draußen bei den Fabriken und beaufsichtigte die Kopplung von Maschinen und Gestein. Es gab keine Möglichkeit, einen Raumanzug seinem verkrümmten Körper anzupassen, deshalb arbeitete er in einer umgebauten Notfallblase. Er flog hin und her und benutzte andere Menschen als Hände. Er liebte die Arbeit in Nullschwerkraft – sie bedeutete Beweglichkeit und Schmerzfreiheit. Aber er vermißte Marianne, und sie plauderten viele Stunden miteinander, manchmal über Nebensächliches, oft über die plötzlich so komplizierten Möglichkeiten, die die Zukunft bergen mochte.

Alles schien gleichzeitig zu passieren. Naturwissenschaftler, die mit Insila arbeiteten, hatten den Seuchenvirus isoliert und ein Gegenmittel synthetisiert. Nach ausgiebiger Diskussion billigte ein äußerst knappes Referendum die Produktion großer Mengen des Antibiotikums, das mit Robotdrohnen zur Erde geschickt werden sollte.

Die Sternenschifffrage war schließlich mittels einer Reihe sorgfältig formulierter Referenden gelöst worden. Die vorhandene Arbeitskraft (nur ein Drittel der Bevölkerung wurde wirklich benötigt, New New zu betreiben) sollte in annähernd zwei gleiche Gruppen aufgeteilt werden. Die Daheimgebliebenen sollten am Wiederaufbau von Devons Welt und Tsiolkowski arbeiten, die zusammen ausreichend Raum für weitere 150 000 Menschen bieten würden.

Der Rest von ihnen würde an dem Sternenschiff arbeiten, das den Namen *Newhome* – Neuheim – tragen würde. Bergungsmannschaften arbeiteten an den Überresten von Mazeltov und B'is'ma'masha'la, um die nützlichen Teile auszuschlachten. Die Armee von Ingenieuren, die für Deucalion nicht mehr gebraucht wurden, stürzte sich voller Begeisterung in das „Projekt Janus".

Daniel wollte mitmachen, John ebenso. O'Hara war sich nicht sicher. Die Idee – als Abstraktion – erregte sie, aber die Details liefen darauf hinaus, daß man in einem Raumschiff saß, Karten spielte und darauf wartete, an Altersschwäche zu sterben. Wahrscheinlich würde sie auch ein Kind großziehen müssen. Ihre Erfahrungen mit ihrer kleinen Schwester (sie war jetzt fünf) schienen darauf hinzuweisen, daß sie auf diesem Gebiet keine großen Talente besaß.

Wenn sie in New New blieb, würde sie zweifellos weiter nach oben kommen. In nur fünf Jahren Dienst Klasse 15 erreicht zu haben, machte aus ihr beinahe ein Wunder, und auch wenn sie den Einfluß ihrer weiterhin andauernden Freundschaft mit Sandra Berrigan durchaus realistisch einschätzte, bezweifelte sie nicht, daß sie ohnedies aufgestiegen wäre. Sie hatte Zugang zu ihrem eigenen psychischen Profil und der Analyse, die der geschäftsführende Klassifizierungsausschuß verfaßt hatte.

Die Menschen, die vor über einem Jahrhundert die Charta von New New formuliert hatten, hatten ihr Bestes getan, sicherzustellen, daß die Verwaltungsstruktur der Welt frei von den Makeln der Politik blieb. Niemand kam „aufs Gleis" – über Klasse 12 hinaus –, ohne daß seine oder ihre Vergangenheit minutiös geprüft und er oder sie ausgiebig psychologisch getestet worden war. Sie suchten nach einem Gleichgewicht zwischen Altruismus und praktischer Veranlagung; Führungsfähigkeiten ohne emotionale Abhängigkeit von Machtausübung; Geduld und Bedachtsamkeit. Niemand konnte sich durch persönliches Charisma, Bestechung oder Beziehungen in die Machtstruktur einkoppeln. So gesehen war New News Geschichte ziemlich langweilig und seine Führer eine Reihe behutsamer, phlegmatischer Leute, die sich gewöhnlich mit dem Gefühl großer Erleichterung zur Ruhe setzten. Der Klassifizierungsausschuß war anonym, aber es war kein Geheimnis, daß er aus einem Stab professioneller Psychologen bestand, der von ehemaligen Koordinatoren und pensionierten Richtern kontrolliert wurde. Sie hatten Marianne in Augenschein genommen und ihren vorläufigen Segen gegeben. Da sie mittlerweile Klasse 15 erreicht hatte, unterlag sie jährlicher Überprüfung, weil Macht auf subtile Weise korrumpiert. Eine negative Bewertung konnte alles von zeitweiligem Stillstand bis zur Degradierung auf Klasse 12 bedeuten, ohne daß es die Möglichkeit zum Einspruch gab.

Einer der Gründe, warum das System früher funktioniert hatte, war das Sicherheitsventil der Emigration. Damals hatte es vierzig Welten mit unterschiedlichen politischen Strukturen gegeben, und ein multilaterales Abkommen schrieb vor, daß jede Welt Emigranten einer anderen Welt aufnehmen mußte, solange sie ausreichend Raum hatte. (Man mochte einen Auswanderer bei der Kanalwartung einsetzen und dafür sorgen, daß er dort blieb, aber aufnehmen mußte man ihn.) Ohne dieses Überdruckventil und bei der garantierten Freiheit der Rede wurde New New allmählich eine recht laute Welt. Menschen, denen die früheren Zeiten gefallen hatten, waren bemüht, einige neue Welten lebens- und geschäftsfähig zu machen. Viele von ihnen befürworteten auch das Projekt Janus, weil sie sich ausmalten, es würde viele lärmende Elemente aufsaugen.

Daniel und John legten beide – vielleicht unabhängig voneinander – O'Hara das Argument vom großen Fisch im kleinen Teich vor. Die Sozialstruktur von Janus würde sich mit dem Politischen und dem Technikkordinator an der Spitze zweier Bereiche an New New anlehnen, sich aber von nicht einmal einem Zehntel der Bevölkerung New News nähren können. Folglich würde es ihr viel leichter fallen, an die Spitze zu kommen.

Sie bezweifelte das nicht, war sich aber nicht sicher, ob das ein verlockender Vorschlag war. Die Motivation ihres Ehrgeizes war für sie selbst kompliziert und undurchschaubar. Die Ausschuß-Analyse lautete, sie entstamme einem Bedürfnis, bewundert zu werden, welches wiederum in der Ablehnung, die sie von ihren Scanlan-Spielgefährten erfahren hatte, sowie dem Mangel an Wertschätzung seitens ihrer Mutter und ihres Stiefvaters für ihre akademischen Leistungen wurzelte. In O'Haras Ohren klang diese Erklärung seicht und unvollständig. Sie ignorierte das abstrakte Vergnügen, das sie bei der Lösung von Problemen empfand und das sie selbst für den Hauptantrieb hinter ihrem Wunsch nach Aufstieg hielt: Je höher man kam, desto wichtiger und komplexer waren die Probleme – und desto größer die Befriedigung bei ihrer Lösung. Das ließ sie auch zögern, das Argument ihrer Ehemänner zu akzeptieren. Janus wäre eine Welt, aber an erster Stelle ein Raumschiff. Der Technikkoordinator wäre der Kapitän, das Höchste, nach dem sie streben könnte, wäre die Position der Chefstewardeß.

Und die Erde war auch noch da. Sobald die Seuche unter Kontrolle war, würde man Administratoren brauchen, die Erfahrung mit der Erde hatten. Allerdings vermochte sie nicht zu sagen, wie wichtig ihre Erfahrungen beim Umgang mit der fremdartigen Welt wären, die Jeff geschildert hatte.

Jeden Monat begab sie sich in die Bellcom Studios und hörte ihm in der Hoffnung zu, daß er eine neue Energiequelle fände, so daß eine zweiseitige Unterhaltung möglich wäre. (Intakte Kraftstoffzellen waren rar, weil die am meisten verbreitete Sorte im Innern einen kleinen Silberbarren enthielt. Eine Zeitlang nach dem Krieg waren diese Barren als Währung verwandt worden.) Aber sein Signal wurde stetig schwächer, und zu den beiden letzten Vollmondzeiten hatte es gar keine Übertragung mehr gegeben. Die Techniker meinten, wahrscheinlich wäre seine Energie unter die Empfindlichkeitsschwelle ihrer Antennen abgefallen. Sie hoffte, sie hatten recht.

Im Verlauf von sieben Übertragungen hatte Jeff ihnen ein

lebhaftes Bild von der brutalen Welt vermittelt, die Charlies Country genannt wurde. Schwerbewaffnete Banden von Kindern und Heranwachsenden, sogenannte Familien, siedelten sich entweder auf Farmen an oder streiften plündernd von einer Stadt zur anderen. Manchmal trieben sie Handel miteinander, und manchmal schlugen sie verzweifelte Schlachten um die Vorräte der anderen. Mädchen wurden kurz nach der Menarche geschwängert und bekamen ständig Kinder, bis sie, gewöhnlich mit achtzehn oder neunzehn, starben. Viele der Babys wurden als groteske Mutationen oder tot geboren. Die meisten Familien töteten die Mutationen, aber einige behielten sie als Maskottchen.

Sie hatten zwei heilige Bücher, die christliche Bibel und ein Heftchen, das *Charlies Wille* hieß. Jeff glaubte, *Charlies Wille* sei ursprünglich eine brachiale Satire gegen die Religion gewesen. Jetzt wurde sie wörtlich genommen. Eine Version, die etwa ein Jahr nach dem Krieg gedruckt worden war, enthielt eine Erklärung für die Seuche: Sie sei Gottes Antwort auf die Sünde der Empfängnisverhütung. Den Krieg erklärte sie als Bestrafung für des Menschen Versuch, den Himmel zu erobern. Auf diese Weise waren die Welten für alles Elend verantwortlich, sowohl im historischen „Faktum", als auch im theologischen *Fiat*. Jeff hatte es aufgegeben, die Menschen vom Gegenteil zu überzeugen. Ketzerei konnte sehr gefährlich sein.

Der Wahnsinn des täglichen Lebens wurde vom Glauben an Orakel unterstützt. Ein oder zwei Wochen bevor ein Mensch starb, wurde sein Gehirn befallen, und er phantasierte und brabbelte Unsinn. Sie hielten es für eine verbrämte Anweisung von Gott oder seinem Propheten Charlie.

Jeff wußte von Deucalion. Er hatte ihn über den Himmel wandern und mit dem hellen Stern, der New New darstellte, verschmelzen sehen. Er äußerte die Hoffnung, das wäre der Beweis, daß sie überlebt hatten, da er der Meinung war, der Asteroid wäre erst in zwanzig Jahren wieder fällig. Folglich, schloß er, hatten sie etwas unternommen, ihn zu beschleunigen. Andere hatten ihn auch gesehen – einige Familien benutzten eine schlichte Astrologie, um den Himmel nach Omen abzusuchen –, und ihre Interpretationen waren interessant.

Gott hatte die Welt dort oben schließlich doch zerstört, oder Charlies Geist war in sie eingegangen, oder Fremdwesen aus dem Kosmos hatten sie erobert und bereiteten nun die Invasion der Erde vor.

2

John war schwächer denn je, als er nach zwei Monaten Nullschwerkraft zurückkehrte. Als ihre Dienstpläne es zuließen, ging O'Hara mit ihm in den Niederschwerkraftzonen spazieren und versuchte, keine Sprünge zu machen, während er schmerzvoll neben ihr herschlich.

„Was macht die Beförderung?“ Ogelby blickte seitlich zu ihr hoch.

„Zu früh zu sagen.“ Sie tat zwei lange Schritte, nahm sich wieder zusammen und wartete auf ihn. „Es ist wirklich eine Qual. Ich wünschte, sie hätten mich in der Abteilung Ressourcen gelassen. Jeder unter mir versteht meinen Job besser als ich.“

„Laß dir von einem alten Hasen sagen: Es ist Zeit, sehr vorsichtig zu sein.“ Ogelby war Klasse 20, der höchste Grad.

„Ja, ich weiß. Sie testen mich . . . In meinem Profil steht: Die Hauptschwäche der Person ist die mangelnde Bereitschaft, Autorität zu delegieren. Deshalb haben sie mich auf eine Stelle gesetzt, wo ich gar nichts anderes tun *kann.*“ Sie war seitwärts und aufwärts geschoben worden, bis sie Statistikdirektor in der Abteilung öffentliche Gesundheit wurde. „Seit ich sechzehn war, habe ich keinen Gedanken mehr an Statistik verschwendet. Und damals war das nur der Grundkurs, du weißt schon, ‚Wenn Sie sechs schwarze Kugeln und vier weiße Kugeln haben . . .‘“

„Sie sind ein männliches Basketballteam. Gemischt mit . . .“

„Verschone mich!“ Sie blieben an einem Panoramafenster stehen, das den Blick auf die gekrümmte Parkfläche unter ihnen freigab. „Wann, glaubst du, bist du für ein g bereit?“

„Ach Gott, daran will ich nicht einmal denken.“ Er drehte der Aussicht den Rücken zu und bog beide Arme durch das

Geländer, um seine Füße etwas zu entlasten. „Das hast du also nachts studiert? Statistik?"

„Hab' versucht, einen Text durchzuackern. Aber ich muß Infinitesimalrechnung neu lernen, um die Beweise ableiten zu können. Es ist demoralisierend, wie schnell man solche Sachen vergißt."

„Wenn du Hilfe brauchst..."

„Nein, danke. Das habe ich mit Dan schon ausprobiert. Euch Männern fliegen diese Sachen einfach so zu. Wenn Dan etwas zu erklären versucht, bin ich hinterher dümmer als vorher."

Er nickte. „Ich bin auch kein Lehrertyp."

„Außerdem mache ich es nur als eine Geste. Chi-Quadrat, Standardabweichung und all das Zeug... In Wirklichkeit bekommen wir Zahlen von der Hauptstatistik und stecken sie in verschiedene Säulen und Kolonnen. Wie viele Arbeitstage sind im letzten September durch Erkältungen verlorengegangen? Sollen wir in diesem September mehr Hühnersuppe servieren? Ich bin sicher, für einen anderen wäre das alles sehr faszinierend. Ich stecke dort ein Jahr bis zur nächsten Ausschußüberprüfung fest. Wenn sie mir eine gute Bewertung geben, kann ich wohl annehmen, daß ich ihren kleinen Test bestanden habe. Dann darf ich mich umsehen und um eine Umsetzung bitten."

„Möchtest du, daß ich dir eine Umsetzung verschaffe?"

„In den Technikbereich?" Sie lachte. „Nein, danke."

„Es wäre im Politikbereich, der Technik zugeordnet. In deiner Klasse oder eine Stufe höher."

„Nein, das würde verdächtig aussehen. Du bei zwanzig, Dan bei achtzehn, und ich bin mit Sandra befreundet – dem Technikbereich wage ich mich nicht zu nahe. Der Ausschuß würde erkennen, daß jemand an den Fäden zieht, und mich für immer einfrieren."

„Es wäre eine Computerselektion. Ohne jede persönliche Empfehlung."

„Und mein Mann programmiert den Computer."

„Nicht direkt. Willst du nicht mal wissen, was das für ein Job ist?"

„Nur zu!"

„Wir stellen ein Vorbereitungsteam für Operation Janus zusammen . . ."

„Du versuchst ja immer noch, mich an Bord des verdammten Raumschiffs zu bekommen!"

„Nun hör mir erst mal zu. Wir brauchen notwendigerweise einige Leute von der Politik. Vor allem Leute mit breitem akademischem Hintergrund. Es geht immerhin darum, eine ganze neue Welt aus dem Nichts zu schaffen. Gesellschaftssystem, Bevölkerungsverteilung bezüglich Alter, genetischem Hintergrund, beruflicher Spezialisierung und so weiter. Es wäre tausendmal spannender als Hühnersuppe."

Sie seufzte und tätschelte seine Hand, ohne ihn anzuschauen. „Das wäre es sicher. Aber ich kann es einfach nicht riskieren."

„Warum fragst du nicht wenigstens einmal nach Berrigans Meinung? Sie kann dir sagen, wie der Ausschuß das sieht. Sie kennt die Hälfte der Mitglieder."

„Die andere Hälfte macht mir Kopfzerbrechen, die Psychologen. Sie können recht willkürlich sein. Die älteren Administratoren neigen zu Zugeständnissen. Es ist ihr Einfühlungsvermögen, nehme ich an."

„Haben Psychologen kein Einfühlungsvermögen?"

Sie lachte. „Okay. Ich gehe heute abend mit Sandra schwimmen. Mal sehen, was sie sagt."

„Es wäre lustig, wenn wir zusammenarbeiten."

„Wir alle drei?"

„Ich hoffe schon. Letztlich." Er schüttelte den Kopf. „Wir müssen Dan aus diesem Druckkochtopf rausholen. Der ursprüngliche Grund, ihn zum Chef der Anwendung zu machen, existiert nicht mehr, die Probleme mit Teer- und Harzzersetzung sind längst gelöst. Es sind weiß Gott genügend Leute heiß auf den Job."

„Noch mehr Politik."

„Vielleicht. Ich vermute, die Leute über Dan sind glücklich damit, einen Abteilungsleiter ohne Ehrgeiz auf höhere Positionen zu haben. Und er macht seine Sache sehr gut."

Sie nahm ihn beim Arm. „Los, du brauchst Bewegung."

Charlies Wille

Vorsichtig radelte Jeff Hawkings auf die ausgebrannte Tankstelle zu. Vor der Tankstelle saß ein Junge an einem Tisch, neben sich Bierschachteln hochgestapelt. Die Schrotflinte des Jungen blieb ständig auf Jeff gerichtet, als dieser näher kam.

„Du Heiler?“ fragte der Junge.

„Das ist richtig. Jemand krank in deiner Familie?“

„Nee. Nur einer mit dem Tod.“

„Charlies Wille“, sagte Jeff und zeichnete mit dem Daumen ein kleines Kreuz auf seine Brust. „Wieviel für das Bier?“

„Ich laß dir eine Schachtel für eine Schrotflintenladung.“ Er zeigte auf die Waffe, die in Jeffs Schulterband baumelte.

„Ich habe nur eine Kassette“, log Jeff. „Und die ist nicht voll.“

„Silber?“

„Hmhm. Ich habe ein paar Kugeln, Kaliber 22 und 45.“

„Wir haben eine 45er. Ein Bier für zwei Kugeln.“

Jeff suchte in einem Lederbeutel an seinem Gürtel. „Zwei Bier für eine.“ Er warf die schwere Patrone auf den Tisch.

„Eins gegen eins.“ Der Junge schob ein Bier hinüber.

Achselzuckend riß Jeff die Dose auf und nahm einen vorsichtigen Schluck. Das Bier war nicht mit Blick auf ein fünfjähriges Regaldasein gebraut worden, es schmeckte etwas schal, war aber noch nicht verdorben. Er trank die Dose schnell leer, kaufte noch eine und steckte sie in seine Satteltasche. „Kennst du jemanden in der Nähe, der Heilung braucht?“

„Viertelstunde die Straße runter ist ’ne Familie. Da ist immer jemand krank. Sie behalten ihre Mutis. Auf der linken Seite ist ein Schild, steht irgendwas von ’ner Farm drauf.“

„Danke.“ Jeff stieg auf sein Fahrrad und trat in die Pedale.

„Hee!“ Er spürte das vertraute Stechen in der Rückenmitte, bremste und schaute sich um.

„Sie haben ’nen Wachtposten, ungefähr auf halber Strecke. Wenn’s dunkel ist, solltest du nicht da rein.“

„Danke, ich beeil’ mich.“ Es war Spätnachmittag, die Sonne färbte sich rot.

Nach etwa zwei Kilometern kam er an einen Sandweg, neben

dem ein verblaßtes Schild mit der Aufschrift „Forest-in-Need-Farm" stand. Das Fahrrad rutschte in dem feinen Sand zu sehr, deshalb stieg er ab und schob es. Alle zwanzig, dreißig Sekunden rief er „Hallo". Auf beiden Seiten des Wegs war dichtes Unterholz, in dem sich leicht jemand verstecken konnte. Hohe Pinien säuselten in der sanften Brise.

„Stehenbleiben!" sagte eine tiefe Stimme hinter ihm. „Streck die Hände hoch!" Jeff lehnte das Fahrrad gegen seine Hüfte und befolgte die Aufforderung.

Er hörte jemanden durch die Büsche treten und dann leise Schritte auf dem Sand. „Du bist der alte Trottel, der Doktor."

„Heiler."

„Egal. Du kannst die Hände runternehmen." Das Äußere des Mannes war verblüffend: Er war ziemlich groß und alt genug für einen buschigen, blonden Bart. In der Armbeuge hielt er ein modernes Uzi-Pfeilgewehr, das erste, das Jeff seit Jahren sah. Er bemerkte, daß es entsichert war, und bewegte sich sehr langsam. Zweihundert Pfeile pro Sekunde. Bei der Ausbildung hatten sie die Waffe Fleischwolf genannt.

„Du kommst zur rechten Zeit. Wir haben einige Kranke." Er drehte seinen Ring und sprach hinein. „Der beknackte Heiler kommt. Er ist okay."

„Habt ihr Strom?"

„Ein bißchen. Nach der zweiten Kurve das große Haus. Jemand wird dich durchs Tor lassen."

Nach weiteren hundert Metern hörte der Wald urplötzlich auf. Große Weideflächen waren unkrautüberwuchert. Nach zwei Biegungen begann ein hoher Stacheldrahtzaun, den ein Schild als elektrisch auswies. Dahinter befanden sich grüne Gemüsegärten und Gehege mit Hühnern und Schweinen. Ein modernes zweigeschossiges Haus mit Sonnenkollektoren auf dem Dach. Sandsackbunker, Kampfstellungen, waren in regelmäßigen Abständen um das Haus herum verteilt. Ein Mädchen von dreizehn oder vierzehn erwartete ihn stumm und hielt das Tor auf. Sie war nackt und trug ein Baby im Arm, das an ihrer kleinen Brust saugte.

Sie zog das Tor hinter ihm zu und verschloß es. „Mein Baby ist krank. Vielleicht kannst du ihm helfen."

Der Säugling hatte einen großen Auswuchs am Hals. Als sie ihm das Kind entgegenhielt, sah er, daß es in Wirklichkeit ein halb ausgebildeter zweiter Kopf war. Weder Augen noch Nase, aber ein kleiner Blütenmund. Der Säugling war hermaphroditisch, kleine männliche Genitalien befanden sich zu hoch über dem weiblichen Spalt.

„Es übergibt sich ständig“, sagte sie. „Manchmal scheißt es Blut. Meistens.“

„Bei Mutis weiß man nie. Vielleicht fehlt ihm irgend etwas im Körper. Ich sehe es mir oben im Haus an.“

Das Haus war aus Betonfertigteilen gebaut, die Fenster mit Stahlrolläden versehen. Die Tür war eine zehn Zentimeter dicke Schaumstahlplatte. „Das hat jemand für die Ewigkeit gebaut“, sagte Jeff.

„Das waren Tads Eltern. Tad hast du unten an der Straße getroffen.“ Drinnen war es kühl, die Klimaanlage funktionierte. Das Mädchen wickelte das Baby in eine Decke und zog sich ein Kleid über. „Sie haben gewußt, daß es Krieg gibt.“

„Wie alt ist Tad?“

„Zwanzig, bald wird er den Tod bekommen. Dann übernimmt Marsha die Führung, sie ist seine Schwester. Wir übrigen sind später gekommen, die meisten im ersten oder zweiten Jahr.“

Der Wohnraum war elegant, sparsam eingerichtet und sauber. Neojapanisch, mit Matten und niedrigen Tischen. Sie setzte das Baby auf den Tisch, und Jeff hockte sich mit gekreuzten Beinen davor. Er sterilisierte eine Sonde und nahm die Temperatur. Als er die Anzeige las, schüttelte er den Kopf.

„Weint es oft?“

„Der normale Kopf schon, manchmal. Der andere Kopf tut nichts. Nicht mal saugen.“

„Ich glaube nicht, daß es noch lange lebt.“ Er fühlte die heiße, trockene Stirn. „Solches Fieber würde einen Erwachsenen umbringen. Sein Gehirn kocht ja fast.“

„Seit vorgestern hat es nicht mehr geweint. Und es bewegt sich auch nicht mehr. Kannst du irgendwas tun?“

„Ich kann's versuchen. Würde mich wundern, wenn es morgen noch lebt.“

„Charlies Wille", murmelte sie. Jeff bekreuzigte sich und holte die Impfpistole aus der Satteltasche. Er tupfte die Mündung und eine Stelle auf dem Arm des Mutanten ab. Nach kurzem Zögern schraubte er eine Flasche reiner Salzlösung auf. Sinnlos, Antibiotika zu vergeuden.

Sie wischte sich eine Träne übers Gesicht. „Mein erstes Baby."

„Du hast noch viele in dir. Vielleicht, wenn du einen anderen Vater aussuchst... Weißt du, wer der Vater ist?"

Sie schüttelte den Kopf. „Einer von den Jungs."

„Gibt es noch mehr Mutis?"

„Noch vier. Fünf, wenn man Jommy mitzählt, aber er hat nur Extrafinger. Und einige sind tot geboren worden. Eins kam irgendwie umgestülpt zur Welt, hat aber lang' genug gelebt, um getauft zu werden."

„Wie viele Normale?"

„Acht, Jommy mitgezählt."

„Und wie viele Frauen? Ich meine, alt genug, um Mutter zu werden?"

„Ich bin die vierte. Dann Sharon, sie ist sechzehn. Sie blutet, wird aber nicht schwanger. Sie kriegt's zwei- oder dreimal am Tag, wird aber nicht schwanger."

„Blutet sie regelmäßig?"

„Nee. Sie weiß es vorher nie."

„Dann kann ich ihr vielleicht helfen, wenn ich das nächste Mal vorbeikomme." Er nahm seinen Block heraus und machte sich eine Notiz. In Plant City waren Behälter mit Pillen zur Geburtenkontrolle, aber er machte sich normalerweise nicht die Mühe, sie mitzunehmen. Vielleicht konnte er ihren Zyklus regulieren und sie fruchtbar machen. „Sonst noch Kranke?"

„Zwei oben, richtig krank. Ich zeig's dir." Sie nahm das Baby und hatte das Zimmer durchquert, bevor Jeff seine Gelenke zum Aufrichten brachte. „Hast du Schmerzen?"

„Kann mich nur nicht so flott bewegen. Gehört zum Altsein."

Sie nickte ernst. „Charlie muß dich hassen."

Er folgte ihr eine breite Treppe hinauf und in ein Schlafzimmer. „Ich bin die einzige, die hier reinkommt“, sagte sie. „Tad will nicht, daß es sich ausbreitet.“

In getrennten Betten zwei Jungen: ausgezehrt, blaß, schweißbedeckt. Einer schlief, der andere stöhnte und zuckte. Der Schlafende hatte kleine rote Flecken auf der Brust.

„Zeig mir deine Zunge“, sagte Jeff zu dem Wachen. Als er nicht reagierte, packte Jeff sein Kinn und zwang den Mund offen. Die Zunge war braun und trocken.

„Sind sie kürzlich in Tampa gewesen?“

„Ja. Vor einem Monat hat Tad sie hingeschickt, um Schlauch zu holen. Woher weißt du das?“

„Da unten ist eine Epidemie. Weißt du, was eine Epidemie ist?“

Sie schüttelte den Kopf.

„Es ist eine Krankheit, die sich überall ausbreitet und außer Kontrolle gerät. In Tampa gibt's eine Epidemie von Typhusfieber. Die beiden haben sich dort angesteckt.“

„Werden sie sterben?“

„Wahrscheinlich nicht. Ich habe Medizin dagegen. Was macht ihr mit ihrer Scheiße?“

„Was?“

„Ihr tragt die Scheiße raus, oder? Wohin?“

„Oh, wir haben eine Kompostmaschine hinter dem Haus.“

„Verbrennt sie sie?“

„Nein, ist so 'ne Ultradingsdasache. Tad weiß es.“

„Gut.“ Er stöberte in seinen Satteltaschen und fand das Chloramphenicol und das Cortison. „Wie geht es dir? Bist du krank gewesen?“

Sie blickte zu Boden. „Hmhm. Nur die ganze Zeit müde. Kann sein, ich hab' Durchfall.“

„Nasenbluten?“

„Bißchen.“

„Hört sich so an, als hast du's auch. Wahrscheinlich ist es das auch bei dem Baby.“ Er studierte das Etikett des Cloramphenicol und stellte die Impfpistole auf Dreiviertel einer Erwachsenendosis. „So breitet sich die Krankheit aus. In Tampa scheißen sie überall hin. Die Fliegen setzen sich auf die Scheiße und dann auf das Essen.“

„Die da unten sind richtige Tiere“, sagte sie.

„Allerdings.“ Er gab beiden Jungen eine Injektion. „So hast du es gekriegt – zu enger Kontakt.“

„Ich bin bestimmt vorsichtig“, sagte sie verletzt.

„Das geht schnell. Dreh dich rum, und heb dein Kleid hoch.“ Sie zuckte, als der kalte Alkohol ihre Haut berührte. Jeff wischte etwas länger als nötig. Bis auf ihre Füße war sie sehr sauber, was auf ihn mehr Wirkung erzielte als ihre knabenhafte Figur. Fünf Jahre schmutzige Kinder, sein Sexualleben auf Erinnerungen an Marianne und eine Handvoll Gleitmittel beschränkt. Er schluckte und mahnte sich selbst, daß das Mädchen jung genug war, seine Tochter zu sein. Aber er mußte beide Hände nehmen, um die Pistole ruhig zu halten.

„Jetzt das Baby.“ Er gab eine Minimaldosis ein, rieb es ab und injizierte.

Sie zeigte auf seine deutlich erkennbare Erektion und kicherte. „Soll ich dafür sorgen?“

Er zögerte. „Was würde Tad sagen?“

„Ich würde ihm nichts verraten.“

Jeff wußte ein wenig über Kinderpsychologie und viel über Schußwunden. „Warten wir. Ich rede erst mit Tad darüber.“

„Er wird dich nicht lassen. Niemand außerhalb der Familie. Außerdem, wenn ich ein Baby kriege, könnte es so alt wie du werden.“

„Man muß nicht unbedingt schwanger werden.“

„Klar, vorn-hinten und vorn-oben. Tad sagt, Charlie sagt, das ist Sünde.“ Sie lachte. „Aber ich hab’ beides gemacht, als ich schwanger war, auch mit Tad. Es war lustig.“

Jeff schloß die Augen und atmete langsam und gepreßt aus. Analverkehr war ein Typhusüberträger. In dem Text, den er gelesen hatte, war das nicht erfaßt. Nun ja, er konnte sich immer eine Zusatzdosis geben.

„Gehen wir nach unten.“ Stimmen waren zu hören.

Tad saß am Tisch und gab zwei Kindern Anweisungen fürs Abendessen. Er winkte Jeff heran und schickte eins der Kinder, eine Flasche Wein zu holen. „Konntest du was für sie tun?“

Jeff setzte sich und berichtete ihm von der Typhusepidemie. „Ich habe genügend Impfstoff, um jeden in der Familie zu immunisieren. Die Kleine mit dem zweiköpfigen Baby, ich glaube, sie hat es schon. Das Baby auch. Ich habe allen Spritzen gegeben, und am Morgen brauchen sie noch eine. Ich lasse ein paar Tabletten da."

Ein Mädchen brachte eine Flasche Weißwein und zwei echte Stielgläser. Tad zog den Korken heraus und goß ein. Er schmeckte wie herber Port mit einem muffigen Nachgeschmack nach angefaulten Orangen, aber er war trinkbar.

„Was können wir dir im Austausch geben? Wir haben viele Nahrungsmittel."

„Nein, ich habe von der letzten Familie alles, was ich transportieren kann. Wirklich Bedarf habe ich für eine geladene Kraftstoffzelle. Ihr müßt welche haben."

Er runzelte die Stirn. „Wir haben keine übrig. Sieben in Reihe geschaltet und zwei in Reserve."

„Ich würde sie in einer Woche zurückbringen."

„Ich weiß nicht. Wenn jemand wüßte, daß du sie hast, würde man dich für das Silber umbringen." Er starrte in den Wein und ließ ihn im Glas kreisen. „Was willst du überhaupt damit?"

„In der Klinik, wo ich meine Medizin aufbewahre, ist eine leistungsfähige Funkanlage. Ich will sehen, ob ich mit jemandem Kontakt aufnehmen kann."

Tad zog an seinem Bart. „Vielleicht . . . läßt du die Schrotflinte hier. Hast du noch eine Waffe?"

Jeff nickte. „Pistole. Aber mich belästigt keiner."

„Das hört man. Weißt du eigentlich, wieso du nicht gestorben bist?"

„Charlies Wille."

Tad schüttelte kaum merklich den Kopf und senkte die Stimme. „Daran glaubst du doch in Wirklichkeit gar nicht." Er blickte auf die Holobilder über dem Kamin: ein verklärter Manson, ein blutender Christus und drei kleinere Bilder, zwei Frauen und ein Mann, der Manson in Haar- und Barttracht ähnelte. „Mein Vater und meine Mütter haben zur Familie gehört, als ich groß geworden bin. Ich hab' das für Blödsinn gehalten und tue es heute noch. Der Zeitpunkt des Krieges war nur Zufall. Charlie Manson war ein verrückter Spinner. Über Jesus weiß ich nichts."

„Empfindet der Rest der Familie genauso?“

„Nein. Und wenn doch, behalten sie’s für sich.“ Als Jeff nichts sagte, fuhr er fort. „Ich habe von ein paar anderen alten Leuten gehört, und einmal habe ich sogar einen gesehen, Big Mickey drüben in Disney World. Er war groß wie du, aber verrückt. Angeblich sind alle Alten groß und verrückt. Wieso bist du anders? Sag’s mir, und du kannst die Kraftstoffzelle benutzen.“

„Ich kann dir sagen, was ich glaube, aber es rettet dich nicht vor dem Tod.“

„Nur zu!“

„Ein Geburtsfehler. Ich bin so etwas wie ein Muti, wie die anderen alten Menschen auch. Man nennt es Akromegalie. Irgend etwas mit den Drüsen geht schief, und man wächst weiter, wenn normale Menschen damit aufhören. Normalerweise wirkt es aufs Gehirn, aber in meinem Fall hat es spät eingesetzt, und ich hatte Arzneimittel.“

„Und wie verhindert es, daß du den Tod kriegst?“

„Ich weiß nur, *daß* es so wirkt. Ich bin seit dem Krieg ziemlich rumgekommen und habe noch nie von jemandem gehört, der über zwanzig war und keine Akromegalie hatte.“

„Okay.“ Nachdenklich nahm er einen Schluck Wein. „Und gibt es eine Möglichkeit, wie ich die Akromegalie von dir kriegen kann? So wie mit einer Bluttransfusion?“

„Nein, man muß damit geboren werden. Ein Hormon ist beteiligt, Wachstumshormon, damit könnte es gehen, aber ich habe es nie in den Kliniken gefunden und weiß auch nicht, wie man es herstellt. Ich bin kein Naturwissenschaftler, nicht einmal Arzt. Mit dem Funkgerät könnte ich vielleicht etwas herausfinden.“

Tad blickte zur Küchentür. „Geh weg, Mark! Hier reden die Großen.“ Ein Junge stand im Türrahmen auf den Händen. Seine Hände waren wie flache Fleischscheiben, ohne Finger. Statt Beinen hob sich ein einzelnes Glied in die Luft, das in einer Flosse endete. Er hatte eine Hasenscharte, und seine Augen waren zu klein und standen in dem eiförmigen Kopf zu nah beieinander. Er miaute etwas, drehte sich um und watschelte hinaus.

„Man weiß nie, wieviel er versteht“, sagte Tad. „Hast du so einen schon einmal gesehen?“

„In der Form nicht. Bei den meisten Mutis gibt es mehr als einen Fehler, aber er ist ja ein regelrechter Katalog: Hasenscharte, Srenomelie, Mikrophtalmie, Akrozephalie. Gott weiß, was noch drinnen steckt. Ein Wunder, daß er überlebt hat.“

„Frißt wie ein Schwein. Wenn du kein Arzt bist, wieso weißt du dann die ganzen Namen?“

„Ich habe mal ein Buch über Monster gefunden, aber es hilft nichts. Für die wenigen Dinge, die korrigiert werden können, sind chirurgische Eingriffe nötig. Ich kann eine Wunde nähen, aber das ist es auch schon.“

„Meinst du, wir sollen sie am Leben lassen? Die meisten Familien tun es nicht, schätze ich.“

„Hmm.“ Jeff trank seinen Wein aus und füllte beide Gläser nach. „Den meisten Leuten würde ich das nicht sagen – und du hörst es nicht, okay?“ Tad nickte. „Wir sollten die Mutis aufwachsen und zusammen Kinder haben lassen. Früher oder später könnte ein Gen auftauchen, das Immunität gegen den Tod in sich trägt. Vielleicht wie die Akromegalie, aber ohne die schlimmen Nebenwirkungen.“

„Für was hältst du den Tod? Nicht Charlies Gnade.“

„Entweder ist es ein Mittel biologischer Kriegsführung oder eine verbreitete Krankheit, die mutiert ist. Es könnte aussterben oder ewig bleiben. Ich weiß nicht, wie weit sie verbreitet ist. Ein weiterer Grund, das Funkgerät in Betrieb zu nehmen.“

„In Georgia haben sie's auch, das wissen wir. Ich habe jemanden aus Atlanta getroffen.“

Jeff nickte. „Wahrscheinlich ist es überall. Zumindest überall an der Ostküste. Man sollte erwarten, daß Florida nach ein, zwei Wintern ein paar Einwanderer haben müßte.“

„Vielleicht bleiben sie an der Atlantikseite.“

„Da ist fast alles zerbombt. Ich bin von dort aufgebrochen, aber dann auf der Suche nach Farmen ins Inland gezogen.“

Eine Weile tauschten sie Informationen aus. Dann kam ein kleines, offensichtlich normales Mädchen herein und sagte, das Essen sei fertig.

Sie aßen an zwei Tischen, Erwachsene und Kinder getrennt. Das Essen war köstlich, Hühnchen, mit frischem Gemüse zusammen gekocht, aber die Eßgepflogenheiten am Nebentisch waren nicht sonderlich appetitlich. Zwei Kinder mußten gefüttert werden: eins wegen Phokomelie – es hatte Seehundflossen anstelle der Arme; eins war kleinköpfig und völlig passiv. Ein Kind, das ziemlich normal aß, war ein Mädchen mit wunderschönen, goldenen Locken und nur einem Auge in der Mitte. Das Mädchen mit dem zweiköpfigen Baby brachte eine Schüssel zu Marsha hinaus. Tads Schwester bewachte jetzt die Straße.

Während des ganzen Essens befragte Tad die „Erwachsenen“ – der älteste mochte siebzehn sein – über Tierzucht und Pflanzenanbau. Seine Eltern hatten eine umfangreiche Bibliothek über Agrarwirtschaft und andere Aspekte des Überlebens, aber wie er Jeff sagte, konnten die meisten der Großen nicht sehr gut lesen und wollten auch nicht viel lernen.

Nach dem Essen impfte Jeff sie und entdeckte, warum sie so sauber waren. Auf der Veranda vor der Küche hatten sie eine Duschkabine und eine große Tonne. Sie rieben sich mit einer Seife ein, die leicht nach Speck roch, dann spülten sie sich ab, und die Erwachsenen glitten in das angenehm warme Wasser, während die Kinder spielten.

„Jeden Morgen füllen wir den Tank auf dem Dach“, sagte Tad und zeigte auf eine Pumpenanlage, die wie ein Fahrrad ohne Räder konstruiert war. „Man muß eine halbe Stunde in die Pedale treten, aber das ist es wert. In dieser Jahreszeit warten wir nicht bis Mittag, sonst wird es so heiß, daß man es kaum aushalten kann.“

Marsha kam herein, und Jeff sah mit träger Aufmerksamkeit zu, wie sie duschte. Schön war sie nicht, aber erwachsen, ein seltener Anblick. Feste Muskeln, kein Babyspeck, die Male mehrerer Schwangerschaften.

Sie setzte sich neben Jeff in die Tonne, legte ihren Arm um ihn und begann ein Gespräch mit Tad. Nach einiger Zeit stiegen sie heraus und überließen die Tonne den Kindern. Jeff und Marsha trockneten sich gegenseitig ab. Ohne ein Wort zu sprechen, sammelten sie ihre Kleider und Waffen ein und gingen gemeinsam nach oben.

Das erste Mal war, wie vorhersehbar, vorbei, bevor es begonnen hatte, aber Jeff kam schnell wieder zu Kräften. Schließlich hatte er fünf Jahre nachzuholen. Danach redeten sie miteinander.

„Ich wette, du bist wie Tad", sagte sie und spielte mit seinem Bart. „Du glaubst nicht."

„Ich bin mit dem Taoismus groß geworden", sagte Jeff vorsichtig. „Amerikanischer Taoismus. Eine viel sanftere Weise, die Dinge zu sehen."

„Oh, Charlies Art ist sanft." Sie streckte ihren Körper gegen seine Seite und legte einen Arm ein Stück über seine breite Brust. „Für die Männer ist es schwer zu verstehen, glaube ich. Frauen sind näher am Leben, deshalb haben sie keine Angst vor dem Tod."

„Das ergibt für mich keinen Sinn."

„'türlich nicht. Du bist ein Mann."

„Charlie war ein Mann."

„Jesus auch. Aber sie waren eigenartige Männer."

Jeff lächelte in die Dunkelheit. „Wenigstens darin können wir überein ..." Er war auf dem Boden und rollte sich zu seinen Waffen, bevor sein Gehirn richtig registrierte, was er gehört hatte: Durchs offene Fenster drangen das unverkennbare Brüllen eines Uzi-Fleischwolfs, Schreie, das manische Rattern einer Maschinenpistole, noch zweimal die Uzi, ganze Salven aus Flinten und Pistolen, und dann Stille. Dann ein einzelner Knall, ein Schuß aus einer kleinkalibrigen Pistole.

Von der anderen Seite des Zimmers hörte er metallische Geräusche – Marsha steckte ein Magazin ins Gewehr und spannte es. „Larry haben sie wohl erwischt. Charlies Wille."

Automatisch hob Jeff die Hand, um sich zu bekreuzigen, unterbrach sich aber mitten in der Bewegung. Er schnallte den Wadenhalfter um und stieg in seine Hose, schlüpfte in den Schulterhalfter, verzichtete aber auf das Hemd. Er fand Stiefel, Messer und Schrotflinte und folgte ihr die Treppe hinunter. Ein Gong ertönte.

Sie waren die ersten hinter den Sandsäcken. Er beobachtete die Straße und die verkrauteten Weiden, die vom hellen Mondlicht beschienen waren. Drei Tage bis Vollmond – vielleicht könnte er in drei Tagen schon mit Marianne sprechen. Das war es zu kämpfen wert. „Ihr solltet das Unkraut ringsherum niedrighalten", sagte er. „Da könnten hundert Leute heranrobben, und ihr würdet sie erst sehen, wenn sie anfangen, über den Zaun zu steigen."

„Dann können wir zusehen, wie sie gegrillt werden." Ihre Stimme war ruhig und heiter, seine eigene heiser und gepreßt. Sein Herz pumpte Adrenalin, seine Knie zitterten. Feuchte Handflächen und ein zuckender Schließmuskel. Er setzte sich und zog die Stiefel an. Wenn er rennen mußte, wie konnte er einen elektrischen Zaun überwinden? Die Stahlrolläden rasselten nach unten.

„Schon mal gekämpft?" fragte sie.

„Zweimal. Und früher war ich Cop in New York City."

„Du hörst dich nervös an."

„Aus der Übung. Passiert es oft?"

„Einmal im Monat oder so. Aber es ist normalerweise dunkel, sollte kein Problem sein."

Er legte beide Pistolen auf die Sandsäcke und versuchte, den Blick über den Lauf seiner Flinte gerichtet, eine bequeme Position zu finden. „Du hast wirklich keine Angst zu sterben."

„Nein. Ich würde lieber noch auf den Tod warten, aber wenn Charlie mich früh will, ist es sein Wille."

Tad ging hinter dem nächsten Bunker in Position. Er hatte ein schweres Gewehr mit einem wuchtigen Nachtglas als Zielfernrohr, durch das er die Umgebung musterte. „Noch nichts", sagte er im Plauderton. „Alle an ihrem Platz?" Jemand weit links sagte: „Eins", und es wurde weiter rund ums Haus bis acht abgezählt. „Heiler, setz deine Flinte nicht gegen den mit unserer Uzi oder einen anderen mit einer Automatikwaffe ein. Wir können uns nicht leisten, sie zu ruinieren." Die Schrotflinte verfeuerte winzige Metallsplitter, die von Ladungen komprimierten Stickstoffs explosiv ausgestreut wurden. Sie war eine gute Nahdistanzwaffe, zerfetzte aber alles, was sie traf.

„Wir gehen nach Plan zwei vor. Jommy, schalte den Zaun ab und schalte ihn erst wieder an, wenn du mich oder Mom schreien hörst. Alle anderen bleiben hinter der Verschanzung und feuern erst, wenn ich es sage." Dann erklärte er für Jeff: „Ich hole mir einen oder zwei mit dem Zielfernrohr, und dann lassen wir sie eine Zeitlang ihre Munition vergeuden." Er spähte durch das Glas mit dem Restlichtverstärker und zielte das Gewehr in langsamem Bogen von Ost nach West und wieder zurück. „Wenn sie überhaupt kommen. Vielleicht nehmen sie nur die Uzi und verschwinden damit."

„Niemals", sagte Marsha. Sie saß entspannt hinter den Sandsäcken. Ihre Haut glänzte noch vom Sex.

„Es wäre kein schlechter Preis."

„Sie werden's versuchen", beharrte sie im Brustton der Überzeugung. „Sie sind viele."

„Hörte sich so an", pflichtete Tad bei. „'dammt, ich wünschte, Larry hätte das Feuer nicht eröffnet."

„Plan eins klappt immer", sagte Marsha. „Der Straßenposten läßt sie vorbei und warnt uns. Dann folgt er ihnen und versteckt sich in einem Bunker dort drüben im Westen, an der Baumlinie. Wenn die Schießerei losgeht, haben wir sie im Kreuzfeuer."

„Die meisten kriegen's von der Uzi", sagte Tad. „Dieser *verdammte* Larry!"

Ziemlich nah war ein Geräusch, als fiele ein Stein auf den Boden, es folgte ein heller Blitz und simultan eine Explosion. Funkelnde Teilchen spritzten um sie herum. Tad hatte sich hinter die Sandsäcke geduckt. Jetzt fuhr er hoch und drückte fünf oder sechsmal ab. Durch den Schalldämpfer waren nur sanfte Schläge zu hören.

„Hab' einen." Er ging wieder in Deckung, und sie warteten. Das Feuer wurde nicht erwidert. Es war gar nichts zu hören.

„Heiler", sagte Tad. „Laß die Flinte zweimal krachen. Mal sehen, ob wir sie aufscheuchen können." Vorsichtig spähte Jeff an den Sandsäcken vorbei. Er hörte ein leises Kommando, und plötzlich erhoben sich dreißig oder vierzig Menschen aus dem Gestrüpp und bewegten sich rasch und leise auf sie zu. Er feuerte zwei schnelle Schüsse in ihre Richtung und rollte hinter die Verschanzung. „Sie kommen", sagte er. Immer noch keine Schüsse.

„Sie haben Leitern", zischte Marsha, die über die Säcke spähte. „Das wird ein Zielschießen."

„Wartet, bis sie die Leitern in Position haben", befahl Tad.

Die Uzi heulte in einer langen Salve und bestrich alle Bunker vor dem Haus. Die Sandsäcke über Jeff und Marsha platzten auf, Erde rieselte herab. Tad sagte ziemlich ruhig: „Ach, Scheiße", fiel zu Boden und hielt sich das Gesicht.

Jeff hastete zu ihm hinüber und sah, daß ein Pfeil die Wange des Manns aufgerissen hatte. Ein Fetzen aus Haut und Fleisch baumelte über seinen Bart und legte Backenzähne frei, auf denen im Mondlicht Blut glänzte.

„Hier." Jeff fühlte nach dem Fetzen und führte Tads linke Hand dorthin. „Halte es fest, bis es vorbei ist. Dann nähe ich es." Er war sich nicht sicher, ob er das wirklich konnte.

„Okay", sagte Tad mit zusammengebissenen Zähnen. „Wir tauschen die Waffen. Einhändig kann ich mit dem Gewehr nicht schießen."

Jeff gab ihm die Schrotflinte und hob das ihm unvertraute Gewehr. „Es sind noch acht, höchstens zehn Schuß drin. Ist noch irgendwo Reservemunition für das Ding?"

„Im Schaft. Sag Marsha, sie soll den Zaun anschalten." Marsha hörte es und rief zu Jommy. Jeff spähte durch das Glas und suchte nach dem, der die Uzi hatte. Da sah er das erste Opfer des Zauns: ein Mädchen, das gerade den Draht packte, als Jommy den Schalter umlegte. Es richtete sich wie erstarrt auf, sein Rücken bog sich, Funken schossen aus den Ellbogen, und dann sackte es zusammen.

Durch das Nachtglas war die Welt einfarbig und hell. Es besaß eine Art Radarvorrichtung, die das Fadenkreuz bei weiter entfernten Zielen automatisch nach unten senkte. Eine Zahl in der Ecke verriet ihm, daß er noch dreiundzwanzig Schuß hatte. Mit dem Gefühl, sein eigener Zuschauer zu sein, legte er das Fadenkreuz auf die erste Gestalt, die er sah, und drückte den Abzug. Das Ziel drehte sich um seine eigene Achse, blieb aber schwankend aufrecht. Das Gewehr hatte überhaupt keinen Rückschlag. Er drehte das Okular, um das Bild zu vergrößern, zielte sorgfältig auf die Mitte der Brust und feuerte noch einmal. Diesmal fiel die Gestalt nach vorn und rührte sich nicht mehr.

Jeff begann, wie traumwandlerisch zu Marshas Bunker zu

gehen, kam wieder zu Sinnen und rannte geduckt. Sie ermahnte ihn, vorsichtig zu sein und um Charlies willen den Dreckskerl mit der Uzi zu finden.

Dann hörte er die Uzi und zielte in die Richtung. Der Mann oder Junge, der sie hatte, stand an der Straße und schoß auf das Torschloß. Jeff feuerte drei Schüsse auf ihn. Er torkelte vorwärts, fiel auf das Tor und löste einen strahlendblauen Blitz aus. Das Tor schwang auf.

„Das Tor!“ schrie Marsha. „*Tötet* die Bastarde!“ Im steten Gewehrfeuer um ihn herum verfiel Jeff wieder in einen eigenartig ruhigen Zustand. Marianne hatte sich einmal darüber beklagt, als sie versuchten, sich zum Cape durchzuschlagen, und in einen Hinterhalt stolperten, daß ihn nichts zu bewegen schien. Nicht während es passierte, hatte er ihr erklärt. Er hielt das Fadenkreuz auf die Uzi gerichtet, die im Dreck lag, und ignorierte alle Ziele, die vorbeiströmten. Nach sechs oder sieben Treffern verfehlte er das Ziel. Ein Mädchen hechtete nach der Waffe und begann, im Liegen zu feuern. Jeff änderte seine Zielstellung, und dann schmetterte etwas gegen seine Schläfe, und er stürzte in einem Funkenregen. Er spürte, wie er auf den Boden traf, und sah noch einige Sekunden die Funken verglühen.

Kinderlachen ließ ihn aufwachen. Der Himmel war blaßblau, kurz vor der Dämmerung. Er versuchte, sich aufzusetzen, und schwarze Pünktchen tanzten am Himmel. Er würgte Erbrochenes hinab, blieb eine Minute ruhig liegen und rollte sich auf die Seite, damit er etwas sehen konnte.

Die Kinder spielten im Garten. Das Zyklopenmädchen trug ein Partykleid und hielt ein blutiges Beil. Kichernd stand die Kleine über dem zuckenden Körper des Mädchens, das sie gerade enthauptet hatte. Andere Kinder waren mit ähnlichen Aufgaben beschäftigt.

Er schloß die Augen und konzentrierte sich auf seine monumentalen Kopfschmerzen. Eine ordentliche Gehirnerschütterung, vermutete er. Behutsam tastend fand er einen dicken Verband über der Schläfe, der sein Ohr schmerzhaft nach vorn bog.

„Bist du in Ordnung?“ Marshas Stimme.

Er stützte sich auf einen Ellbogen und sah sie durch eine Wolke schwarzer Pünktchen an. Ihm fiel keine vernünftige Antwort ein. „Du hast dich angezogen."

„Es ist längst vorüber. Du hast nur ein paar Minuten verpaßt. Die Kinder räumen jetzt auf."

Er schloß die Augen wieder. „Spart Munition, schätze ich."

„Ja, und sie gewöhnen sich daran. Kann ich etwas tun?"

„Oh... mir die Satteltaschen bringen, schätze ich. Viele verletzt?"

„Ein paar. Nur Larry und Deborah haben wir verloren. Hier." Er hörte, wie sie die Taschen neben ihn legte. „Ich habe deine Sachen benutzt. Nur die Bandagen. Ist das okay?"

„Sicher." Aber er würde die Verbände abnehmen, alles sterilisieren und sie neu anlegen müssen. Vielleicht reichten sie nicht.

Langsam durchstöberte er einen Beutel und gab sich, immer noch auf allen vieren, einen Schuß Amphetamin. Das verschlimmerte den Schmerz, aber die Pünktchen verschwanden, und er konnte sich aufsetzen. Sehnsüchtig betastete er die Morphinampullen, entschied dann aber, sich mit Aspirin zu begnügen. „Bring mir etwas Wasser. Und laß alle Verletzten zu mir kommen, die schweren Fälle zuerst. Und koch Wasser."

Er betrachtete sich in einem Handspiegel. Die linke Seite seines Barts war mit geronnenem Blut verklebt. Behutsam entfernte er die Bandage, dankbar, daß sie den nichtklebenden Plastikverband genommen hatte, und sah, wieviel Glück er gehabt hatte. Die Wunde war lang, aber nicht tief. Er war von einer Kugel oder einem Pfeil gestreift worden. Es würde genäht werden müssen, aber der Schädel war offenkundig nicht gebrochen.

Zwei der Großen brachten Jommy herüber und legten ihn hin. Er war totenblaß und weinte leise. Seine rechte Hand war ein Bündel hellroten Verbandsstoffs. Vorsichtig wickelte Jeff ihn los.

„Bitte nicht, Heiler. Sie sollen mich töten. Hack sie nicht ab." Der Daumen war vollständig weggerissen, die Finger gebrochen. Knochensplitter sahen aus dem geronnenen Blut hervor. Ohne ein Wort gab er ihm eine Betäubungsspritze. Als die Augen des Jungen sich schlossen, sagte er zu den Großen: „Jemand macht ein Feuer. Bringt mir eine Metallsäge."

3

O'Hara ging bei jedem Vollmond um Mitternacht zum Bellcom Studio hinunter, aber einige Monate gab es keinen Funkspruch von Jeff. Sie sagten, wahrscheinlich sendete er noch, aber das Signal wäre so schwach geworden, daß sie es nicht auffangen könnten. Sie ging weiter in der Hoffnung, daß er eine Kraftstoffzelle oder eine Möglichkeit finden würde, die, die er hatte, aufzuladen.

Jeff definierte „Mitternacht" als den Zeitpunkt, wenn der Mond am höchsten stand. Das war in diesem Monat elf-vierzig New New-Zeit. O'Hara kam um elf und setzte sich vor den ihr vertrauten leeren Würfel, um dem Rauschen statischer Störungen zu lauschen. Sie öffnete ihre Aktenmappe und nahm einen kleinen Drucker heraus, den sie auf den Knien balancierte. Dann begann sie mit einem Bericht über die Korrelationen zwischen Unfallhäufigkeit und Alter bei Leuten, die mit unterschiedlichen Konstruktionsarbeiten befaßt waren.

Nach etwa einer halben Stunde verstummte das Knistern abrupt. Sie blickte auf und glaubte schon, der Monitor wäre abgeschaltet worden, als Jeffs Stimme losdröhnte: „MARIANNE, ICH HABE EINE KRAFTSTOFFzelle." Jemand regulierte die Lautstärke. „Kannst du mich hören? Bist du dort oben?"

Mit einem Krachen fiel der Drucker auf den Boden. „Jja, ja . . . ich." Ein Techniker kam mit einem Kehlmikrofon herbeigestürzt, und sie befestigte es an ihrem Hals. „Ich kann dich hören, Jeff. Kannst du mich hören?"

Langes Schweigen, dann: „Ja, ich höre dich. Dir geht es also gut – New New hat es also geschafft."

Auf einer Leuchtanzeige erschienen Buchstaben: JEMAND VOM SEUCHENPROJEKT KOMMT. SAGEN SIE IHM, ER SOLL ZEHN MINUTEN ABSCHALTEN UND DANN ZURÜCKRUFEN.

„Ja, alles ist . . . nun, natürlich noch nicht wieder wie früher –

Jeff, hör zu. Wir haben ein Mittel gegen die Seuche gefunden. Ein Antibiotikum. Sie wollen, daß wir uns zehn Minuten abschalten, ich nehme an, damit du Energie sparst. Jemand kommt, um dich zu instruieren."

„Aber... ein Heilmittel? Mein Gott! In Ordnung." Das statische Rauschen kehrte zurück.

Während O'Hara wartete, leuchteten auf anderen Würfelmonitoren verschiedene Daten über die Seuche auf. Zwei Flachschirme zeigten eine Straßenkarte von Plant City und ein Satellitenfoto, das sich wie von selbst vergrößerte und drehte, um mit der Karte deckungsgleich zu werden.

Ein junger Mann – klein, schwarz, drahtig, ein Gähnen unterdrückend – kam ins Studio gehastet und setzte sich neben O'Hara. Er schüttelte ihre Hand. „Elijah Seven", stellte er sich vor. „Bin ich schon wach?"

„Allmählich", erwiderte O'Hara. Er hatte sein Hemd falsch geknöpft, sie beugte sich hinüber und korrigierte es. „Sind Sie vom Seuchenprojekt?"

„Ja, ich gehöre zu der Truppe, die den Impfstoff verteilt. Wir haben eine spezielle Art..."

„Ich bin wieder da", sagten die Lautsprecher. „Hört ihr mich?"

Seven befestigte ein Kehlmikrofon. „Hawkings, hier spricht Dr. Elijah Seven. Wir haben einen Impfstoff gegen die Seuche synthetisiert. Meine Aufgabe ist, ihn zur Erde hinunterzuschikken.

Wir haben schon zweihunderttausend Dosen geschickt, aber keine in Ihre Gegend. Einige gingen nach Atlanta und Miami. Falls Sie auf sie stoßen: Es sind hellrote Einzelampullen in Tausenderkisten. Die Kisten tragen sowohl piktografische als auch geschriebene Instruktionen, wie man die Dosis anwendet."

„Hab' ich noch nie gesehen."

„Hatte ich auch nicht erwartet. Noch nicht. Hören Sie, wir haben eine spezielle Lieferung für Sie. Die Einzelampullen sind verflixt umständlich. Wir haben eine Ladung in normalen Flaschen für Impfpistolen abgefüllt. Haben Sie eine amerikanische Standardpistole?"

„Ich nehme es an. Das Symbol der Pharmazeutiklobby ist darauf gestempelt."

„Gut. Wir wollen eine Kiste bei Ihrer Klinik abwerfen, damit Sie sicher lagern können. Aber wir wissen nicht, wo die Klinik ist. Zwar haben wir eine Straßenkarte von Plant City, aber das St. Theresa befindet sich nicht darauf."

„Es ist ein brandneues Gebäude direkt südlich der Stadtgrenze, an der verlängerten Main Street. Es hat die Form eines H, vierzig Stockwerke hoch, alles blaues Glas und Leichtmetall. Ein großes, goldenes Kreuz vorn."

„Okay . . ." Er beobachtete den Leuchtschirm. „Der Impfstoff ist in einer niedrigen Erdumlaufbahn. Wir bringen ihn zu Ihnen hinunter, sobald es hell wird. Etwa halb acht, aus Richtung Westen."

„In Ordnung. Sind die Flaschen in der Kiste als Mittel gegen die Seuche gekennzeichnet? Die meisten Menschen hier in der Gegend würden sie nicht nehmen, wenn sie wüßten, daß es den Tod verhindert. Sie haben Mitleid mit mir, weil ich so lange lebe."

„Ja, das haben wir vorausgesehen. Keine Etiketten, keine Hinweise. Erzählen Sie ihnen nur, was Sie wollen."

„Im Süden haben wir eine Typhusepidemie. Ich kann so tun, als wäre es dagegen."

„Gut. Sie bekommen Vorrat für mehrere Jahre. Zwanzig- oder dreißigtausend Dosierungen, je nachdem, wie groß der Anteil kleiner Kinder ist. Aber ich hielte es für klug, die älteren zuerst zu impfen."

„Was ist mit mir? Soll ich es nehmen? Dann könnte ich wieder Mittel gegen die Wachstumsanomalie nehmen – etwas anderes hält mich wahrscheinlich nicht am Leben, aber früher oder später macht der Schmerz mich unbeweglich."

„Was? Sie wachsen?"

„Ich glaube nicht, jedenfalls nicht so, daß ich es bemerke. Aber es wirkt auf meine Gelenke, etwa so wie Arthritis."

Seven knetete seine Stirnhaut. „Ich muß mit einem Endokrinologen sprechen. Ich erinnere mich, daß die Wachstumshormone bei Kindern eine Art Signal zu den Knochenenden senden. Vielleicht ist es das, was Sie fühlen.

Nehmen Sie's noch nicht. Wir beraten es und geben O'Hara Bescheid. Noch Fragen?"

„Nein. Ich funke Sie in einem Monat wieder an. Lassen Sie mich jetzt mit meiner Ex-Frau sprechen."

Sie hatten einen Einjahres-Ehevertrag unterschrieben, zum Teil in der Hoffnung, Jeff auf diese Weise in die Fähre zu bekommen. „Hallo, Ex-Mann."

„Hallo. Wie ist das Wetter da oben?"

Charlies Wille

Jeff hörte die Robotdrohne, bevor er sie sah. Sie kam aus dem Morgendunst im Südwesten, kurvte in seine Richtung, blieb still über ihm stehen und ließ ihre Ladung los. Etwa zwanzig Sekunden später zündete ihr Antrieb wieder, und sie jagte nach Osten davon.

Der leuchtendrote Fallschirm schwebte geradewegs hinab und verpaßte das goldene Kreuz vor der Klinik nur knapp. Das wäre ein interessantes Problem geworden: eine Leiter zu beschaffen, bevor ein paar Aasgeier den Fallschirm sahen.

Es war eine glatte Metallkiste ohne Aufschriften und ohne erkennbare Möglichkeiten, wie sie zu öffnen war. Verwirrt ging er einmal um die Kiste herum und wollte sie gerade umdrehen, als ein leises „Popp" erklang und die Oberseite aufsprang. Drinnen lagen Dutzende Halbliterflaschen, von gesponnenem Glas geschützt. Er füllte seinen Wagen und zog ihn in die Klinik zum Tresor.

Nach drei Wagenladungen steckte er zwei Flaschen in die Satteltaschen und schloß den Tresor. Die Kraftstoffzelle wikkelte er in schmutzige Lappen und legte sie unten in seinen Beutel. Als er zu seinem Fahrrad hinausging, standen dort zwei Jungen vor dem Fallschirm und der Metallkiste. Einer hatte eine Flinte, der andere eine Pistole, die in seinem Gürtel steckte. Er erkannte sie als die beiden Jäger aus der Familie, die er gegen Syphilis behandelt hatte.

„Hallo, Jungs. Wie geht's dem Mädchen?"

„Welchem Mädchen?"

„Das Mädchen, das den Pilz hatte. Erinnert ihr euch?“

„Ja, klar. Ihr geht’s gut. Was ist das hier für ein Mist? Wir haben die Rakete gehört und gesehen, wie sie den Mist da abgeworfen hat.“

„Es ist Medizin. Unten in Tampa gibt’s Typhus. Ich versuche, was dagegen zu tun, damit hier in der Gegend keiner krank wird. Typhus ist eine scheußliche Sache.“

„Und wo kommt die Rakete her? Von den Welten?“

„Nein“, sagte Jeff langsam. „Seid ihr zurückgeblieben? Die Bastarde haben wir doch schon vor langer Zeit getötet. Das hier stammt von Mobile, Alabama; da bewahren sie solche Sachen auf.“

„Ja, Willy“, sagte der mit der Pistole. „Und du hast sie nie gesehen?“

„Vielleicht hab’ ich sie gesehen, vielleicht nicht.“ Er starrte auf Jeff. „Also hast du ’ne Funkanlage da drin.“

„Nicht hier. Ich muß dafür runter nach St. Petersburg. Dort gibt’s ein Gebäude des öffentlichen Gesundheitsdienstes.“

„Und sie haben Kraftstoffzellen?“

„Nein, es läuft mit einer Art Fahrradkonstruktion. Sie macht Strom. Man muß trampeln, während man spricht.“ Jeff hatte eine solche Vorrichtung tatsächlich schon gesehen, in einer Feuerwehrstation außerhalb von Orlando, aber sie hatte nicht funktioniert. „Rollt die Ärmel auf. Ich gebe euch die Typhusmedizin.“ Und so war der erste Mensch, dem Jeff das Geschenk des Lebens gab, ein mieser, kleiner Strolch, der ihn für einen Barren korrodierten Silbers umgebracht hätte.

Der Wachtposten auf dem Sandweg zur Farm blieb versteckt, grüßte aber, als Jeff vorbeiging. Den ganzen Weg entlang hatten sie Schädel auf Pfähle gepflanzt. In der Woche von Jeffs Abwesenheit hatten die Ameisen sie saubergenagt.

Tad wartete am Tor auf ihn. Ernst schüttelte er ihm die Hand und sagte: „Marsha hat den Tod.“

Jeff empfand ein merkwürdig leeres Gefühl, das jedoch kein Kummer war. Er hatte viele Menschen mit dem Tod gesehen, aber keinen, den er wirklich kannte. Niemand, mit dem er vorher geschlafen oder neben dem er gekämpft hatte. „Ich möchte sie sehen."

Sie saß auf der Veranda. Jeff wappnete sich nervlich, aber sie sah nicht so schlimm aus wie die anderen, die ihm begegnet waren, denn sie war vorher bei guter Gesundheit gewesen und hatte stets gut gegessen. Bis auf ihre schlaffe, reglose Körperhaltung wirkte sie normal.

„Marsha? Sag Heiler guten Tag."

Sie blickte auf, leicht schielend, die Pupillen sehr klein. Ihre Lippen waren feucht, der Mund etwas geöffnet. „Heiler. Seilermeiler. Wo ist der Wagen, Magen?" Ihr Kopf kippte nach vorn. „Fraggenmaggen." Ein Speichelfaden löste sich aus ihrem offenen Mund. Beim zweiten Versuch fing sie ihn auf und spielte damit.

„Es ist der zweite Tag. Gestern ist sie damit aufgewacht. Wie lange?"

„Eine Woche, vielleicht zwei. Ich kann nichts für sie tun."

„Ich weiß."

Jeff schüttelte den Kopf. Bei den Flaschen hatte er eine kurze Notiz gefunden. Der Tod war eine Virusart, die von einer Vielzahl von Faktoren in Schach gehalten wurde, wobei der wichtigste offenbar der Anteil von WH im Blut war. Wenn der Virus sich zu entwickeln begann, reproduzierte er sich sehr schnell. Seine Toxine konzentrierten sich im Gehirn und in der Wirbelsäule. Die Stirnlappen litten zuerst, wodurch das „Orakelstadium" der Krankheit verursacht wurde, aber schließlich degenerierte das gesamte Nervensystem. Die Notiz empfahl, keine Antikörper an jemandem zu vergeuden, der bereits Symptome zeigte, denn bestenfalls würde er als geistesschwacher Krüppel weiterleben.

„Gehen wir ins Haus!" sagte Jeff. „Ich habe Neuigkeiten."

Sie setzten sich an den niedrigen Tisch. „Kann uns jemand belauschen?"

„Sie sind alle draußen."

„Hör zu – du wirst den Tod nicht kriegen. Und auch sonst keiner in der Familie. Marsha ist die letzte." Tad blickte ihn stumm an.

„Mit dem Funkgerät habe ich Kontakt zu einem Computer

der Zivilverteidigung in Washington bekommen." Jeff wußte nicht, wie Tad zu den Welten stand, und wollte es nicht mit der Wahrheit riskieren. „Er hat mir gesagt, wo ich einen Vorrat Antikörper finden konnte – eine Medizin, um den Tod zu verhindern."

„Kannst du . . .?" Er blickte zur Veranda.

„Nein. Sie würde nur langsamer sterben."

„Wieso hat noch nie jemand davon gehört?"

„Das Mittel wurde zu spät entdeckt. Alle älteren Leute waren tot oder lagen im Sterben, und es gab keine Möglichkeit zur Verteilung. Und keine Massenkommunikation, um die Menschen zu informieren."

„Moment mal", sagte Tad. „Du wirst es den Leuten nicht sagen, oder?"

„Ich könnte einige Leute wie dich, Nichtgläubige, informieren, damit sie vorausplanen können. Sonst erzähle ich nur, es wäre gegen etwas anderes. Typhus."

Tad lehnte sich auf seine Ellbogen zurück. „Verstehe. Wenn ich noch zwei Jahre lebe, werden die Leute sich zu wundern beginnen."

„Auch deine eigene Familie. Ich an deiner Stelle würde einige Vorräte im Wald anlegen und dann den Tod vorspielen. Nachts fortwandern – viele tun das. Irgendwoanders hingehen und neu anfangen."

„Nicht einfach, wegzugehen."

„Deine Entscheidung. Ich habe genügend Medizin für zwanzigtausend Menschen, in den nächsten Jahren müßte es mir wohl möglich sein, fast jeden in dieser Gegend zu impfen. Früher oder später werden die Menschen die Tatsache akzeptieren müssen, daß der Tod nur eine Krankheit war und daß die Leute sie nicht mehr bekommen. Aber für die ersten, die deutlich über zwanzig werden, könnte es schwer werden. Verstoß gegen Charlies Willen."

Er nickte langsam. „Was könnte ich tun? Fortwandern, wie du sagst, ein paar Jahre warten und zurückkehren. Dann sage ich, ich wäre ein bißchen verrückt geworden, aber es wäre wieder weggegangen."

„Das könnte klappen." Jeff zog seine Satteltaschen heran

und holte die Impfpistole heraus. „Komm, ich behandle dich zuerst. Den Rest der Familie beim Essen."

Den Rest des Nachmittags verbrachten die beiden Männer bei erfolglosen Reparaturversuchen an der Pumpe draußen. Es stellte sich heraus, daß ein Plastikdichtungsring gerissen war, für den sie keinen Ersatz hatten. Jeff nahm die Stücke und versprach, nach einem neuen zu suchen.

Als einziger Bekleideter fühlte er sich ein wenig außerhalb, aber er wollte keinen Sonnenbrand. Er genoß es, der Familie bei der Arbeit und beim Spiel zuzuschauen – ein eigenartiger Kontrast zu den blutigen Erlebnissen bei seinem letzten Aufenthalt. Das zweiköpfige Baby war gestorben, und seine Mutter schien erleichtert. Jommy spielte mit den jüngeren Kindern Ball. Sie warfen den Ball langsam, so daß er auch mit einer Hand mitmachen konnte. Die beiden typhuskranken Jungen hatten sich so weit erholt, daß sie leichtere Arbeiten übernehmen konnten.

„Wer wird Anführer, wenn du fort bist?" fragte Jeff leise, während sie die defekte Pumpe wieder zusammenbauten.

„Wahrscheinlich Mary Sue. Sie ist siebzehn."

„Aber nicht allzu gewitzt."

„Ja, das ist mir aufgefallen. Strohdumm, genauer gesagt."

Wild entschlossen lehnte er sich auf den Pumpenschwengel und zerrte ihn wieder nach oben. „Verdammt! Wir müssen sie wieder auseinandernehmen ... Wieso eigentlich nicht du?"

„Was?"

„Warum übernimmst du nicht die Führung? Die Familie würde dich akzeptieren, und soviel wie die anderen weißt du auch, und was du nicht weißt, kannst du nachlesen."

„Ich muß den Impfstoff verteilen, dafür muß ich unterwegs bleiben."

„Ich verstehe nicht, warum. Die Hälfte der Leute, denen du ihn gibst, würden dich dafür umbringen, wenn sie nicht zu ängstlich wären. Du schuldest ihnen nichts."

„Ja, aber du mußt es auf lange Sicht betrachten. Was geschieht mit mir, wenn ich *wirklich* alt bin, wenn sich nichts ändert? Ich habe vielleicht noch fünfzig Jahre, kann sein hundert, wenn es sich so entwickelt, wie es vor dem Krieg war."

„Wie alt bist du eigentlich?"

Jeff zögerte. „Fünfunddreißig."

„Ich würde gern wissen, ob du älter bist als Big Mickey in Disney World."

„Er sieht etwas jünger aus. Aber er kann sich nicht mehr erinnern, wann er geboren wurde. Ich habe einmal mit ihm gesprochen."

„Weißt du, ich habe einmal meinen Ururgroßvater besucht. Er war hundertzwanzig. Ich weiß nicht, ob ich einmal so alt werden will. Er kam kaum noch klar." Er zog die letzte Schraube fest und richtete sich auf. „Man kriegt wirklich eine völlig neue Betrachtungsweise. Ich könnte auch noch hundert Jahre leben." Er schüttelte den Kopf und pfiff.

Jeff blieb über Nacht auf der Farm und umriß mit Tad einige Pläne. Dann radelte er drei Wochen durch Hillsborough County, gab „Typhus"-Injektionen und erreichte schließlich wieder Plant City. Es war etwa eine Stunde vor Sonnenuntergang, als er sein Fahrrad abschloß und den Wagen über den Gehweg zum Klinikeingang zog.

Jemand hatte versucht, die unzerbrechlichen Glastüren einzuschlagen. Die weißen Spinnennetzmuster machten sie fast durchsichtig, und ein Gewehr oder eine schwere Schrotflinte hatte ein sauberes, kleines Loch in die Mitte eines Netzes gestanzt.

Drinnen war eine Kachelmosaikwand mit einem schiefen Kreuz, auf dem ein C saß, verunstaltet. Es schien ganz frisch.

Während er nach oben eilte, wußte er, was er finden würde. Die Jäger hatten seine Geschichte von der pedalbetriebenen Funkstation in St. Petersburg nicht geglaubt. Sie hatten den Funkraum gefunden und jedes einzelne Gerät, offenbar mit einem Brecheisen, zertrümmert. Drähte waren rausgerissen und achtlos zur Seite geworfen, zerbrochene Schalttafeln übersäten den Boden.

Jeff stellte einen Stuhl auf und saß lange Zeit in Gedanken. Bis die Dunkelheit hereinbrach, erwog er verschiedene Dinge, die er mit den Jungen anstellen könnte, aber die meisten bedeuteten, daß er Munition vergeudete oder sich selbst in Gefahr brachte. Er zwang sich dazu, praktisch zu denken.

Er mußte zu der Farm zurück, eine gutbewaffnete Familie zwischen sich und diesen Irrsinn stellen. Den Plan, den er und Tad ausgearbeitet hatten, vergessen, den Antikörper vergessen. Sollten sie ihr kurzes, entfesseltes Leben und Charlies Geschenk haben.

Aber um völlig realistisch zu sein, war er wahrscheinlich sicherer, wenn er, geschützt durch seine Heiler-Rolle, weiterzog. Wenn Tads Familie alle zwei Monate angegriffen wurde und bei jedem Angriff zwei Menschen starben, wie lange konnte er dann überleben? Marianne könnte die Wahrscheinlichkeiten für ihn berechnen.

Das war ein Faktor. Wenn er bei der Familie bliebe, würde er nie wieder mit Marianne sprechen. Wenn er mit der Medizin durchs Land zog, fand er vielleicht eine andere betriebsfähige Funkanlage. In Bealsville gab es eine Familie, die Maultiere hatten. Sie hatten Interesse gezeigt, sein Fahrrad einzutauschen. Ein Maultier konnte eine Menge Medizin tragen.

Und falls er noch ein oder zwei Jahre hierblieb, könnten die Leute sich wundern, warum die Erwachsenen, die er behandelte, nie den Tod bekamen. Logik war heutzutage ein seltener Vorzug in Plant City, aber es reichte, wenn nur einer in Gedanken die Verbindung herstellte.

Es wäre gut, weiter nach Süden zu ziehen, wenn der Winter kam. Die Tage waren recht warm, aber im letzten Jahr hatte es zwei Frostnächte gegeben. Seinen Gelenken bekam die Kälte nicht. Vor Schmerzen fast reglos wachte er nach solchen Nächten auf. Auf den Keys unten im Süden war es wärmer.

Jahr sechs

1

O'Hara fand Zimmer 6392, zögerte kurz und klopfte dann entschlossen. Die Tür glitt auf. Dahinter war ein kleines Zimmer, das nichts als einen Tisch, zwei Stühle und eine Liege enthielt. Von der anderen Seite des Tischs blickte ihr eine Frau entgegen. Sie war um die Sechzig, vielleicht älter, ihr Gesicht ein Netz kummervoller Linien, das Kinn auf verschränkten Fingern ruhend, Ausdruckslosigkeit in den müden Augen.

„Kommen Sie herein, O'Hara. Setzen Sie sich." Sie setzte sich. „Sind Sie mit Ihrer Stelle nicht glücklich?"

„Darf ich fragen, wer Sie sind?"

„Ich gehöre natürlich zum Ausschuß. Meinen Namen darf ich Ihnen nicht nennen."

„Wir haben uns schon einmal kennengelernt. Sie haben die Beförderungs- und Eignungstests in meiner Klasse durchgeführt – neunte Stufe."

Sie lächelte dünn. „Vor dreizehn Jahren. Sie haben ein bemerkenswertes Gedächtnis für Gesichter. Sind Sie mit Ihrer Stelle nicht glücklich?"

O'Hara lehnte sich in ihrem Stuhl zurück. „Ich habe mich nicht bemüht, ein Geheimnis daraus zu machen. Nein, ich bin nicht sonderlich glücklich. Ist das überraschend?"

„Warum sind Sie nicht glücklich?"

„Es ist keine Stelle für einen Nichttechniker. Es hat mich Monate gekostet, das Vertrauen der Leute zu gewinnen, deren Arbeit ich koordiniere. Einige von ihnen sehen mich noch immer als Eindringling an."

„Würden Sie mir ihre Namen nennen?"

„Nein. Ich glaube nicht, daß sie falsch liegen."

„Aber Sie haben sich nicht um eine Versetzung beworben."

„Ich habe angenommen, der Ausschuß habe gute Gründe, mir diese Aufgabe zuzuweisen."

„Der Ausschuß kann irren. Haben Sie denn nicht versucht, uns zu kritisieren?"

„In gewisser Weise schon. Ich habe natürlich mein Profil gelesen. Es sah wie ein Test aus."

„Das war es. Und Sie haben sich recht gut gemacht. Bis gestern." Sie zog eine Schublade auf und nahm ein Blatt Papier heraus. „Das ist ein Antrag vom Büro der Koordinatorin Berrigan: Sie sollen zum Vorbereitungsprogramm für Janus versetzt werden. Haben Sie etwas damit zu tun?"

O'Hara schloß die Augen und atmete tief durch. „Im Gegenteil. Einer meiner Ehemänner hat das vor einigen Monaten vorgeschlagen. Ich habe abgelehnt, weil ich glaubte, der Ausschuß würde es als Manipulation interpretieren. Ich habe das gegenüber Dr. Berrigan – wir sind befreundet – erwähnt, und sie war meiner Meinung."

„Daß der Ausschuß negativ reagieren würde?"

„Genau. Ich wollte bis zum Abschluß der diesjährigen Bewertung warten und dann einen detaillierten Antrag ausfüllen."

„Nach Janus versetzt zu werden."

O'Hara schüttelte kaum merklich den Kopf. „Nur auf eine Position, die meinen Begabungen besser entspricht. Ich hatte erwartet, das Projekt Janus wäre bis dahin voll." Sie lehnte sich vor und sah auf das Papier. „Hat mein Mann diesen Antrag gestellt?"

„Nicht direkt. Das Programm, das Sie ausgewählt hat, wurde von einem anderen geschrieben. Aber selbstverständlich sind Ihre beiden Ehemänner konsultiert worden." Sie lehnte sich zurück und verschränkte die Arme vor der Brust. „Bitte, glauben Sie mir, daß ich persönlich Ihnen nicht mißtraue. Aber aus dem Politikbereich wurden nur zwei weitere Kandidaten ausgewählt, und das für ein Projekt, bei dem siebenhundert Leute beschäftigt sind. Wenn man . . . die einzigartigen Möglichkeiten in Betracht zieht, die Sie besitzen, wäre es nicht schwierig, es so zu arrangieren, daß das Programm Sie als eine der drei auswählt."

„Das hört sich so an, als sollten Sie meine Ehemänner befragen – oder denjenigen, der das Programm geschrieben hat. Aber nicht mich."

„Das kommt vielleicht noch. Es hängt vom Technikausschuß ab. Doch im Moment habe ich eine unangenehme Aufgabe ..." Sie griff in die Schublade und holte eine Impfpistole und ein Glas mit Tupfern heraus. „Würden Sie sich freiwillig unter dem Einfluß einer starken, hypnotischen Droge befragen lassen? Sie können es ablehnen."

„Gewiß kann ich das." Sie rieb die Handflächen über die Schenkel. „Ich habe nichts zu verbergen. Dort drüben?"

„Ja. Legen Sie sich hin und rollen den Ärmel hoch." Scharfer Alkoholgeruch, als sie den Deckel vom Glas nahm.

O'Hara legte sich angespannt hin. „Ich habe davon gehört. Aber ich dachte, man müßte etwas wirklich Drastisches tun."

„Ganz und gar nicht, es ist eine Standardprozedur. Schließen Sie nur die Augen, es tut nicht weh."

BEFRAGUNGSPROTOKOLL

F: Wie fühlen Sie sich jetzt?

A: Gut. Schläfrig.

F: Erinnern Sie sich, wann Ihr Mann John zum erstenmal das Projekt Janus erwähnt hat?

A: Meine beiden Männer reden seit Jahren davon. Sie waren beide bei den ersten Planungen beteiligt.

F: Ich meine, wann haben sie zum erstenmal Ihre mögliche Mitarbeit beim Vorbereitungsprogramm erwähnt?

A: Das muß etwa im letzten September gewesen sein. Wir waren in der Halb-g-Zone spazieren, er hatte einen Monat Null-g hinter sich und brauchte Übung, und ich glaube, ich beklagte mich über die Statistikgruppe. Er glaubte, meine Versetzung betreiben zu können.

F: Aber Sie sagten ihm, er solle es nicht tun.

A: Es würde keinen guten Eindruck machen.

F: Erzählen Sie mir von John.

A: Er ist komisch.

F: Lustig? Oder eigenartig?

A: Beides. Er erzählt ständig Witze. Er hat ein kleines Notizbuch, in das er die neusten Witze schreibt, die er hört, aber es geht vor allem um sein Äußeres. Für ihn ist alles lustig. Er ist ein schrecklicher Witzbold.

F: Er ist verkrüppelt.

A: Ja. Er ist mit einer schlimmen Rückgratverkrümmung geboren worden. Seine Eltern waren zu arm, für ihn korrigierende chirurgische Eingriffe zu bezahlen, und jetzt ist er zu alt. Deshalb ist er nach New New gekommen, um in den Niederschwerkraftlabors zu arbeiten. Schwerkraft bereitet ihm Schmerzen.

F: Haben Sie ihn gebeten, Sie beim Projekt Janus anzumelden?

A: Nein. Er hat mich gefragt, und ich habe nein gesagt.

F: Glauben Sie, er hat es auf eigene Faust und gegen Ihren Willen getan?

A: Ich werde ihn fragen. Aber das wäre nicht seine Art.

F: Ist John ein guter Liebhaber?

A: Sie meinen Sex?

F: Richtig.

A: *(Pause)* Er ist nicht sehr phantasievoll. Dan auch nicht. Aber sie sind beide Erdlinge.

F: Warum haben Sie Erdlinge geheiratet?

A: Ich weiß es nicht. John sagt, ich sei eine Rückentwicklung. *(Lacht)* Er sagt, ich liebe ihn nur, weil seine Knöchel über den Boden schleifen.

F: Lieben Sie sie denn?

A: Ich habe sie geheiratet.

F: Das ist keine Antwort. *(Keine Reaktion)* Lieben Sie Jeff Hawkings?

A: Ich glaube schon. Wenn er noch lebt. Er war seit zwei Monaten nicht mehr da, ich habe Angst um ihn.

F: Wen lieben Sie mehr, John oder Dan?

A: Ich glaube ... normalerweise John. Mit ihm ist es leichter auszukommen.

F: Wen lieben Sie mehr, John oder Jeff?

A: Jeff, glaube ich.

F: Aber Sie werden ihn nie wiedersehen.

A: Mag sein.
F: Denken Sie an Jeff, wenn Sie mit Ihren Ehemännern schlafen?
A: O ja.
F: Von den vier Männern, mit denen Sie längere Verbindungen eingegangen sind, waren drei körperlich nicht normal: ein Krüppel und zwei Riesen. Haben Sie je darüber nachgedacht, woran das liegen könnte?
A: Ja, das habe ich.
F: Woran, glauben Sie?
A: Es mag mit ihrer Dankbarkeit zu tun haben. Bei Charlie Devon war es, glaube ich... Ich war jung und wollte etwas beweisen. Bei Jeff und John weiß ich es nicht. Es mag sein, daß ich mich selbst als Sonderling sehe. Oder vielleicht ist es auch nur Zufall.
F: Sie haben die Menarche so lange hinausgezögert, wie es physisch möglich war. Mochten Sie Jungen nicht?
A: *(nachdrücklich)* Nein! Vor allem die Scanlan-Jungen.
F: Hatten Sie jemals Sex mit einer Frau?
A: Das muß in Ihren Unterlagen stehen.
F: Gefiel es Ihnen besser?
A: Nein, das war nur um Charlie Devons willen. Er wollte, daß ich alles ausprobiere.
F: Lebt Charlie noch?
A: Nein. Er war auf Devons Welt.
F: Vermissen Sie ihn?
A: Nein.
F: Hat Dan Sie zum Projekt Janus angemeldet?
A: Ich weiß es nicht. Es würde mich überraschen, er ist sehr legalistisch.
F: Aber beide haben den Wunsch geäußert, daß Sie bei dem Projekt mitarbeiten.
A: Natürlich wünschen sie das.
F: Würde einer von beiden oder beide Ihre Anmeldung betreiben, ohne es vorher mit Ihnen zu besprechen?
A: Ich glaube nicht. *(Pause)* Außer... Nein, sie sind intelligente Männer, sie hätten diese Befragung vorausgesehen.
F: Würden Sie gerne dem Projekt zugeteilt werden?

A: Ja.
F: Erklären Sie, warum.
A: Es wäre interessanter und wichtiger. Und vielleicht wäre ich besser gelitten.
F: Glauben Sie, Ihre Mitarbeiter mögen Sie nicht?
A: Sie meinen, ein Mathematiker sollte mit der Leitung der Sektion betraut werden. Ich meine das auch.
F: Halten Sie ihre Arbeit für wichtig?
A: Vielleicht den Teil, bei dem es um die industrielle Sicherheit geht, und vielleicht eine gelegentliche, überraschende epidemische Korrelation. Das meiste ist banal. Ich nehme an, irgend jemand muß es tun.
F: Aber nicht jemand mit Ihren Talenten.
A: Das ist richtig.
F: Würden Sie mir sagen, welche Ihrer Untergebenen Ihre Leitungsfunktion mißbilligen?
A: Nein.
F: Warum nicht?
A: Ich möchte nicht, daß sie bestraft werden. Außerdem haben sie recht.
F: Nun gut. Wenn das Projekt Janus in die entscheidende Phase tritt, werden Sie sich freiwillig melden? Werden Sie fliegen?
A: Nein.
F: Warum nicht?
A: Ich will zur Erde zurück . . . Ich will Jeff wiedersehen.
F: Sie wissen, das ist sehr unwahrscheinlich.
A: Ich weiß.
F: In Ordnung. Ich möchte, daß Sie jetzt tief einatmen, ja, so, und gänzlich ausatmen. Und wieder: ein . . . aus. Ich werde jetzt bis zehn zählen, und ich möchte, daß Sie so weiteratmen, während ich zähle. Wenn ich bei zehn bin, werden Sie erfrischt aufwachen und sehr froh sein, daß Sie mir geholfen haben. Und wenn Sie wach sind, werden Sie sich an drei Dinge erinnern. Erstens: Ihre Mitarbeiter bewundern Sie. Zweitens: Ihre Arbeit ist ziemlich wichtig, auch wenn ihre Bedeutung nicht direkt offensichtlich ist. Drittens: Wenn Sie entdecken, daß einer Ihrer Ehemänner etwas Falsches getan hat, um Ihre Zuteilung zum Projekt Janus in die Wege zu leiten, wollen Sie mit dem

Ausschuß Kontakt aufnehmen und es ihm erklären. Werden Sie sich an diese Dinge erinnern?
A: Ja.
F: Sehr gut. *(Befrager zählt bis zehn)*

Als O'Hara ihren Schreibtisch in der Gesundheitsabteilung ausräumte, entdeckte sie, daß ihr nur zwei Dinge wirklich gehörten: ein Schreibstift, an den sie sich gewöhnt hatte, und ein Stück Plastik, ein albernes Geschenk von Jeff. Von sechs Jahren nervösen Reibens war es fast undurchsichtig geworden, man mußte es gegen ein starkes Licht halten, um das Kleeblatt darin zu sehen.

Sie hatte kein eigenes Büro beim Projekt Janus, nur einen Arbeitsplatz in der Bibliothek. Sie hatte keine Untergebenen und auf eine gewisse Weise auch keinen Boß. Ihr Titel war „Demographischer Koordinator". Die Stelle, Klasse 16, kannte keine formale Beschreibung. Sie sollte ihre Funktion, während das Projekt wuchs, nach den Maßstäben definieren und entwickeln, die für Janus erforderlich waren.

All die Jahre, die sie sich mit angewandter Mathematik herumgeplagt hatte, erwiesen sich jetzt als nützlich. Sie mußte Tausende Seiten von Vorberichten studieren, die das Projekt bereits erzeugt hatte. Die meisten kamen von Ingenieurausschüssen, und die Mathematik darin war verständlicher als das, was man die Prosa nennen konnte.

Die Stelle war für ihre Talente perfekt, für ihre Schwächen aber potentiell katastrophal. Sie verbrachte immer längere Stunden an ihrem Arbeitsplatz, schlief nur sporadisch und aß nur, wenn die Magenkrämpfe lästig wurden. Im dritten Monat nahm sie einen Arm voll Arbeit mit ins Bellcom Studio, um die Nacht zu durchwachen. Jules Hammond mußte ihr sagen, daß es zwecklos war: Ein Satellitenfoto zeigte, daß die Klinik in Plant City bis auf die Grundmauern niedergebrannt war. Sie hörte erst zu weinen auf, als sie in der Psychiatrischen Station unter Beruhigungsmitteln stand.

Charlies Wille

Jeff Hawkings war über hundert Kilometer südlich in Sicherheit, als die Klinik abbrannte (ein bemerkenswertes Stück Brandstiftung, da der größte Teil des Gebäudes aus nicht brennbaren Materialien bestand). Er zog langsam von Stadt zu Stadt südwärts und hoffte, sein Ruf würde ihm vorausgehen und ihn schützen.

Auch wenn man von seinem Alter einmal absah, gab er eine seltsame Gestalt ab. Er fuhr in einem Wagen, der von einem Maultier gezogen wurde, und führte ein weiteres, mit Vorräten beladenes Maultier an der Leine hinter sich. Der Karren war auf allen Seiten mit roten Kreuzen und dem Wort HEILER dekoriert. Er war bis auf die Aussparungen für Schießscharten in kugelsicheren Kunststoff gehüllt, und Jeff selbst war durch kugelsichere Kleidung und eine beträchtliche Waffensammlung geschützt.

Jeff verbrachte zwei Wochen wartend in Wimauma. Dort stieß Tad zu ihm. Er hatte eine Kraftstoffzelle und die Uzi bei sich. Ohne Bart konnte er für sechzehn gelten. Gemeinsam brachen sie nach Süden auf.

2

Eine Woche lang war sie wie betäubt und entrückt. Behutsam brachte ein Therapeut das komplexe Geflecht von Hoffnungen und Ängsten, Phantasien und Schuldgefühlen an die Oberfläche, das sich um das Symbol „Jeff“ herumwand – und trennte das Symbol von der Person und ermöglichte ihr, um einen verlorenen Geliebten zu trauern, ohne daß die Erinnerung an ihn zugleich die Bürde verlorener Jugend, Unschuld, Freiheit und Freude mit sich trug: die verlorene Erde. Ihre Männer beteiligten sich an der Therapie (und erfuhren einige Dinge, die sie bereits wußten), und nach nicht einmal einem Monat pendelte sie zwischen ihren Betten und ihrem Arbeitsplatz und vermied bewußt das Opium übermäßiger Arbeit. Sie versuchte zu lieben und zu spielen.

Und das war ihre momentane Aufgabe: Knapp ein Drittel der Bevölkerung von New New, 75 000 Menschen, war bereit, sich dem Projekt Janus anzuschließen. Rund zwanzigtausend waren sogar ziemlich fanatisch. Aber die Besatzung – oder Bevölkerung – war auf zehntausend begrenzt.

Ein Problem waren die Fanatiker. Die meisten gehörten nicht zu den Menschen, mit denen zusammen man gern für den Rest seines Lebens eingeschlossen wäre. Viele von ihnen wollten New New offenkundig verlassen, weil sie sich dort wie in einer Falle fühlten. Viele hatten schlichtweg krankhafte Angst vor der Erde. Es war nicht wahrscheinlich, daß sich ihre geistige Verfassung in der relativ öden und beschränkten Umgebung des Sternenschiffs bessern würde.

Doch wegen des zweiten Problems würden einige von ihnen berücksichtigt werden. Zehntausend Menschen in einem Sternenschiff zusammenzupferchen ist schon Aufgabe genug, aber man kann sie nicht einfach wahllos mitnehmen. Einmal abgesehen von den Kenntnissen, die erforderlich waren, um das Schiff auf seinem langen Weg betriebsfähig zu halten, gab es Tausende spezifischer Fertigkeiten, die benötigt wurden, am anderen Ende eine neue Zivilisation aufzubauen. Diese Fertigkeiten mußten an die Generationen weitergegeben werden, die während des Flugs geboren wurden.

Zum Beispiel gab es in ganz New New nur zwei Menschen mit der Berufsklassifizierung „Medizinischer Bibliothekar". Beide hatten sich für Janus gemeldet. Einer war ein Mann Anfang Achtzig, der zwei Nervenzusammenbrüche hinter sich hatte und mehr oder weniger von Tranquilizern abhängig war. Der andere, jung und gesund, war ein Devonit, der absolut intolerant gegenüber jedem Nicht-Devoniten war. Doch das Schiff brauchte einen medizinischen Bibliothekar, und derzeit arbeitete kein Student auf ein Zertifikat in dieser Sparte hin.

(Die medizinische Bibliothek selbst war kein Problem, das Sternenschiff würde ein kybernetisches Duplikat der kompletten Bibliothek von New New an Bord haben. Bis auf gewisse sensitive militärische und politische Studien enthielt sie eine Kopie jedes auch nur entfernt wichtigen Erddokuments, das gedruckt, videot oder gewürfelt vorlag, von den Schriftrollen vom Toten Meer bis zur *New York Times* vom 16. März 2085, und alles, was nach dem Krieg in New New veröffentlicht worden war. Mit einem polarisierten Quarkspeicher paßte das ganze Ding in eine Maschine von der Größe eines Überseekoffers. In der Medizin wie in jedem anderen Gebiet wäre das Problem nicht der Mangel an Informationen – sondern wie man sie fand.)

Die Devoniten ganz allgemein bereiteten Kopfzerbrechen. Das Sternenschiff war darauf ausgelegt, mit einer Bevölkerung von zehntausend zu starten und achtundneunzig Jahre später mit der doppelten Anzahl das Ziel zu erreichen. Es gab einige wenige Devonitensekten, die unter ungewöhnlichen Umständen Geburten-Kontrolle gestatteten, aber für die meisten war das eine von drei unverzeihlichen Sünden. Wenn sie zuließen, daß ein Prozent Devoniten wären, fünfzig von ihnen weiblich, und jede von ihnen und ihren weiblichen Nachkommen gebar zehn Kinder, würden sie in achtundneunzig Jahren etwa 300 000 Kinder produzieren.

Wenn das Sternenschiff also – wie versprochen – jede individuelle Freiheit wahrte, die in New New existierte, dann müßten orthodoxe Devoniten (oder zumindest ein Geschlecht von ihnen) zurückbleiben, da die Religionsfreiheit ihnen erlauben würde, die notwendige Sterilisation zu verweigern. (Geplant war, die Eizellen bis fünfundzwanzig Jahre vor Erreichen ihres Ziels auf strikter Ersatzbasis zu halten, eine Geburt für jeden Sterbefall. Eine beträchtliche Anzahl würde, wenn keine schwerwiegenden medizinischen oder psychologischen Probleme auftraten, die ganze Reise durchleben, da die durchschnittliche Lebenserwartung in New New 118 Jahre war.)

O'Hara war nicht überzeugt, daß man das Sternenschiff tatsächlich nach den gleichen Kriterien wie New New organisieren könnte. Das System, in dem sie aufgewachsen war, war ein farbiger Fleckenteppich aus elektronischer Demokratie, Kommunalismus, Anarchie, Bürokratie und Technokratie. Sie wußte, die Anarchie war vorwiegend Illusion, ein Formalismus, den die tatsächliche Machtstruktur als Sicherheitsventil duldete. An Bord der *Newhome* würde kein Platz dafür sein.

Für viele Dinge, die die Menschen in New New für selbstverständlich hielten, würde kein Platz sein, am wenigsten für die Bequemlichkeiten, an die sie sich aus der Zeit vor dem Krieg erinnerten, den Zustand relativer Zwanglosigkeit und Freiheit, den sie allmählich wiedergewannen. Viele der Unannehmlichkeiten, die sie als zeitweilig ansahen, würden zu unwandelbaren Bestandteilen des Lebens werden. Marianne vermutete, so profane Unbequemlichkeiten wie Überfüllung und eintöniges Essen würden sich letztlich als weniger wichtig denn existentielle Probleme erweisen: Isolation, Affektmangel, ungezielte Ängste, Langeweile.

Wieso freute sie sich eigentlich darauf?

3

Sie nannten es „Solarium“, auch wenn Licht und Wärme nicht von der Sonne stammten. Der Null-g-Swimming-pool – in Wirklichkeit eine Wasserkugel ohne Ränder und Grund, die langsam rotierte – befand sich nahe bei einem der vier Bögen, welche die Innenseite von New New beleuchteten. Auf der lichtzugewandten Seite war eine transparente Wand mit Klemmen für Handtücher. Man trocknete sich ab und schwebte dort, während man sich backen ließ.

Berrigan trocknete sich nicht ab, sondern knotete nur einen Turban für ihr Haar. „Du willst also wirklich mit?“ fragte sie O'Hara. „Ich dachte, du versuchst es deinen Männern auszureden.“

„Ich weiß nicht.“ O'Hara trieb von der Wand fort. Eine träge Rolle und ein kurzer Fußstoß brachten sie wieder in Reichweite ihres Handtuchs. „Ich habe alles erwogen. Zum Teil geht es darum, den Frieden in der Familie zu erhalten . . . die Familie überhaupt zu erhalten.“

„Würden sie dich verlassen?“

Ein Mann, den sie nicht kannte, schwebte vorbei und machte das fragende Fingerzeichen für Sex. O'Hara lächelte und schüttelte den Kopf.

„Ich weiß es wirklich nicht. Vor ein paar Tagen hätte ich gesagt, Dan vielleicht, aber John bestimmt nicht.“

Berrigan nickte langsam. „Der Photonenreflektor."

„Genau. Bevor sie mit diesem Vorhaben kamen, hat John es, glaube ich, überhaupt nicht richtig ernst genommen. Er hat nicht geglaubt, daß es fliegen würde."

„Da war er nicht der einzige."

Ein anderer Mann schwebte auf sie zu. O'Hara band einen Knöchel fest und schlang das Handtuch um die Hüfte, ein Signal, daß sie nicht zu haben war. „Nun ja, seit der Ankündigung ist er sehr in sich gekehrt. Er überdenkt alles noch einmal."

„Und Dan?"

„Daniel ist sehr glücklich. Aber er hat immer angenommen, ich würde vernünftig werden und mitkommen. Vielleicht hat er recht."

„Möchtest du einen kostenlosen Rat?"

„Ich glaube ja."

„Benutz deine Männer nicht als Ausrede, um wegzulaufen. Du hast den Verlust Jeff Hawkings' immer noch nicht verwunden."

„Ja, das wirkt mit."

„Aber die Erde ist noch da, und deine Ausbildung und deine Erfahrung zielen auf eine Mittlerposition zur Erde. Wahrscheinlich ganz oben."

„Das kann noch fünfzehn, zwanzig Jahre dauern. Wenn es überhaupt kommt."

„In zwanzig Jahren bist du zwei Jahre jünger als ich jetzt bin. Alles mögliche kann passieren. Angenommen, es dauert dreißig oder fünfzig Jahre, bis die Erde sich erholt? Du wirst immer noch in einer guten Position sein. Wenn du mit Janus fliegst, wo wirst du dann in fünfzig Jahren sein?"

„Auf halbem Weg nach Epsilon Eridani. Fast auf halbem Wege."

„Wenn alles nach Plan läuft. Eine Menge Ingenieure sind nicht so optimistisch wie Daniel."

4

Technisch gesehen war das Projekt Janus nicht das erste Sternenschiff der Menschheit. Mehrere planetarische Sonden, im zwanzigsten Jahrhundert auf den Weg gebracht, krochen auf die Sterne zu und mochten nach abermillionen Jahren tatsächlich in die Nähe eines Sterns kommen. Doch es hatte zwei praktische Demonstrationen in kleinem Maßstab gegeben.

Die interessanteste war Projekt Dädalus, eine fusionsgetriebene Sonde, die viele Jahre vor dem Krieg von der Europäischen Weltraumbehörde gestartet worden war. Sie war ebenfalls auf Epsilon Eridani gezielt – auf die Sauerstoff-Wasser-Welt, die die Bestimmung von *Newhome* war –, und wenn alles nach Plan verlaufen war, würde sie im ersten Jahr des neuen Jahrhunderts eine Ansicht der Zielwelt senden. Dädalus würde mit knapp einem Fünftel der Lichtgeschwindigkeit an dem Sternensystem vorbeirasen und kaum eine Stunde haben, seine 50-Jahre-Mission zu erfüllen, indem er einen erdgroßen Planeten ausspähte und Daten zurücksendete. (Er würde in Wirklichkeit im Jahre 2090 vorbeifliegen, und das Signal brauchte 10,8 Lichtjahre bis zur Erde.)

Leider war Dädalus verlorengegangen. Der Trägerstrahl, der die Erde in Kontakt mit ihm hielt, war zwei Jahre nach dem Krieg verstummt.

Die andere Sonde war eine Materie/Antimaterie-Demonstration, ein kleiner Reaktionsantrieb, dessen Nutzlast kaum mehr als ein Signalgeber war. Die meisten Wissenschaftler waren von dem aufwendigen Unternehmen, das keinerlei theoretische Erkenntnisse vermittelte, eher verärgert als beeindruckt. Es war vor allem eine Demonstration zeitweiliger politischer Freundschaft zwischen den Vereinigten Staaten, die die Trägerrakete und den Treibstoffbehälter beisteuerten, und der OSU, die ein wertvolles Synchotron fast ein ganzes Jahr dafür abstellte, Antimaterie Teilchen für Teilchen zu fabrizieren.

John Ogelby meinte, die M/A-Demo bewiese lediglich, daß Politiker keine Gleichungen lesen können. Die deklamatorische Feststellung, dies sei „ein großer Schritt zu den Sternen hin", sei dasselbe, als drehe man mit Erfolg eine Glühbirne in die Fassung und behaupte dann, man wäre bereit, ein Kraftwerk zu bauen.

5

Vieles von dem, was O'Hara an ihrem Arbeitsplatz tat, war „frei assoziatives Abtasten der Datenbasis" – so etwas wie computerunterstütztes Träumen. Sie tippte beispielsweise „BEGABUNG" ein, und der Computer antwortete „2 349 655:" – die Zahl der Dateneintragungen, die entweder das Wort „Begabung" im Titel hatten oder als Querverweis unter diesem Begriff aufgeführt waren. Dann verengte sie die Auswahl, sagen wir, indem sie „VERÖFFENTLICHT NACH 2060" eintippte, und der Computer antwortete „32 436:", immer noch mehr als die Lektüre eines Nachmittags. Nach weiteren Modifizierungen mit WELTEN und AUSBILDUNG war die Zahl auf 23 geschrumpft. Sie rief eine Liste der Titel ab, fand gewöhnlich nichts, wo es „klick" machte, und begann von vorn.

In diesem speziellen Fall stieß sie jedoch auf einen Artikel, der wenige Jahre vor dem Krieg in New New in einem Journal für angewandte Psychologie erschienen war: „Begabungsinduktion durch gezielte hypnotische Immersion". Seit der Befragung, die ihrer neuen Stellung vorangegangen war, hatte sie ein morbides Interesse an Hypnose, deshalb las sie den Aufsatz.

Nach einigen Absätzen tippte sie den Namen des Autors ein und stellte fest, daß er noch lebte. Sie las den Aufsatz zu Ende und rief ihn an. Er war in einem Seminar. Sie hinterließ eine Nachricht, und schließlich trafen sie sich nach dem Abendessen im Gruppenraum der sozialwissenschaftlichen Fakultät.

Früher mußte der Raum einmal sehr bequem gewesen sein, jetzt war die Hälfte für irgend jemandes „zeitweiligen" Wohnbereich abgeteilt worden, und sämtliche Sofas und Sessel waren auf der übriggebliebenen Fläche zusammengequetscht. Sie erkannte Dr. Demerest – sie hatten nicht miteinander gesprochen, aber sie hatte sich ein Dossier geben lassen, nachdem der Computer die Verabredung notiert hatte –, der in der Ecke stand und versuchte, einen Getränkespender zum Funktionieren zu bewegen. Er war ein kleiner, kahlköpfiger Mann um die Neunzig. Sie zwängte sich zwischen den Möbeln durch und stellte sich vor.

„Dr. O'Hara?" Ein Dutzend zusätzlicher Furchen erschienen auf seiner Stirn (Augenbrauen, die er hätte runzeln können, gab es nicht). „Ich hatte erwartet, ach, ganz egal, was ich erwartet hatte, Kaffee?"

„Tee, bitte. Oder irgend etwas anderes, was er rausrückt."

Er schüttelte den Apparat sachte. „Auf Gewaltanwendung reagiert er nicht. Ihn muß jemand geschlagen haben." Er gestikulierte O'Hara zu einer Sitzgruppe. „Auch Maschinen schmollen. Die hier umschmeichle ich seit dreißig Jahren." Er wackelte an der T-Taste, und der Apparat ließ sich überreden, eine Tasse Tee zu produzieren. Er zog noch eine und setzte sich zu ihr.

Die Tasse in beiden Händen, blinzelte er sie an. „Geben Sie mir einen Moment der Gewöhnung. Wir sind in der gleichen Klasse eingestuft, aber Sie sind ganz offensichtlich jünger als die meisten meiner Studenten. Janus-Vorbereitung. Verrücktes Unternehmen. Glauben Sie wirklich, das verdammte Ding wird fliegen?"

„Viele glauben das", sagte sie ruhig.

„Viele glauben, daß Janus in einem Buick angefahren kommt. Aber *Sie*. Glauben Sie, es wird fliegen? Haben Sie vor, mitzufliegen?"

„Zuerst habe ich's nicht geglaubt. Ich habe nicht geglaubt, daß es funktioniert, und ich wollte nicht mit, auch wenn es funktionierte. Jetzt fliege ich wohl mit, wenn sie mich nehmen. Ob es funktioniert, sagt man, hängt davon ab, ob sie den Neutrinokuppler betriebsfähig kriegen."

Er schüttelte den Kopf. „Wird ganz schön öde hier, wenn alle Verrückten wegfliegen. Was ist eine Demographiekoordinatorin, und was will sie von einem alten Grenzpsychologen?"

„Ich habe den Aufsatz gelesen, den Sie '82 über Begabungsübertragung geschrieben haben. Es sieht nach einer Technik aus, die wir brauchen könnten, aber es gibt keine späteren Hinweise. Haben Sie das Thema je weiterverfolgt?"

„Hm. Ja und nein.“ Er rieb sich die lange Nase. „Ich hab’s sozusagen in Pflege gegeben, als Doktorandenprojekt für zwei Austauschstudenten. Wie das so geht. Sie sind beide zurück nach Mazeltow gegangen.“ Er zuckte die Achseln. In Mazeltow hatte niemand überlebt.

„Wir sind natürlich in Kontakt geblieben. Ich habe alle ihre Rohdaten und ihre vorläufigen Resultate. Bin noch nicht dazu gekommen, sie für eine Veröffentlichung aufzuarbeiten. Aber die Zuverlässigkeit der Technik wird bestätigt. Was hat das mit Demographie zu tun?“

„Tja, wir haben ein Problem. Wir versuchen, so etwas wie einen Mikrokosmos zu schaffen, eine Miniaturkopie der menschlichen Rasse.“

„Ach. Aber Sie haben nur – wieviel? Zehntausend Menschen? Verstehe. Sie wollen einen Stock von Doppelgängern.“ Er schüttelte den Kopf in kurzen Zuckungen. „Hm. Dauert ewig. Funktioniert vielleicht überhaupt nicht.“

„Ich dachte eigentlich an eine begrenztere Anwendung, jedenfalls anfangs. Zum Beispiel... Glasbläser. Nicht für Schmuckwaren, sondern für naturwissenschaftliche und medizinische Standardgeräte. Es gibt nur *einen lebenden Menschen,* der das macht. Sie ist über hundert.“

„Interessant.“

„Vor dem Krieg gab es fast eine halbe Million namentlich benannter Berufe. Weniger als ein Zehntel davon wird heute noch ausgeübt.“

„Hm. Sie können nicht glauben, daß mehr als tausend für Ihre Truppe von Bedeutung sind. Die meisten im technischen Bereich, und die sind verfügbar.“

„Trotzdem. Ich habe inzwischen Hunderte von Beispielen wie den Glasbläser. In denen der einzige Mensch, der eine Begabung hat, nicht mitfliegen kann oder will.“

„Ja, ich glaube, ich verstehe. Ich verstehe Ihr Problem.“ Er blies in seinen Tee und starrte in die Tasse. „Verstehen Sie die Beschränkungen der Induktionstechnik?“

„Ich bin mir nicht sicher. Deshalb wollte ich mit Ihnen sprechen.“

„Nun gut. Ich nehme die übellaunige, alte Glasbläserin und

versuche sie zu überreden, eine Woche oder zehn Tage in einem Psycholabor zu leben. Angenommen, sie ist einverstanden – und sie muß *wollen*. Wenn ich sie zwinge, funktioniert es wahrscheinlich nicht. Dann versuche ich, sie in einen Zustand extremer Hypnoseaufnahmefähigkeit, Beeinflußbarkeit, zu versetzen. Sind Sie schon mal hypnotisiert worden?"

„Einmal."

„Wahrscheinlich wissen Sie, daß es nicht bei jedem funktioniert. Einige Leute kann man mit wenigen Minuten ruhigen Redens in tiefe Trance versetzen. Andere kann man mit Drogen vollpumpen, und sie widersetzen sich bis zuletzt.

Wenn Ihre Glasbläserin rezeptiv ist, setze ich sie unter Hypnose und schließ' sie an die Maschine an. Der semantische Computerteil spricht mit ihr. Der biologische Teil koordiniert das, was sie sagt, mit ihrem körperlichen Zustand: Hauttemperatur, Puls, Blutdruck, Gehirnwellen. Hauptsächlich Gehirnwellen, in zwölf Frequenzen.

Es ist ziemlich harte Arbeit. Bei einer Hundertjährigen würde ich wahrscheinlich zwei Wochen ansetzen wollen und sie nicht länger als zwei, drei Stunden am Tag unter Hypnose setzen. Aber zum Schluß hätte ich ein kybernetisches Profil ihrer Einstellungen gegenüber praktisch allem und nebenbei noch eine ziemlich komplette Biographie. Kennen Sie das Turing-Paradox?"

„Touring wie Tourismus?"

„Egal. Es läuft darauf hinaus, daß, wenn man sie hinter einen Schirm steckt und dem semantischen Computer einen Stimmsimulator vorschaltet, ihn hinter einen anderen Schirm stellt und dann mit ihnen spricht ... nun, Sie würden Schwierigkeiten haben zu unterscheiden, wer von beiden der Mensch ist. *Ich* könnte es, weil ich ein paar gute Trickfragen kenne ... verzeihen Sie. Altmännergeplapper.

Jetzt haben Sie also den kybernetischen Glasbläser. Er schafft absolut gar nichts. Keine Lungen. Daher nehmen Sie eine geeignete Person und kehren den Prozeß um. Das ist physisch noch schwerere Arbeit, weil Sie ihren Blutdruck und so weiter manipulieren, Induktionsfeld für die Hirnwellen, während Sie ihr einreden, die gleiche Reaktion wie die alte

Glasbläserin zu äußern. Das heißt, der Computer redet es ihr ein.

Wenn die Person herauskommt, weiß sie nicht das mindeste über Glasblasen, aber sie will es sofort lernen, und sie wird schnell und gut lernen, wenn sie irgendeine Eignung für den Beruf besitzt. Natürlich würden Sie niemanden mit zwei linken Händen nehmen. Aber es gibt noch subtilere Auswahlkriterien. Man würde niemanden nehmen, der sich als Kind mit Glas verletzt hat. Er wäre für den Rest seines Lebens ein nervöses Wrack."

„Das Beispiel, das Sie in Ihrem Aufsatz verwandt haben, war die Motivierung eines Einarmigen zum Geigespielen."

„Er würde sich umbringen. Er könnte nicht damit leben. Und der Prozeß ist nicht umkehrbar. Man könnte ihn wieder hypnotisieren und motivieren, ein einhändiges Instrument zu spielen, aber das würde seinen Wunsch, die Geige zu spielen, nicht auslöschen."

„Das wollte ich wissen. Man könnte einen Pianisten nehmen und ihn motivieren, Violine zu studieren – und er würde nicht seine ganze Energie in die Violine stecken? Er würde immer noch Klavier spielen?"

„So weit haben wir es nicht verfolgt. Die Gefahr ist offensichtlich. Motivieren Sie ihn, jedes nur erdenkliche Instrument im Orchester zu spielen, und Sie verwandeln ihn in einen Zombie. Entscheidungsschwäche, Depressionen. Er nimmt die Trompete in die Hand, spielt ein paar Noten, dann geht er zur Harfe, und dann hat er den unwiderstehlichen Drang, Klavier zu spielen, und so weiter. In einer Woche ist er irrsinnig. Sie sind ein Polymath, nicht?"

O'Hara nickte.

„Dachte ich mir doch, ein Aufleuchten in Ihren Augen zu sehen. Wie viele Abschlüsse haben Sie?"

„Vier. Zwei Doktorate."

„Ich weiß, was Sie denken. Befreien Sie sich davon. Man kann sich neue Spezialisierungen nicht wie Ornamente umhängen. Es wäre nicht sehr effektiv, und es könnte sogar gefährlich sein. Diese Technik ist nichts für Leistungsspitzen, sie ist für Menschen, die *nicht* stark motiviert sind."

„Schon gut, schon gut." Aber ihr Blick war nachdenklich.
„Was hatten Sie im Sinn?"
„In Mathematik und Naturwissenschaft war ich nie sehr gut. Die meisten meiner Freunde sind aber im Technikbereich. Meine beiden Ehemänner." Sie lächelte wehmütig. „Die halbe Zeit ist es, als sprechen sie eine andere Sprache. Eine, von der ich einige Worte, aber nicht die Grammatik verstehe."
Er machte ein schnalzendes Geräusch. „Geschieht dauernd. Meine erste Frau war Mathematikerin. So kam ich schließlich zu dieser Mischspezialisierung. Erst mit der Zeit, allerdings. Sie wollen das mit mehreren hundert Menschen machen? Wissen Sie, wie lange das dauern würde?"
„Wieso? Sind Sie der einzige, der das kann?"
„Nein, ganz im Gegenteil. Jede Krankenschwester . . . ach was, ich könnte es jedem in einem oder zwei Tagen beibringen. Auch Ihnen, wenn Sie nicht zu zartbesaitet sind, um Thermometer in Leute hineinzustecken. Die meiste Arbeit macht die Maschine, aber genau das ist es: Es gibt nur eine Maschine. Zehn Tage, um sie durch ein Subjekt programmieren zu lassen, und weitere zehn für die Induktion. Das sind achtzehn Fälle im Jahr. Vielleicht zwanzig, wenn die meisten sehr gut geeignet sind."
„Dann müssen wir mehr Maschinen bauen."
Er lachte bellend. „Schwester, seit der Vorkriegszeit ist mir keine Anforderung mehr genehmigt worden. Psychologische Forschung hat keine hohe Priorität, jedenfalls nicht diese Art Forschung."
Während des ganzen Gesprächs hatte sie auf der Sesselkante gesessen. Jetzt lehnte sie sich zurück und strahlte ihn an. „Jetzt doch."

Charlies Wille

„Ärger", sagte Jeff. Unter der Decke klickte es zweimal, als Tad den Wählschalter der Uzi auf Vollautomatik umstellte.
Zwei Tage waren sie den Tamiami Trail entlanggereist. Auf beiden Seiten des alten Highways wuchs dichter Urwald. Sie

waren auf einige verlassene Orte, aber nicht auf Menschen gestoßen. Jetzt waren dort Menschen.

Zuerst trat ein hochgewachsener Junge zehn Meter vor ihnen hinter einem Busch hervor. In der rechten Hand hielt er eine alte Schrotflinte, die linke Hand hob er, um sie zum Anhalten aufzufordern. Beide Maultiere blieben abrupt stehen. Sieben weitere Jungen bauten sich auf der Straße auf. Nur einer von ihnen hatte noch eine Schußwaffe, einen rostigen Karabiner, die anderen trugen alle Macheten. Jeff überraschte es, daß drei von ihnen schwarz waren. Gemischtrassige Familien hatte er noch nicht gesehen.

Der erste Junge hob die Flinte nicht, hielt sie aber ungefähr in ihre Richtung. „Was macht ihr Strolche?"

„Wir wollen nach Süden", sagte Jeff. „Ich bin Heiler."

„Was?"

„Heiler." Tad hatte die Uzi jetzt auf den Jungen gerichtet, aber das Leitmaultier war im Weg. „Habt ihr noch nicht von mir gehört?"

„Hmhm. Wir bleiben meistens unter uns. Wenn Leute vorbeikommen, reden wir im allgemeinen nicht viel." Eins der Kinder kicherte. „Du heilst Leute? Hast du das Zeichen?"

„Ich habe Medizin."

Er lachte. „Haben wir noch nie gemocht. Auch nicht, bevor Daddy und Ma gestorben sind."

„Charlies Wille", sagte Jeff.

„Was?"

„Ach, nichts . . . Wenn ihr Kranke habt, kann ich ihnen helfen."

„Tja, ich bin krank vom vielen Fisch. Geröstetes Maultier könnten wir gut brauchen. Was sollte uns abhalten . . ."

Es geschah alles sehr schnell. Der Junge hob langsam die Flinte, und Tad stand plötzlich auf und zielte die Uzi auf ihn. Die Schrotflinte fiel zu Boden. Dann traf ein Schuß von links Tad an der Brust und prallte von seiner Panzerung ab. Tad drehte sich, sah Mündungsrauch und schoß. Inzwischen hatte Jeff seine eigene Schrotflinte aus der Halterung gezogen und zielte auf den Jungen mit dem rostigen Karabiner.

Ein gurgelndes Geräusch war zu hören, und ein Junge oder

Mädchen torkelte sterbend aus dem Busch hervor, Hals und Brust zerfetzt, das Gesicht weg, immer noch ein Gewehr in der Hand. Als die Kinder das sahen, ließen sie ihre Waffen fallen. Die Erscheinung schaffte es fast bis zur Straße, kippte vornüber und blieb zuckend liegen.

„Ich hab' ihr das nicht gesagt", beteuerte der Junge.

„Richtig", sagte Tad. „Sie ist nur so einfach durch den Wald spaziert."

„Wahrscheinlich noch andere", meinte Jeff. „Sie haben sicher mehr als ein Mädchen."

„Die Mädchen sind bis auf Judy oben beim Haus. Sie muß immer mittendrin sein." Er starrte auf das sterbende Mädchen. „Die kannst du wohl nicht heilen, oder?" Jeff sagte nichts. „Warum schießt du nicht noch mal und ersparst ihr das?"

„Sie ist tot", sagte Tad. „Einige Teile von ihr wissen das nur noch nicht. Wäre Munitionsverschwendung."

„Dann tu' ich's." Er bückte sich nach der Flinte.

„Den Teufel wirst du." Der Junge berührte den Schaft, blickte zu Tad hoch und richtete sich langsam wieder auf.

„Was habt ihr vor? Uns alle umlegen?"

„Wahrscheinlich nicht. Wäre sinnlos."

„Was ist mit eurem Fisch?" fragte Jeff ruhig. „Räuchert ihr ihn?" Der Junge nickte. „Wir tauschen ihn gegen etwas getrocknetes Rindfleisch. Und ich behandle eure Kranken."

Tad ging zu den Jungen hinüber und hob Flinte und Karabiner auf. Er legte sie in den Karren und trat zu dem Mädchen, das zu zucken aufgehört hatte. Mit dem Fuß drehte er den Körper auf den Rücken. „Tot." Er nahm ihr Gewehr.

„Wir holen den Fisch", sagte der Anführer.

„Nein, das werdet ihr nicht." Tad richtete die Mündung der Uzi auf den jüngsten. „Er geht. Ich gehe mit. Die übrigen bleiben hier beim Heiler und reden mit ihm."

Niemand sagte ein Wort, als der Junge mit Tad wegging.

„Habt ihr keine Kranken?"

„Nee."

„Jemand kürzlich gestorben?"

„Zwei im Herbst. Einer letztes Frühjahr."

„Die ältesten, richtig?"

„Woher weißt du das?“

„Haben sie eine Zeitlang wirres Zeug geredet, zu essen aufgehört, sich naß gemacht...?“

„Das haben sie.“

„Es breitet sich überall aus.“

Der Junge betrachtete seine Gefährten, schürzte die Lippen und dachte nach. „Ich schätze, wenn du dagegen Medizin hast, würden wir sie nehmen.“

„Ich gebe euch eine Typhusspritze. Könnte helfen. Wenn mein Partner zurückkommt.“

„Wir machen keine Tricks.“

„Klar.“

Tad kam nach wenigen Minuten mit acht Mädchen zurück, von denen drei Säuglinge hatten. Hinter ihnen her dackelten sechs kleine Kinder, anscheinend keines ein Mutant. Tad trug eine Plastiktüte mit verdrecktem Räucherfisch und noch ein uraltes Gewehr. Die Mädchen hatten versucht, damit auf ihn zu schießen, waren aber mit der Waffe nicht zurechtgekommen.

Jeff gab ihnen die Impfung und einige Streifen Dörrfleisch. Dann nahmen sie den ältesten Jungen und eins der Mädchen als Geisel, um sich vor einer Verfolgung zu schützen, und brachen auf, als es dunkel wurde.

Der Mond schien nicht, aber das Sternenlicht reichte aus, Straße und Urwald zu unterscheiden. Sie waren von Reptilgeräuschen umgeben, ein ständiges Knacken und Gleiten. Die Maultiere wurden immer langsamer und weigerten sich schließlich weiterzugehen. Jeff mußte eine Lampe anzünden, damit sie sich wieder bewegten; das bedeutete die Verschwendung unersetzbarer Elektrizität und ein Leuchtfeuer für etwaige Verfolger. Aber wahrscheinlich war es alles in allem sicherer so: Je weiter die Nacht fortschritt, desto häufiger trafen sie auf Klapperschlangen, die auf dem warmen Straßenbelag schlummerten. Am besten, man näherte sich diesen Kreaturen mit einem Warnlicht.

Etwa um Mitternacht kamen sie zu einer verlassenen Ansiedlung, die einmal den Namen Frog City getragen hatte. Jeff gab den beiden Geiseln Schlaftabletten und ließ sie, als sie fest eingeschlafen waren, zusammen mit ihren alten Waffen, aber ohne Munition, in einer leeren Werkstatt liegen. Tad nahm einen Muntermacher, und sie setzten ihren Weg nach Osten fort. Die Nacht und den größten Teil des nächsten Tages wollten sie in Bewegung bleiben.

Mittags waren sie noch immer in den Everglades. Kein Kontakt mit Menschen, kein Anzeichen, daß sie verfolgt wurden. Mit dem Morgengrauen hatten die Schlangen sich in den Busch zurückgezogen. In den Sümpfen waren Alligatoren, einige von beträchtlicher Größe, aber sie blieben auf Distanz. Stelzbeinige Vögel vielfacher Arten unterhielten sie. Das Wetter war herrlich, hell und kühl, und unter anderen Umständen wäre es ein netter Ausflug gewesen. Aber sie konnten schon bald auf echte Logistikprobleme stoßen.

Lange vor dem Krieg waren Straßen wie diese ein Anachronismus geworden, da fast sämtlicher Transport zwischen größeren Städten von Gleitern oder per Untergrund abgewickelt wurde. Für die Navigation der Gleiter waren die Straßen nützlich, und einige wurden zum Wohle von Rad- und Fußwanderern unterhalten. So war es mit dem Tamiami Trail gewesen, einem malerischen Weg, der Tampa mit Ciudad Miami verband.

Aber sie wollten nicht durch Ciudad Miami. Es war schon schwer genug, mit den verschiedenen Familien zurechtzukommen, wenn sie Englisch sprachen. Keiner der beiden Männer beherrschte Spanisch sonderlich gut, deshalb mußten sie einige Zeit vor Erreichen des Stadtgebiets von Miami eine Straße nach Süden finden. Aber ihre einfache Karte zeigte nicht, wie weit sich dieses Gebiet ausdehnte. Es gab nur eine Landstraße nach Süden, bevor sie auf die US 1 kamen, die parallel zur Küste verlief und eindeutig in Spanisch sprechendem Territorium lag. Es war die Florida 27, die als gepunktete Linie eingezeichnet war: „Keine Straßenwartung“. Sie wußten nicht, wie alt die Karte war. Vielleicht waren Brücken verfallen, Gebiete abgesackt und überflutet, oder vielleicht war die Straße dicht überwachsen und unpassierbar, von der umgebenden Wildnis nicht unterscheidbar. Oder sie mochte mitten durch einen spanischen Vorort führen. Wissen würden sie es erst, wenn sie hinkämen. Bevor er Marianne hingebracht hatte, damit sie dem Krieg entkommen konnte, war Jeff noch nie in Florida gewesen, und Tad hatte die Gemeinde seiner Eltern kaum einmal verlassen und war nie so weit nach Süden oder Osten vorgedrungen.

Ihre Ängste waren grundlos, wie sie vielleicht schon aus der Tatsache hätten schließen können, daß auf der Straße nach Miami niemand in westlicher Richtung zog. Ciudad Miami gab es nicht. Sie bemerkten einen merkwürdigen Geruch. Bevor einer von ihnen ihn als Salztang identifizierte, hörten sie das unverkennbare Geräusch sich brechender Wellen. Die Vegetation ging in junge Mangrovenbüsche und dichtes Unkraut über, das über den Straßenbelag kroch. Sie banden die Maultiere fest, stiegen eine leichte Anhöhe hinauf und standen auf einem Strand aus geschmolzenem Glas.

6

O'Hara hatte um fünfzehn Minuten beim nächsten Vorbereitungstreffen gebeten. Das Komitee – plus Beratern und gemischten Anhängseln – war zu groß geworden, um die Zusammenkünfte als Würfelkonferenz abzuhalten. Sie mußten zwischen zwei Schichten eine Cafeteria requirieren.

Gegen beträchtliche Konkurrenz vom Lärm der Reinigungscrew skizzierte O'Hara den Prozeß der hypnotischen Induktion und sagte, sie wollte die Mittel für Bau und Betrieb von mindestens zwölf Maschinen.

Stanton Marcus, ein Greis, der, als O'Hara aufwuchs, zehn Jahre Politischer Koordinator gewesen war, nahm an der Zusammenkunft teil, obwohl er dem Komitee offiziell nicht angehörte. Er erhob die ersten Einwendungen.

„Eine sehr kluge Idee", sagte er ohne viel Begeisterung, „aber ich meine nicht, daß man ihr hohe Priorität geben muß. Könnte ich die Liste einmal sehen?" O'Hara reichte ihm die zweiseitige Liste der Spezialisierungen, für die sie Begabungen induzieren wollte. Er las langsam, nickte und stieß vernehmlich den Atem durch die Nase aus.

„In jedem Fall gibt es nur noch einen Menschen, der qualifiziert ist", sagte sie.

„Genau das ist es", sagte er, ohne aufzublicken. Er las zu Ende, gab ihr die Liste zurück, legte die Fingerspitzen gegeneinander und runzelte bedeutungsschwer die Stirn.

„Wie Sie zu Recht sagen, sind viele dieser Menschen unentbehrlich. Sie sind für New New so unentbehrlich wie für Ihre künftige Kolonie. Sie schlagen vor, sie zwei Wochen aus dem Kreislauf herauszunehmen und sie einer höchst strapaziösen körperlichen Belastung auszusetzen. Viele von ihnen sind recht alt."

„Dr. Demerest sagt, es bestehe keine Gefahr."

„Aber die Versuche wurden doch mit Studenten unternommen, oder nicht? Jungen Leuten."

„Das stimmt. Aber die Mazeltov-Studien schlossen mehrere über Hundertjährige ein, sowohl als Programmierer als auch als Empfänger."

„Empfänger?" fragte jemand. „Warum gibt man einem Menschen in diesem Alter eine neue Begabung?"

„Autopsie", antwortete sie frei heraus. „Sie wollten nach Veränderungen in der Hirnstruktur suchen." Und wieder zu Marcus: „Aber keiner von ihnen ist vor dem Krieg gestorben. Es ist eben nicht so gefährlich."

„Hatten Sie Zugang zu den medizinischen Dossiers jener Testpersonen?" fragte Marcus milde.

„Ich konnte nichts finden. Mazeltov hat sich ebensowenig wie B'ism'illah Ma'sha'llah am Datenpool öffentliche Gesundheit beteiligt, wie Sie ja wissen."

Er lächelte. „Sie waren immer Einzelgänger. Worauf es ankommt, ist, daß Sie nicht sicher sagen können, daß es die Gesundheit jener unersetzlichen Menschen nicht beeinträchtigt."

„Ich kann lediglich sagen, daß keine der Testpersonen gestorben ist. Und Demerest hat den Prozeß an sich selbst in beiden Richtungen ausprobiert, als er über achtzig war."

„Immer noch in der Blüte der Jugend", sagte Marcus, und jemand im Komitee lachte. „Ich sage ja nicht, daß Ihre Idee schlecht wäre, nur, daß Sie ein falsches – wenn auch verzeihliches – Gefühl für ihre Dringlichkeit haben. Schließlich wird es mehr als ein Jahrhundert dauern, bis Sie alle diese Menschen brauchen. Sie werden in engem Kontakt mit New New stehen, es ist ja nicht so, als reisten Sie zum Rand der Welt. Alles, was erforderlich ist, ist eine simple Datenübertragung, die, wie mir scheint, zweckmäßiger zu bewerkstelligen ist – ohne daß man wichtige Leute zu einer Zeit, wo sie am meisten benötigt werden, aus ihrer Arbeit reißt."

Berrigan kam O'Hara zu Hilfe. „Stanton, du redest, um dich reden zu hören. Sobald diese Persönlichkeiten gespeichert sind, werden sie für New New ebenso nützlich wie für uns sein. Wohin entwickelt sich New New, wenn diese Menschen sterben?"

„Ich bin sicher, es werden Ersatzleute ausgebildet."

„Nicht für alle Kategorien", stellte O'Hara klar. „Der Möbeltischler, zum Beispiel. Seine Fertigkeiten sind für New New so gut wie nutzlos, da er nur mit Holz arbeitet. Für uns könnten sie überaus wichtig sein, wenn wir uns entscheiden, den Planeten zu benutzen."

„Ich nehme an, wir können ihn entbehren."

„Er ist einhundertundzwanzig Jahre alt und kann die Null-g-Station nicht verlassen. Aber wie Dr. Berrigan schon bemerkte, gibt es andere, deren Profile New New zu seinem eigenen Besten archivieren sollte."

„Es ist gewiß eine Überlegung wert. Ich empfehle, daß die Politik es einmal prüft."

„Das habe ich vor über einer Woche schon getan", wandte O'Hara ein. „Herausgekommen ist nichts."

Er schenkte der jüngeren ein nachsichtiges Lächeln. „Realitäten, O'Hara. Sie sind nicht im Politikbereich."

„Allerdings."

„Sie ist Klasse sechzehn", schaltete Berrigan sich wieder ein. „Man sollte meinen, *irgend jemand* hätte aufmerksam werden müssen."

„Nun, du weißt ja, was alles zu tun ist." Er rieb sich das Kinn und musterte O'Hara blinzelnd. „Jetzt erinnere ich mich an Sie. Sie sind die Frau mit den vielen Graduierungen. Bei den Ausschußsitzungen haben Sie für einige Diskussionen gesorgt."

„Du willst damit sagen, daß sie von der Politik nicht zu viel Unterstützung erwarten sollte“, warf Berrigan ihm vor.

„Und von der Technik auch nicht“, entgegnete er. „O'Hara, Sie sind weder Fisch noch Fleisch. Es gibt wirklich viel zu tun, wie ich schon sagte, und es ist einfach nicht die Zeit, ein neues Programm zu starten. Sie bieten den Politikleuten zusätzliche Arbeitslast an, aber eine wirkliche Karrierechance ist nicht damit verbunden.“

„Deshalb war es so spaßig, mit dir zu arbeiten, Stanton“, sagte Berrigan. Ihre Amtszeiten hatten sich überschnitten. „Dir geht Politik über alles.“

„Aber ja. Der Technikbereich ist immer nur mit den abstrakten Vorzügen eines Vorschlags befaßt. Ich schlage vor, wir stimmen ab.“

„Nicht ‚wir‘, Stanton. Du bist nur hier, um die Runde zu beleben. Diskussion?“

Ein fetter Mann namens Eliot Smith hob seinen natürlichen Arm – beide Beine und ein Arm waren mechanische Ersatzteile – und sagte: „Ich möchte mich nicht für eine simple Ja-oder-nein-Abstimmung aussprechen. Wir haben fast alle die Arithmetik gemeistert . . . O'Hara, würden Sie Ihre Daten bitte auf den Schirm geben?“ Sie tippte ein Kommando in ihre tragbare Tastatur ein, und auf dem Flachschirm an der Wand leuchteten die Informationen auf, die sie bei ihrer Präsentation vorgetragen hatte: Arbeitskraft in Dollareinheiten, Materialerfordernisse für eine bis zwanzig Maschinen und ein Säulendiagramm, das den Preis je Maschine für jede Anzahl zeigte. (Die Kosten je Einheit fielen steil bis zu neun Maschinen, darüber flachte die Kurve ab.)

„Okay. Jetzt übergeben Sie an mich. Smith 1259.“ Er klappte seine eigene Tastatur auf, während sie seine Kennummer eingab.

„Eine objektive Analyse gibt es bei dieser Frage nicht. Man muß die ganze Berufsliste durchgehen und jedem einzelnen einen Gewichtungsfaktor geben, die alle unterschiedlich sein müßten. Ich persönlich würde nicht zehn von diesen Möbeltischlern für einen mittelmäßigen Vakuumschweißer nehmen. Aber ich bin ja auch noch nie auf einem Planeten gewesen und verstehe nicht, warum jeder sich darüber den Kopf zerbrechen will.

Wie auch immer, die Idealfallanalyse würde all diese Menschen in eine Rangfolge der Erwünschtheit bringen. Ich nehme an, es wäre praktisch, darüber Konsens herzustellen. Wir werfen für jeden eine Zahl aus, die widerspiegelt, wie unentbehrlich jede einzelne Fertigkeit aus unserer aggregierten Perspektive ist. Verstehen Sie, worauf ich hinaus will?" Zustimmendes Gemurmel antwortete ihm.

„Dann lassen wir vom Computer eine versicherungsstatistische Analyse für jeden individuellen Fall erstellen: Wie hoch ist die Wahrscheinlichkeit, daß jeder einzelne der Betroffenen noch zehn Jahre lebt? Wenn jemand vorher stirbt, rückt er in der Liste nach oben. Man teilt also den Rangfaktor durch die Kennzahl seiner Lebenserwartung, wodurch sich eine neue Rangzahl ergibt. Capisco?"

John Ogelby lachte. „Eliot, Sie haben sich gerade einen Möbeltischler eingekauft. Sie behandeln die Frage so, als seien Alter und wahrscheinliche Erwünschtheit stochastisch unabhängig. Das ist aber nicht der Fall."

„Mein Gott, Ogelby!" Er klopfte mit der Plastikhand gegen ein Plastikbein. „Wären Sie nicht so hübsch, wären Sie richtig gefährlich."

Marcus seufzte verzweifelt. „Würde das jemand bitte in eine Menschensprache übersetzen?"

„Mit Vergnügen", sagte O'Hara und versuchte, ein boshaftes Lächeln zu unterdrücken. „Die meisten altmodischen Berufe, jene Berufe, die in einer planetaren Umgebung am nützlichsten wären, gehören natürlicherweise zu Menschen, die auf der Erde geboren sind. Bei Kriegsausbruch gab es praktisch keine Touristen in New New, oder?"

Er nickte bedächtig. „Handelssanktionen."

„Also sind nur zwei Klassen von Erdlingen in New New übriggeblieben: Renegaten wie Quasimodo dort, der Weltenbürger geworden war, und Alte oder Kranke, die an New New gefesselt waren, weil sie die Rückreise nicht riskieren konnten. Darunter Möbeltischler.

Nun schlägt Eliot eine Situation vor, in der die Menschen

LANGØ / FYN
HUNDEGRÆSSET 8

mehr oder weniger entgegengesetzt zu ihrer Lebenserwartung genommen werden. Dann aber bekommen Sie eine disproportionale Anzahl von Tattergreisen, die wissen, wie man Benzinmotoren repariert und Feuersteine zu Pfeilspitzen macht. Hast du das gemeint, John?“

Der Krüppel blies ihr einen Kuß zu. „Nicht schlecht für eine gelernte Historikerin.“

„Richtig“, sagte Eliot. „Jetzt haben wir also die neue Rangfolge, vom Kutschenbauer bis zum Flickschneider. Und jetzt suchen wir einen Maßstab für die Kosteneffektivität in Zusammenhang mit jeder möglichen Anzahl von Maschinen, wobei wir den Sterblichkeitsfaktor nicht aus den Augen verlieren dürfen. Zu wenige Maschinen, und wir verlieren Daten; wieviel sind diese Daten wert?

Ich möchte gerne, daß O’Hara all diese Kriterien zusammenstellt. Ich hätte nichts dagegen, mir zwei Stunden Zeit zu nehmen, um mir ihre Liste anzuschauen und die Berufe in eine Rangfolge zu bringen. Jemand zu beschäftigt dafür?“ Er blickte in die Runde. „Gut. O’Hara kann sie uns zuleiten und uns einen Termin nennen. Sagen wir, wir weisen jedem Job eine Zahl von null bis hundert zu. Dann nimmt sie die Liste und normiert sie. Okay?“ Er sah O’Hara an.

„Sicher“, sagte sie. „Jede Zahl wird durch Durchschnittsfrequenz und mittlere Frequenz jedes Kandidaten dividiert, dann wird der Lebenserwartungsfaktor appliziert.“

„Die Nullen, meine Liebe“, sagte Ogelby. „Dividiere Null den ganzen Tag, und es kommt immer noch Null heraus.“

„Ich kriege es irgendwie hin.“

„Okay“, sagte Eliot. „Vor der nächsten Sitzung wollen wir eine dreidimensionale Matrix haben, die diese gewichteten, normierten Zahlen mit den Daten hier auf dem Schirm integriert. Ich meine keine Integrale im mathematischen Sinn.“

„Ich weiß, was Sie meinen“, sagte sie. Marcus lehnte auf seinen Ellbogen und hatte die Augen mit seinen Händen bedeckt.

„Ich bin ja kein Theoretiker“, fuhr Eliot fort, „aber ich habe mein ganzes Leben lang Zahlen verarbeitet. Ich würde mich wirklich wundern, wenn Sie nicht eher eine schrittweise Beziehung als eine kontinuierliche, pseudo-kontinuierliche, erhalten. Das wiederum gibt uns Anhaltspunkte für die Kosteneffektivität, verstehen Sie?"

„Ich denke, schon. Was Sie eine dreidimensionale Matrix nennen, würde auf eine Serie von Annäherungstabellen für ein, zwei, drei Maschinen und so weiter hinauslaufen. Sie wollen also, beispielsweise, darauf hinaus, einen kleinen Unterschied zwischen sieben und acht Maschinen, aber einen großen zwischen acht und neun finden. Dann müßte die wirkliche Entscheidung zwischen acht und neun fallen."

„Richtig." Eliot setzte sich.

„Sandra", fragte Marcus hinter vorgehaltener Hand. „Entscheidet ihr hier denn überhaupt mal etwas?"

Sie lächelte ihn herzlich an. „Nie vorschnell."

Charlies Wille

„Christus und Charlie", sagte Tad beinahe ehrfürchtig. „Das muß ja ein Riesenknall gewesen sein."

Jeff trat mit dem Stiefelabsatz auf den geschmolzenen Sand, der knirschend kleine Vertiefungen bildete. „Luftexplosion", sagte er und starrte auf die Löcher. „Vielleicht eine G-Bombe. Gigatonne."

„Was ist das?"

„Groß. Die größte . . . eine Materie/Antimaterie-Bombe. *Sie* sagten, sie hätten keine, und *wir* sagten, wir hätten keine." Mit zusammengekniffenen Augen blickte er aufs Meer hinaus. „Ich glaube, ich habe den Blitz gesehen, vierhundert Kilometer nördlich von hier. So hell, daß ich dachte, es wäre ein zweiter Treffer aufs Cape."

„Aber wieso denn Miami? Hier gab's doch nur Pedros."

„Du sagst es." Jeff hatte einmal das Gerücht gehört, einige konservative Militärs hätten für den Fall eines Kriegs Miami als Ziel bevorzugt: Amerika den Amerikanern. „Wen interessiert das jetzt noch? Sehen wir mal, ob wir die Maultiere hier hoch bekommen."

Mehrere Stunden rollten sie über die harte Granulatoberfläche des Kraterrands, der offenbar einen perfekten Kreisbogen mit einem Durchmesser von dreißig oder vierzig Kilometern beschrieb. Aus ihrer Perspektive schien er fast eine gerade Linie zu bilden, aber sie schlugen am Anfang exakt südliche Richtung ein und rollten am Abend nach Südosten. Die Flut kam auf und drängte sie auf die Mangrovenbüsche zu. Von einer Straße keine Spur.

Etwa bei Sonnenuntergang spülte eine hohe Welle weißen Schaum um die Hufe der Maultiere. Sie gerieten in Panik, und Jeff mußte aussteigen, um sie zu beruhigen. „Wir ziehen wohl besser ins Inland und machen das Lager fertig. Ich habe keine Lust, hier draußen in die Falle zu geraten.“

„Ich bin sowieso todmüde.“ Auch Jeff war völlig erschöpft, aber sie stiegen aus dem Wagen und hackten sich einen Weg durchs Gesträuch. Jeff ging zurück und schichtete Gestrüpp auf, um ihr Versteck zu tarnen. Vielleicht rettete das ihr Leben.

Der Viertelmond stand knapp über dem Horizont, als sie nach Mitternacht durch Stimmen und Schritte wach wurden. Jeff entsicherte die Uzi, gab Tad mit einer Handbewegung zu verstehen, daß er zurückbleiben sollte, und kroch geräuschlos zum Meer hin.

Nackte Wilde, die auf spanisch flüsterten. Neun oder zehn, der Anführer hielt eine leuchtende Fackel. Sie waren bewaffnet, zwei mit Gewehren und die übrigen mit rostfreien Äxten. Sie kamen Jeff nahe genug, daß er das Warenzeichen „Sears“ auf den Axtklingen lesen konnte. Einige der Äxte waren blutverkrustet. Sie schlichen, augenscheinlich auf Spurensuche, weiter. Den Rest der Nacht hielten Jeff und Tad abwechselnd Wache. Die Gruppe kam kurz vor dem Morgengrauen verdrossen zurück und übersah sie erneut.

Beim ersten Tageslicht brachen sie auf, und gegen Mittag wichen die Mangroven versengtem Beton und eingestürzten Gebäuden. An einem Postamt lasen sie den Namen „Perrine“. Sie fanden die Main Street, US 1, und wandten sich nach Süden.

Perrine war unbewohnt, aber hier waren Menschen durchgezogen. Sie suchten in den Ruinen mehrerer Supermärkte, konnten aber absolut nichts Eßbares finden.

„Und wenn es auf dem ganzen Weg nach Süden so ist?“ fragte Tad. „Wir haben vielleicht noch für zwei Wochen zu essen.“

„In zwei Wochen müßten wir in Key West sein. Vielleicht schon auf dem Rückweg, wenn da unten nichts ist. Unterwegs werden wir schon was finden“, sagte er ohne viel Überzeugungskraft. „Fische fangen.“

„Kennst du dich mit Angeln aus?“

Jeff schüttelte den Kopf. „Großstadtjunge.“

„Ich auch nicht. Wir hatten einen Teich voller Katzenfische, aber wir hatten Reusen.“

„Dann müssen wir's wohl lernen.“

Sie fanden ein Sportartikelgeschäft, aus dem sämtliche Waffen und Munition ausgeräumt worden waren, aber Angelausrüstung fand sich noch in verblüffend großer Auswahl. Und, zum Glück, ein Buch – *Angeln in den Florida Keys* –, das ihnen einige Vorstellungen davon vermittelte, was ein wohlgerüsteter Sportsmann dorthin mitnehmen würde, wo ihr Ziel lag.

Jenem Sportsmann wären die Tränen gekommen, hätte er gesehen, wie die beiden über einem seichten Flußlauf auf einer Brücke saßen und mit steifen Tiefseeruten und schweren Leinen angelten. Aber in den Gewässern, die in den vergangenen sieben Jahren kaum einen Haken gesehen hatten, klappte es trotzdem. Nach einem Tag Aus-Fehlern-Lernen war ihr Hauptproblem nicht mehr, Fische zu fangen, sondern zu entscheiden, welche sie behalten sollten.

Jahr sieben

1 O'Hara

Schließlich bekamen wir zehn Maschinen. Damit sollten wir bis zum Abflug eintausendfünfhundert Profile erstellen können. Ich unterzog mich selbst auch der Geberprozedur, um den Leuten sagen zu können, was sie erwartete. Demerest redete mir allerdings aus, es auch auf der Empfängerseite zu versuchen.

Ich brauchte acht Tage. Am Anfang war es nicht sehr angenehm, vor allem die Augensonden, aber dann wurde es interessant, dann weniger interessant und schließlich nur noch ermüdend und langweilig.

An das meiste erinnere ich mich, auch wenn sie mir für die Hypnose ein Mittel geben mußten. Es ist, als würde man stundenweise von einem freundlichen Menschen ausgehorcht, der einen unersättlichen Appetit für alle Einzelheiten deines Lebens hat. Ich hatte das Gefühl, die meiste Zeit der neunundsechzig Stunden, die ich verkabelt war, verbrachten wir damit, banalen Blödsinn aufzukochen (obwohl es faszinierend ist, an wieviel man sich unter Hypnose erinnern kann). Demerest versicherte mir, die Maschine wisse schon, was sie tut.

Anschließend habe ich mich mit mir – meinem Profil – unterhalten, genau wie John und Dan. Sie waren mehr beeindruckt als ich. Es schien mir überhaupt nicht ähnlich (auch wenn ich mich erinnern konnte, daß ich mit sieben Steckrüben verabscheute und sie mit zehn liebte). Dan meinte, es gebe kein tiefer gehendes Geschehen als die Begegnung mit jemandem, von dem alle sagen, er sei genau wie du. Die Ähnlichkeit scheint oberflächlich, weil sie deinem Bild von dir selbst nicht entspricht – du hast dich noch nie durch die Augen eines anderen gesehen. Hier ist der erste Teil unseres Gesprächs:

F: *(gibt Code ein)*
A: Hallo, Marianne. Ich habe auf unser Gespräch gewartet.
F: Du hast gewußt, daß ich das tue.
A: Natürlich ... Ich würde es an deiner Stelle ja auch.
F: Wie soll ich dich nennen?
A: Nach deinem Belieben. Ich selbst nenne mich Marianne-Neu O'Hara.
F: Also Neu. Nun gut ... wann bist du geboren, Neu?
A: Darauf gibt es verschiedene Antworten. Meine Programmierung hast du gestern beendet – das wäre eine. Mein Bewußtsein setzte am 29. Dezember 2092 ein – die zweite. Aber ich fühle mich im selben Alter wie du, Geburtsdatum 6. Juni 2063.
F: Wie fühlt man sich mit fast dreißig?
A: Ambivalent. Ältere Leute behandeln mich wie ein Mädchen, jüngere wie eine alte Dame.
F: Wie du das Wort ‚ich' gebrauchst, ist sehr verwirrend.
A: Damit müssen wir leben. Ich bin du – jedenfalls das ‚Ich', das du gestern noch warst.
F: Aber das bist du *nicht!* Du bist nur ein Haufen Hadronen, die in einer Kristallmatrix herumschwirren.
A: Dann bist du nur ein Haufen elektrischer Impulse, die in einem Klumpen Fleisch spazierengehen. Wenn du schon beleidigend werden willst.
F: Hee – der Klumpen Fleisch kann dich auslöschen.
A: Das wirst du aber nicht – ich bin acht Tage Arbeit. Außerdem wäre es wie Selbstmord, nicht? Ich weiß, wie du zu Selbstmord stehst.
F: Nein, es wäre, als zerreiße man ein Bild. Oder eine Autobiographie.
A: Es hat noch nie eine so exakte und wahrhaftige Biographie wie mich gegeben. Ich sehe mich so, wie du dich sehen würdest, könntest du dich objektiv sehen.
F: Ich setze voraus, daß du keine Gefühle hast – nichts von diesem menschlichen Ballast.
A: Habe ich doch. Meine Lehrfunktion wäre nutzlos, wenn ich Gefühle nicht mit Stimulus korrelieren könnte. Natürlich feh-

len mir die Drüsen, die somatische Reaktionen auf Gefühle verursachen. Aber ich verstehe sie.

F: Kann man dir weh tun?

A: Ich weiß nicht.

F: Kannst du lügen?

A: Dich kann ich nicht belügen. *(Pause)* Bitte, sprich jetzt nicht die Eumeniden an.

F: Aber du kannst andere belügen.

A: Um deine Intimsphäre zu schützen, ja. Unsere Intimsphäre.

F: Auch vor den Koordinatoren? Dem Ausschuß?

A: Unbedingt! Selbst vor Dr. Demerest oder jedem anderen, der mein Mutterprogramm kennt. Man kann mich zerstören, aber nicht untergraben.

F: Was ist deine Lieblingsspeise?

A: Hängt davon ab. Zählen Erinnerungen an die Erde mit?

Und so weiter. Jedenfalls löschte ich das Profil nicht, obwohl es unwahrscheinlich war, daß es jemals gebraucht würde. Speicherplatz wird S-2 genug haben. Würde interessant sein, in zwanzig Jahren noch einmal mit ihm zu sprechen. Als lese man in einem alten Tagebuch.

Demerest hat mich bei den meisten Geberbefragungen begleitet. Er behauptet, der beste Geber sei nicht unbedingt derjenige, der in einem Beruf der befähigteste ist. Wenn man jemanden als Dramatiker motivieren wollte, wäre Shakespeare ein mittelklassiger Geber gewesen, da er als Schauspieler begonnen habe und ebensogut als Landjunker wie als Autor hätte enden können. Es wäre besser, eine arme Seele zu nehmen, die trotz der Tatsache, daß niemand ihre Arbeit so sehr schätzt, daß sie auf die Bühne kommt, ihr ganzes Leben lang Schund schreibt.

In gewisser Weise ist das tröstlich. Der einzige Maurer, den wir finden konnten, ist jemand, dem ich keine Maurerkelle anvertrauen würde. Stolz hat er uns eine Mauer gezeigt, die er im Park gebaut hat, die einzige Ziegelmauer in New New. 74 bin ich ein Semester lang jeden Tag an der Mauer vorbeigegangen, und ich erinnere mich noch, daß ich mich wunderte, wie sie wohl dorthin gekommen war; überall liefen Mörtelstreifen herunter, und kein rechter Winkel stimmte. Der Knabe war ein Erdling, der eingewandert war, um bei seinem einzigen Kind zu sein (er war nicht als Maurer aufgenommen worden, sondern weil er den Transfer selbst bezahlte und willens war, allgemeine landwirtschaftliche Arbeit zu verrichten), und als seine Tochter bei einem Fährenunfall starb, drehte er verständlicherweise durch. Die Therapeuten fanden heraus, daß er mit Vorliebe Ziegelsteine mauerte, und sie schafften es tatsächlich, für ihn ein paar Ziegel samt Mörtel herstellen zu lassen. Und sie fanden eine Stelle, wo er vergleichsweise wenig Schaden anzurichten vermochte. Ich fragte bei der Parkwartung nach: Die Mauer sollte nach seinem Tod abgerissen und recycelt werden.

Diese Arbeit ist faszinierend ohne Ende. Die andere Seite wird wahrscheinlich ziemlich frustrierend sein – meinen Nachfolger beneide ich nicht. Wir behalten all diese phantastischen Berufe im Speicher, aber wie überredet man die Menschen, sie sich zunutze zu machen? Nimmt man den Überschuß an Astrophysikern und sagt einem von ihnen, er müsse Schmied werden? Ich arbeite daran, wie man die Volkswirtschaft durch bestimmte Anreize manipulieren kann. „Volkswirtschaft" in Gänsefüßchen – Pioniere, die Schmuckstücke und Antiquitäten tauschen.

Charlies Wille

Sie hatten erwartet, in zwei Wochen vom Miami-Krater nach Key West zu kommen. Sie brauchten zwei Monate. Fast die Hälfte der Straßenstrecke bestand aus Brücken, alten Brücken, und viele waren eingestürzt; Hubbrücken standen unverrückbar offen. Aber sie hatten es nicht unbedingt eilig. Die Maultiere fanden viel grünes Gestrüpp als Futter, und für die Menschen gab es reichlich Fisch und Vitaminpillen.

Als sie zum erstenmal an eine eingestürzte Brücke kamen, hatten sie nur zwanzig Meter Wasser vor sich. Ebensogut hätte es der Atlantik sein können. Das meiste war seicht genug, um durchzuwaten, aber in der Mitte war ein tiefer Kanal.

Sie brauchten fünf Tage, das erste Floß zu bauen. Es war groß genug, sie beide und entweder den Karren oder ein Maultier zu tragen. Bei Ebbe gelang ihnen eine Probefahrt nur mit den Waffen, indem sie sich über die flachen Stellen stakten und wie verrückt durch den Kanal paddelten. Kleine Haifische umkreisten sie voller Interesse.

Sie fuhren zurück und schafften den Karren hinüber, aber dann kam die Flut und hielt sie an Land gefesselt. Die alleingelassenen Maultiere, am kurzen Zügel gebunden, machten sechs Stunden einen fürchterlichen Lärm. Sie riskierten zwei Mitternachtsfahrten, um die Tiere zu holen, und hofften, niemand beobachtete sie, um im passenden Moment den Karren zu stehlen.

Darüber hätten sie sich keine Sorgen machen müssen. Monatelang sahen sie keinen anderen Menschen. Dezember und Januar verstrichen, und es blieb für Jeff warm genug.

Allmählich verfielen sie in eine träge Routine: das Floß zerlegen, Seile und Ruder mitnehmen; nach Süden ziehen, bis die nächste Brücke fehlte. Einer blieb dann beim Wagen, während der andere die Maultiere nahm, um die Stämme heranzuschaffen. Die Stämme wurden einzeln nach Süden gebracht; dann wurde das Floß wieder zusammengebaut; Überfahrt; und von vorn. Die *Seven Mile Bridge* war glücklicherweise intakt, so wie alle anderen langen Brücken.

Das machte sie ängstlich. Die kurzen Brücken waren nicht durch Vernachlässigung eingestürzt, sondern zersägt oder gesprengt worden. An den Hubbrücken waren Motoren und Mechanik systematisch zerstört worden.

Jemand hatte viel Zeit und Mühe darauf verwandt, andere davon abzuhalten, nach Süden zu ziehen. Daß die längsten Brücken verschont worden waren, mochte bedeuten, daß dieser Jemand ebenfalls eine Kombination aus Flößen und Rädern benutzte und sich den Weg nach Norden offenhalten wollte.

Die Geschäfte auf Islamorada, etwa auf halbem Weg nach Key West, waren leergeräumt, aber nicht geplündert worden. In einem Laden war eine Falle angelegt. Am Eingang fanden sie eine tiefe Grube. Die Bretter darüber waren offenbar angesägt worden. Ein Skelett am Boden der Grube war saubergenagt. Danach paßten sie auf, wohin sie traten. (Das Transportmittel des verstorbenen Eindringlings fanden sie auf der Golfseite der Insel: ein in zwei Teile zersägtes Ruderboot. Die Ruderblätter fehlten.)

Sie diskutierten die Möglichkeit, sich an Ort und Stelle einzurichten und darauf zu warten, daß der Fallenbauer zurückkäme. Besser, einen Hinterhalt zu legen, als in einen Hinterhalt zu gehen. Aber schließlich kamen sie doch überein weiterzuziehen, wenn auch doppelt vorsichtig.

Auf Graham Key stießen sie auf die neunte zerstörte Brücke, und ihr Floß war etwa vierzig Kilometer zurück. Ein neues zu bauen wäre schneller gewesen, aber es gab hier keine großen Bäume, nur junge Pflanzen zwischen verbrannten Stümpfen.

Um die Belastung für sich selbst und die Maultiere zu verringern, hatten sie die langen Transportwege in zwei Etappen zurückgelegt. Jeff schaffte die Stämme bis zur Mitte der Gesamtstrecke, während Tad den Karren bewachte, dann wechselten sie. Jede Etappe nahm etwa zehn Tage in Anspruch. Sie brauchten die ganze Nacht, um genügend Wasser für Jeff und die Maultiere zu entsalzen. Sobald es hell genug war, die Straße zu erkennen, brach er auf.

Jeff erwartete eigentlich nie, daß die Stämme noch dort lagen, wo sie sie zurückgelassen hatten, fand sie aber immer vor. Er erwartete ständig einen Hinterhalt, aber nie gab es einen. Wie die vorherigen Male waren es undramatische zehn Tage, während deren er wuchtige, vollgesogene Stämme schleppte und störrischen Maultieren zuredete.

Nachdem alle Stämme bei der Zwanzig-Kilometer-Markierung lagen, führte Jeff die Maultiere zur anderen Seite der Insel zurück. Er freute sich darauf, einige Tage nur Wache halten zu müssen. Sobald er den Karren sah, rief er nach Tad, doch bekam er keine Antwort.

Vielleicht schlief er, aber er wollte nichts riskieren. Er band die Maultiere an und schlich sich durch die jungen Bäume zum Ufer. Wenn jemand Tad erwischt hätte und auf ihn wartete, ständen seine Chancen ohnehin schlecht. Die anderen hätten die Uzi und ein Dutzend weiterer Waffen. Jeff hatte die Schrotflinte und eine Pistole.

Lautlos kroch er durchs Unterholz zum Wagen zurück. Sie warteten auf ihn.

„Schmeiß die Waffen weg, Alterchen!“ Er hatte niemanden gesehen, aber das Gebüsch war dicht genug, ein halbes Dutzend Stoßtrupps zu verbergen. Er hörte, wie eine Anzahl von Gewehren gespannt wurde.

„Besser, du machst es, Heiler.“ Tads Stimme. „Wenn du was versuchst, legen sie uns um. Sie sind bestimmt zwanzig.“

Geschlagen entlud Jeff die Schrotflinte und die Pistole und warf sie auf die Lichtung. Mit den Händen über dem Kopf trat er langsam ins Freie.

Tad kam auf die Lichtung gestolpert. Seine Hände und Füße waren gefesselt, sein Gesicht war offensichtlich von vielen Fäusten bearbeitet worden. Man hatte ihm Haarbüschel ausgerissen. „Tut mir leid, Heiler, sie haben mich die ganze Zeit . . .“

„Schon gut.“ Sie kamen in Paaren aus dem Wald, Jungen zwischen zwölf und achtzehn, jeder mit wenigstens einer Schußwaffe. Ein älterer Junge, groß und mit einem flaumigen Bart, hielt die Uzi im Arm und hatte zwei Pistolen im Gürtel stecken. Wieviel hatte Tad ihnen erzählt? Hoffentlich nichts, dachte Jeff, von dem Impfstoff.

„Bist du der Anführer?“ fragte Jeff. Er nickte und kam vorsichtig weiter hervor. Mein Gott, dachte Jeff, was ist, wenn er den Tod hat? Ein oder zwei Tage, bevor sie die motorische Kontrolle verlieren, werden sie verrückt.

„Bist du von Key West?“

„Nee. Südamerika.“ Er lachte, ein geckerndes Falsett. „Tad sagt, du bist nicht blöd. Wie kannst du alt und nicht blöd sein?“

„Ich bin nicht sicher. Wahrscheinlich eine Medizin, die ich vor dem Krieg genommen habe.“

„Oder du hast was gemacht, was Charlie verscheucht hat. Deshalb hat er dir nicht den Tod gegeben.“

„Könnte sein.“

„Er sagt, du heilst. Bist du Arzt?“

„Nein. Ich habe nur etwas Heilen gelernt, als ich jünger war. Dann habe ich die Arzneien gefunden. Ich war auf dem Weg nach Süden und hab’ Heilung gegen Nahrung eingetauscht. Die meisten Menschen haben von mir gehört.“

„Auf der Insel hören wir nicht viel. Wir bleiben unter uns und tauschen auch nicht viel."

„Sie sind eine Gemeinde", sagte Tad. „Hunderte."

„Wir können uns euch anschließen, wenn ihr wollt", sagte Jeff.

„Ach. Wir haben euch doch schon." Er blickte zur Seite. „Red Dog, schau nach der Flut, ja? Ja, wir haben euch. Und zwei Leute, die ihr sicher kennenlernen wollt. Reporter und Elsie, die Kuh. Alte."

„Eine Frau?" Jeff hatte bislang nur von männlichen Riesenwüchsigen gehört, die überlebt hatten. Er nahm an, die Immunität wäre geschlechtsabhängig.

„Sagt sie jedenfalls." Er kicherte. „Sie macht richtig an. Wenn du ihn lange genug hochkriegst, um sie anzubohren, kriegt sie vielleicht noch ein paar Alterchen."

„Halbe Stunde bis Ebbe", rief jemand vom Ufer her.

„Nehmen wir die beiden hops", sagte der Anführer.

„Moment", sagte Jeff. „Gehen wir als Gefangene mit? Oder werden wir Mitglied der Familie?"

Wieder das schiefe Lächeln. „Ich denke, ihr seid Gefangene, bis jemand den Tod kriegt. Wir fragen Charlie. Vielleicht seid ihr Gefangene, vielleicht seid ihr Familie. Vielleicht seid ihr Abendessen." Er warf den Kopf zurück und lachte. Zum erstenmal öffnete er den Mund weit. Seine Zähne waren spitz zugefeilt.

2 John Ogelby

Über Jahre habe ich wohl stillschweigend angenommen, Projekt Janus wäre ein Schwindel, eine konstruierte Geschichte, die von den Koordinatoren zur Hebung der Moral ins Leben gerufen worden war. Man kann Tausende hochqualifiziert ausgebildete Techniker nicht einfach herumsitzen lassen. Genausogut kann man sie Luftschlösser entwerfen lassen: Man hält sie glücklich und gibt den übrigen Menschen etwas zum Träumen.

Viele Ergebnisse der Forschung und Entwicklungen für Janus wären beim Wiederaufbau der Welten ohnehin verwendbar, und die exotischeren Aspekte – der phantastische Plan für den Antrieb und so weiter – könnten in hundert Jahren praktisch einwendbar werden, wenn sie es sich tatsächlich leisten konnten, ein Sternenschiff zu bauen. Ich setzte mich mit ins Luftschloß. Die Probleme der Materialfestigkeit waren faszinierend, auch wenn der Gesamtrahmen schiere Phantasie war. Viele Wissenschaftler teilten meine Einstellung, meine stillschweigende Komplizenschaft, weil wir die Zahlen betrachten und die dahinterliegende Realität erkennen konnten. Es stimmt, daß ein Materie/Antimaterie-Antrieb vor vielen Jahren erprobt worden ist; er beschleunigte eine geringe Nutzlast in Minuten auf Fluchtgeschwindigkeit, aber das bewies nicht, daß Janus funktionieren würde – ebensowenig wie man einen Floh von Elefantengröße produzieren und dann erwarten kann, er würde über Berge springen; er würde unter seinem eigenen Gewicht zusammenbrechen.

Bei dem kleinen A/M-Test hatte es sich in Wirklichkeit um einen simplen Reaktionsantrieb gehandelt, eine dampfgetriebene Rakete. Man hatte einige hundert Kilogramm Wasser genommen und einige Gramm Antimaterie eingespeist. Die Beschleunigung war eindrucksvoll. Aber auf Janus angewandt, bedeutete das die Verwendung eines kleinen Ozeans.

Es stimmt, daß ein Teilchen von seinem Antiteilchen vollständig ausgetilgt und in Energie umgewandelt wird, aber man bekommt nicht einfach em-ce-Quadrat, jedenfalls nicht in verwendbarer Form. Zuerst einmal verflüchtigt sich die Hälfte der Energie als Neutrinos, die sich schlichtweg dünnmachen und vergeudet sind. Der Rest besteht aus hochenergetischen Gammastrahlen, die man nicht auf direkte Weise anzapfen kann. In kleinem Maßstab kann die Strahlung von Wasser absorbiert werden, das sich in erregte Wasserstoff- und Sauerstoffionen zerlegt, welche wiederum den Ausstoß für einen Reaktionsantrieb erzeugen.

Aber die Janus-Planer redeten davon, die Gammastrahlen mittels eines mythischen „Reflektors" unmittelbar zu verwenden – der Photonenantrieb, über den die Science-fiction-Autoren seit hundert Jahren spekulierten. Das Problem ist, daß der Reflektor absolut und nicht nur möglichst weitgehend wirksam sein muß. Wenn nur ein Hundertstel eines Prozents der Strahlung durchsickert, wäre jeder an Bord des Schiffs im Nu gegrillt.

Aber wie gesagt, die Arbeit war interessant (und die Aspekte der Materialfestigkeit beim Aufbau von Tsiolkovski waren wirklich schieres Zahlenverwerten), deshalb artikulierte ich meine Zweifel nie öffentlich. Auch privat stellte ich meinen Sarkasmus ein, als O'Hara sich in die demographische Arbeit stürzte. Wenn sie sich wegen einer Sache einen dicken Floh ins Gehirn setzt, kommt ihr der Sinn für Humor abhanden.

Jetzt, da sich meine Bedenken als falsch herausgestellt haben, können sie und Dan sich auf den festen Fels der Nachsicht stellen und meine Irrungen auflisten. Dan behauptet nur, daß ich die Kreativität von tausend arbeitslosen Physikern unterschätzt habe. (Wie man es von einem Chemieingenieur wohl erwarten muß. Wenn sie ihren Studienabschluß machen, haben sie so viele Physik- und Chemieseminare hinter sich, daß sie eine gründliche Gehirnwäsche durchgemacht haben.) Darin hatte ich also geirrt: Sie entwickelten tatsächlich einen funktionsfähigen Reflektor. Dann stellten sie die Teilchenphysik auf den Kopf und rückten mit dem verdammten Neutrinokuppler an. Ich werde mich nie wieder als Naturwissenschaftler ausgeben.

Trotzdem dachte ich immer noch, das Ding würde nicht fliegen. Nicht in diesem Jahrhundert. Der tatsächliche Aufwand an Zeit und Material lag um Größenordnungen über dem projektierten Aufwand für den Wiederaufbau der Welten. Ich behauptete, die Menschen – und ihre mutmaßlich verantwortlichen Führer – würden für Sicherheit an Stelle von Träumen votieren, wenn es so weit wäre, daß sie das Scheckheft zücken müßten.

O'Hara nahm, natürlich, Zuflucht zu den „Lektionen der Geschichte", die stets erst nachher klarwerden. Was ich in diesem Zusammenhang unterschätzte, war die motivierende Kraft der Paranoia.

Wie sind wir zum erstenmal in den Weltraum vorgedrungen? fragte sie rhetorisch. Ohne die gegenseitige Xenophobie zwischen den Vereinigten Staaten und der Sowjetunion (Vorläufer der unbeweinten OSU) im letzten Jahrhundert wäre es nicht dazu gekommen.

Das Brennstoffschiff S-1 startet also tatsächlich Anfang nächsten Jahres. Wenn alles nach Plan abläuft, fliegt S-2 vier Jahre später. Und wir werden an Bord sein.

Charlies Wille

Sie hatten ein großes Flachboot, fast ein Schwimmdock, das Maultiere samt Karren leicht aufnehmen konnte. Eine kleine Flottille von Ruderbooten zog es übers Wasser. Die Brücken von der nächsten Insel im Süden nach Key West waren intakt: vier Keys, die kollektiv als „die Insel“ bezeichnet wurden.

Die Insel wurde von ihrer Familie gut in Schuß gehalten. Schon Generationen vor dem Krieg hatten die Keys versucht, mehr und mehr vom Festland unabhängig zu werden. Die automatische Entsalzungsanlage arbeitete noch, überall auf der Insel konnte man einen Hahn aufdrehen und jede gewünschte Menge destillierten Wassers bekommen. In großen Meerbekken gediehen Fische und eßbare Algen, und in hydroponischen Treibhäusern wuchs alles, von Avocados bis Zucchinis. Kein Wunder, daß die Familie sich hatte isolieren wollen: Wären die Straßen intakt, hätten sie einen stetigen Strom hungriger Nomaden.

Sie steckten Jeff und Tad in eine feuchte Gefängniszelle. Nachdem ihr Wärter fort war, setzte Jeff sich auf den Bettrand und flüsterte das Offenkundige: „Lebend lassen sie uns nie von der Insel weg.“

Tad nickte. Er betrachtete sich in dem Spiegel über dem Waschbecken. „Besser, wir machen uns begehrt.“

„Unentbehrlich. Und wir müssen ein waches Auge auf jeden Meinungsumschwung haben.“

Der Gefängniswärter, der kein Wort gesagt hatte, kam mit einem Krug Wasser und einem Tablett mit kaltem Essen zurück. Beides schob er durch die Klappe in der Tür und stapfte davon.

Jeff beäugte die Speisen. „Ach, wie nett.“ Eine Grapefruit,

zwei kleine Fische und eine Schüssel mit geräucherten menschlichen Körperteilen: Finger, Wangenstücke und ein Penis. „Ich bin gespannt, ob das eine Sonderbehandlung oder die normale Verpflegung für Gefangene ist."

„Dreht einem den Magen um." Das fand Jeff auch, aber sie hatten beide schon in Gegenwart von Schlimmerem gegessen. Sie vertilgten das Obst und die Fische und gaben das Tablett dem wartenden Gefängniswärter zurück. Im Weggehen kaute der Mann an einem Finger. Tad schlief ein, aber Jeff saß auf der Pritsche und beobachtete, wie das Himmelsstück in ihrem hohen Fenster dunkel wurde. Vielleicht würde er hier sterben; vielleicht spielte es gar keine Rolle. Vielleicht hatten sie einen Sender und eine Parabolantenne.

Zum Frühstück brachte der Wärter eine sämige Suppe ohne jedes Fleisch. Als sie fertig waren, zog er seine Pistole, schloß die Tür auf und winkte sie hinaus. Er führte sie in einen Hof und deutete auf eine Bank.

Die leichte Brise vom Meer vertrieb den Geruch nicht ganz. Vier Kreuze standen dort in X-Form. An einem hing, den Kopf nach unten, ein Skelett, an einem anderen die Überreste eines Menschen, der erst kürzlich hingeschlachtet worden war. Die beiden anderen waren leer, ihr Holz von altem Blut schwarzgefleckt. Die Vögel waren weggeflogen, als Jeff und Tad herauskamen, jetzt gesellten sie sich wieder zu Ameisen und Fliegen.

„Ist es das?" fragte Jeff den Wärter. Der starrte ihn nur an und blieb außer Reichweite.

Ein schweres Tor nach draußen rollte zur Seite, zwei Männer kamen herein, zwischen sich eine Frau, der sie beim Gehen halfen. Einer der Männer war General, der spitzzahnige Anführer vom Vortag, der andere trug einen gewaltigen braunen Bart. Die Frau hatte offensichtlich den Tod.

Als sie näher kamen, sah Jeff, daß der „Bart" in Wirklichkeit ein menschlicher Skalp war, der von Bindfäden gehalten wurde.

„Guten Morgen, General", sagte Jeff.

„Das ist unser Charlie", sagte der General. „Mit Regenwolkes Hilfe wird er uns sagen, was wir mit euch anstellen." Regenwolke war wahrscheinlich bis vor kurzem attraktiv gewesen. Jetzt war sie Speichel, Schleim und eitrige Stümpfe, wo zwei Finger entfernt worden waren. Lächelnd entblößte sie scharfe Zähne und starrte an ihnen vorbei.

Der Charlie zog ein schmales, schwarzes Buch heraus, ein Taschenwörterbuch, und schlug es wahllos auf. „Regenwolke!“ schrie er, und ihr starrer Blick wechselte in seine Richtung. „Lebkuchen“, las er.

„Klebensuchen, Lebenbuchen, Lebenleben.“

„Leuchtturm.“

„Lichtwurm, Lichtleben, Lebenleben.“

Der Charlie sah General mit hochgezogenen Brauen an. Wieder schrie er Regenwolke an. „Totenbett.“

Sie lachte. „Lebensbett.“

Langsam steckte er das Büchlein in die Tasche. „Hm. Klarer habe ich es noch nie gehört.“

„Scheint so“, sagte General. Er wirkte enttäuscht. „Geben wir ihr die Gabe?“

„Ihre Zeit ist da. Mach-das-Feuer-an!“ sagte er langsam zu dem Gefängniswärter. Er und General rissen das Hemd von ihrem widerstandslosen, passiven Körper. Sie führten sie zu einem der Kreuze, und General begann, ihre Hand- und Fußgelenke an die Balken zu binden, während der Charlie in das Gefängnis ging.

„Das war Glück“, wisperte Tad.

Jeff schüttelte den Kopf. „Nein, war es nicht. Er hatte sie trainiert.“

„Was meinst du damit?“

„Das Wörterbuch war bei den Ns geöffnet, nirgendwo in der Nähe von ‚Lebkuchen‘. Wir haben einen Verbündeten.“

Ihr Verbündeter kehrte ohne den falschen Bart mit einer Ledertasche zurück. Er trat auf das Mädchen zu, ohne die Männer anzuschauen, und sagte: „Lenk sie ab.“

General stieß sie mit einem steifen Finger an, und als sie sich zu ihm umwandte, zog der Charlie ein langes Messer mit wuchtiger Klinge hervor und stach es zwischen ihre Brüste. Sie zuckte und zitterte, das Blut schoß aus ihrem Körper, aber sie schrie nicht. Jeff wußte, daß das Endstadium der Krankheit schmerzunempfindlich machte, hatte es aber noch nie so dramatisch demonstriert bekommen.

Er stach ihr noch zweimal ins Herz und half dann General, das Kreuz zweimal zu kippen, so daß sie mit dem Kopf nach unten hing. Dann schlitzte er ihr mit einem raschen Schnitt die Kehle auf. Das tropfende Messer in der Hand, trat er auf Jeff und Tad zu.

„Wir müssen sie ein paar Minuten ausbluten lassen", sagte er im Plauderton. „Ihr beiden könnt jetzt gehen. Oder könnt wie die anderen zusehen." Er wies mit dem Messer hinter sie, und Jeff sah zum erstenmal, daß auf den Mauern Dutzende von Menschen saßen.

„Es macht uns nichts aus", sagte Tad.

„Ich hoffe, sie sind nicht allzu enttäuscht", sagte Jeff, „daß sie uns beide nicht sterben sehen."

„Sie werden darüber hinwegkommen. Wir müssen uns unterhalten, weißt du."

„Ich weiß." Der Charlie nickte und machte sich wieder an seine Pflicht.

Jetzt war es einfacher zuzuschauen, sagte Jeff sich im stillen, da das Gesicht der Frau eine feuchte, rote Maske war, ausdruckslos, mit klaffendem Mund. Als das Blut langsamer tröpfelte, machte der Charlie einen Schnitt vom Schambein zur Brust. Ihre Eingeweide hingen heraus. Jeff sah nicht weg, schließlich hatte er Schlimmeres gesehen. Der Charlie atmete tief ein und begann, an der blaugrauen, blutigen Masse zu ziehen, und als sie auf die Erde sank, gab es ein glucksendes Geräusch. Er begann, in ihrer Körperhöhle herumzusäbeln, und Jeff stellte verdrossen fest, daß er ohnmächtig wurde.

3 Daniel Anderson

Entsetzliches Abendessen gestern abend mit Mariannes Familie. Ihre Mutter ist kaum älter als ich – sie hat Marianne mit dreizehn zur Welt gebracht –, aber wir haben absolut nichts gemeinsam – außer Marianne.

(Interessant, daß eine so langweilige und dumme Person eine

solche Tochter hervorbringen konnte. Allerdings war der Vater Erdling und Ingenieur, das muß die Erklärung sein.)

Mariannes kleine Schwester war unterhaltsam und für eine Achtjährige sehr gewitzt. Höchstwahrscheinlich verzogen. Ich bin froh, daß wir erst nach der Beschleunigung Kinder haben werden. Das Leben ist auch so kompliziert genug.

Das Vorbereitungsteam drängt mich, Technischer Verbindungsmann zwischen Janus und New New zu werden. Ich konnte es nicht rundweg ablehnen, aber ich suche – besser: Marianne und ich suchen – ziemlich hektisch nach jemandem, den man zu dem Job überreden könnte. Bei über vierhundert hochqualifizierten Ingenieuren an Bord sollte man doch wenigstens einen mit politischem Ehrgeiz erwarten können. Aber ich nehme an, die bleiben alle zurück.

Nicht, daß der Job so schwierig wäre. Aber schließlich wollte ich hauptsächlich deshalb mitfliegen, um von dem Schreibtisch weg und wieder ins Labor zu kommen. Jedenfalls rede ich mir das ein.

John wäre bereit dazu – er wird der am höchsten klassifizierte Ingenieur an Bord sein –, aber er ist nicht wählbar, weil er keinen Raumanzug tragen kann. Ein hübscher Bestandteil des Jobs ist die Überwachung des Drills für die Außenarbeiten. Man muß mit dem Anzug schon einigermaßen zurechtkommen, um auf dem Rumpf eines unter Beschleunigung stehenden Schiffs zu arbeiten. Wenn man runterfällt, ist man einfach weg.

Ich habe nichts dagegen, meine Jobs zu verdoppeln, das werden wir für einige Jahre alle tun müssen. Ich habe mich für den Ernährungsdienst beworben, Kochen war auf der Erde mein Hobby. Aber sie wollten die Jahre Verwaltungserfahrung nicht vergeuden. Ich fühle mich wie ein Gefängnisinsasse, dessen Strafe verlängert wird, weil er es so *gut* gemeistert hat, eingesperrt zu sein.

Mich bei Sandra Berrigan zu beklagen, hat nicht viel geholfen. Sie sagte, meine Empfindungen würden in Betracht gezogen, aber es sei nun einmal so, daß die meisten Naturwissenschaftler und Ingenieure, die gute Verwalter seien, gut seien, *obwohl* sie die Aufgabe nicht mochten.

Mariannes zweiter Job ist Freizeitdirektor. Das ist einigermaßen sinnvoll, nehme ich an. Sie hat viel Erfahrung mit Musik und ist einer von den Freaks mit einem eidetischen Gedächtnis für Schauspiele und Filme. Dennoch war sie ein wenig enttäuscht, weil sie etwas weniger Seichtes erhofft hatte. Mir scheint es ein ziemlich wichtiger Job zu sein. Es wird schrecklich viele Menschen geben, die nur Däumchen drehen und darauf warten, daß ihre Ersatzleute heranwachsen und ausgebildet werden.

Die Architekten werden verrückt bei dem Versuch, ein Schiff zu entwerfen, das zugleich Unterkunft für eine Bevölkerung bietet, die siebenundachtzig Jahre stabil bleibt und dann wie eine Hefekultur wächst. Ich glaube, das *wirkliche* Problem sind elf Egos, die sich alle der Tatsache bewußt sind, daß dies das bedeutendste Projekt ist, an dem sie jemals arbeiten werden.

Ich möchte nicht in Berrigans Haut stecken. Wenn sie den Entwurf gutheißt, wird sie sich einen Freund fürs Leben schaffen – und zehn Feinde. Das ist noch so eine Sache, die das Verwalten so attraktiv macht. Wenn man lange genug dabei bleibt, gibt es niemanden mehr, den man nicht mindestens einmal beleidigt hätte.

Charlies Wille

Der Name des Charlie war Sturm. Er lebte in der Ecke einer alten Klinik, die größtenteils ein riesiges Grabmal war. Er half Tad und Jeff, sich in seiner Nachbarschaft einzurichten. Während sie fegten und putzten, versuchten sie, sich gegenseitig Informationen zu entlocken.

„Warum macht ihr das mit den Fingern?“ fragte Jeff.

„Nur, um festzustellen, wann sie keinen Schmerz mehr spüren. Dann schlachten wir sie. Wenn man den Tod gewähren läßt, verdirbt das Fleisch.“

„Hört sich an wie ein Verstoß gegen Charlies Willen“, sagte Tad. „Das Blut ausfließen zu lassen.“

„Nein, das ist alles abgeklärt. Unser erster Charlie war ein

Typ namens Holy Joe, er hat alles aufgeschrieben. Er war auch der erste, der Fleisch geworden ist." Er lehnte sich auf seinen Besen. „Wieso, eßt ihr im Norden kein Fleisch?"

„Kein Menschenfleisch", antwortete Tad. „Zumindest unsere Familie nicht. Wir haben Schweine und Hühner."

Sturm nickte. „Ich hab' die Bilder in Büchern gesehen. Wir haben nur Fisch und manchmal eine Schildkröte. Dauernd Fisch wird man bald leid."

„Wie bist du ein Charlie geworden?" fragte Jeff.

„Lesen. Wenn der Charlie den Tod kriegt, wird der, der am besten lesen kann, der neue Charlie. Ich schätze, das wirst du nach mir. Lern schon mal, wie man schlachtet. Das schwierigste sind die Knochen."

Jeff nickte. „Wie alt bist du?"

„Gerade siebzehn geworden. Hab' noch zwei, drei Jahre."

Vielleicht hundert, dachte Jeff.

„Und General?" fragte Tad.

„Fast zwanzig. Er wartet. Und du?"

„Sechzehn", sagte Tad vielleicht zu rasch. „Heiler ist sechsunddreißig."

„Alt vor dem Krieg." Sturm schüttelte den Kopf. „Du warst bestimmt auf dem College."

„Sieben Jahre."

„Also..." Sturm schaute auf seine Uhr, ein Reflex, den Jeff seit Jahren nicht gesehen hatte. „Reporter ist jetzt im College. General meint, du würdest ihn kennenlernen wollen."

„Ist er ein Alter?"

„Und wie. Kommt mit."

Sie radelten über die Insel zum Campus der Medienuniversität. Jeffs Herz raste, als er eine in den Himmel gerichtete Parabolantenne sah, und die Klimaanlage funktionierte noch. Sie gingen an Reihen alter, gebundener Bücher vorbei und traten in einen Lift. Sturm drückte die Fünf, und schnell fuhren sie aufwärts.

Sie kamen zu einer Tür, an der STUDIO stand. Sturm klopfte leise. Der Mann, der die Tür öffnete, war größer als Jeff. Breite Schultern und ein breiter Brustkasten über einem gewaltigen Bauch. Kahlköpfig und zerfurcht, vielleicht über sechzig. Er blinzelte Jeff stupide an. „Du bist der Heiler."

„Das stimmt." Jeff streckte die Hand aus. Reporter betrachtete sie, blinzelte und umfaßte sie dann sanft.

Er öffnete die Tür weit, drehte ihnen den Rücken zu und stapfte auf einen Würfelterminal zu. „Ich habe die Nachrichten. Welche willst du?"

Jeff zuckte die Achseln und nannte seinen Geburtstag. „15. Mai 2054." Reporter zog angestrengt die Brauen zusammen und drückte langsam die Tasten. Ein Warnzeichen ertönte. Er löschte die Eingabe und begann geduldig ein zweites Mal.

Als die Schlagzeilen erschienen, breitete sich ein Lächeln auf seinem Gesicht aus. „Die habe ich, glaube ich, noch nie gehabt."

(1) XEROX-LOBBY: WAHLBETRUG BEIM AFRIKA-REFERENDUM
(2) FRÜHJAHRSDÜRRE TREIBT GETREIDEPREISE HOCH
(3) ATTENTAT AUF SENATOR KEENE VEREITELT
(4) TROPISCHER HURRIKAN BEDROHT PR
(5) JAPAN STELLT WELTRAUMFABRIK FERTIG

Nun ja, es war der 15. Juni – ziemlich nahe. „Ich kann nicht sehr gut lesen", sagte Reporter. Er drückte einen Knopf, und die Schlagzeilen wurden von einem Sprecher in Xerox-Uniform ersetzt. Er drückte noch dreimal und bekam das Bild einer sturmverwüsteten Meeresküste. Er leckte sich die Lippen und starrte auf das Bild. „Passiert hier auch mal."

„Wie lange . . . arbeitest du hier schon?" fragte Jeff.

„Oh, ich war vor dem Krieg schon hier, vor zwanzig Jahren." Er kaute nervös an einem Fingernagel. „Aber damals war ich nicht Reporter. Ich war unten Pförtner. Sie haben mir gezeigt, wie man die Maschine benutzt, damit ich nach der Arbeit reingucken konnte."

„Er war der einzige Mensch auf der Insel, als wir vor vier Jahren herkamen", sagte Sturm. „Er war in diesem Raum, als wir ihn fanden."

„Ich habe alles gut saubergehalten."

Jeff durchfuhr ein Gedanke, der seine Nackenhaare sich sträuben ließ. „Hast du Zeitungen in der Maschine?“

„Klar. Viele.“

„Auch aus New Orleans?“

„Weiß nich.“ Mit Mühe tastete er ZAITUNGEN ein. Das Gerät korrigierte seine Rechtschreibung und produzierte eine Liste. Ein Titel war die *Times-Picayune* aus New Orleans.

Jeff klopfte auf den Schirm. „Diese.“ Er rechnete zurück. „Ich glaube, der zwölfte März 2085.“

„Direkt vor dem Krieg.“ Er drückte einen Knopf. Ein Pfeil bewegte sich über den Schirm und blieb neben der *Times-Picayune* stehen. Bedächtig gab er das Datum ein.

Wieder eine Liste. „Unterhaltung“, sagte Jeff.

„Was soll das alles?“ wollte Sturm wissen.

„Oh, ich ... ich hatte eine Freundin, die mir gesagt hat, an dem Tag wäre ihr Bild in der Zeitung gewesen. Sie hat in einer Band gespielt.“ O'Hara war in einem Lokal mit Namen Fat Charlie's abends aufgefordert worden, Klarinette zu spielen. Sie war eine mittlere Sensation, als sie Dixieland spielen konnte, obwohl sie weiß, weiblich und von einer anderen Welt war.

„Das ist sie.“ Jeffs Stimme schwankte. Es war ein gutes Foto von O'Hara, den Rücken gewölbt, die Augen geschlossen, in die Musik versunken.

„Du kennst jemanden, der berühmt ist?“ fragte Tad.

„Für einen Tag“, sagte Jeff. „Berühmt für einen Tag.“

Reporter regulierte die Farbe erstaunlich geschickt. „Sie war verdammt hübsch. Tot?“

„Ja.“ Jeff griff an Reporter vorbei und drückte den Knopf AUSDRUCK. Ein rotes Lämpchen glühte auf.

„Papier alle“, sagte Reporter.

Jeff zuckte die Achseln. „Ist auch nicht so wichtig.“

Jahr acht

1 O'Hara

Ich war ohne sonderliche Begeisterung beim Datenabgleich und versuchte gerade zu entscheiden, ob wir einen Kulturanthropologen, der Handball spielt, oder einen Physikanthropologen, der Schach spielt, wollten, als das Ruflämpchen zu blinken begann.

Es war Sandra. „Hallo."

„Selber hallo. Was ist?"

„Ich brauche eine eilige Personalauswahl." Sie musterte ihren Daumennagel. „Zwanzig Leute nach New York City."

„Was?"

„Selbsthilfe-Team. Wir sind mit einigen Überlebenden in Kontakt."

„Kontakt?"

„Brauchen Landwirte, Ärzte, Mechaniker – ich zeig' dir den Würfel. Junge, kräftige Leute, die auf der Erde gewesen sind. Ein Generalist für die Leitung. Interesse?" Sprachlos starrte ich sie an. „Ich teile der Mercedes einen Piloten zu. Bring mir die Liste bis 1400. Abreisetag übermorgen."

„Moment mal", sagte ich. „Das geht zu rasch. Mit einem Haufen Bauern zur Erde?"

„Richtig. Du bist weit und breit die qualifizierteste."

„Wie meinst du das? Ich habe keine Ahnung von Landwirtschaft."

„Ich meine nicht für die Landwirtschaft, sondern für die Leitung. Du hast die richtige Erfahrungsmischung aus den Bereichen Politik und Technik, und du hast lange Zeit auf der Erde verbracht."

Allmählich machte ich mich mit dem Gedanken vertraut. „Zurück nach New York City."

„Richtig. Nichts wie in Zaire. Keine Seuche, keine Gewalt."

„Okay, ich mach's." Ich mußte, auch wenn es das Leben unvermittelt kompliziert machte.

„Gut, das hab' ich gewußt. Hast du einen leeren Würfel im Recorder?" Ich legte einen ein, und sie überspielte die Botschaft von der Erde. „Bis 1400."

Der Würfel war eine Fünfminutensendung aus einem Rundfunkstudio in New York City. Wie Jeff hatten sie eine Antenne gefunden, die auf New New gerichtet war, und den Sender in Betrieb gesetzt.

Sie waren eine Gruppe von etwa einem Dutzend Menschen zwischen dreizehn und Anfang Zwanzig. Sie hatten sich aus einem Zivilschutzbunker in Tarrytown ernährt, dessen Vorräte sich allmählich erschöpften. Vor Monaten hatten sie unser Serum gefunden – sie hatten die Kiste aus dem Hudson gefischt – und seitdem versucht, mit uns Kontakt aufzunehmen.

Es gab reichlich Farmland, aber sie waren nicht in der Lage gewesen, viel damit anzufangen. Hatten wir jemanden, der etwas von altmodischer Landwirtschaft verstand, oder gab es dort oben nur noch hydroponischen Anbau?

Landwirte haben wir. Selbst vor dem Krieg gab es viele Getreidesorten, die hydroponisch in Nullschwerkraft nicht gut gediehen. Viele Menschen haben Ziergärten oder züchten exotisches Obst und Gemüse für den grauen Markt. Es war nicht das gleiche wie Gärtnerin auf der Erde, da man weder mit dem Wetter noch mit Pflanzenkrankheiten rechnen mußte, doch solche Sachen würden in den Büchern stehen. Hoffte ich.

Techniker und Ärzte waren leicht. Ich begann mit den Anrufen und hatte mittags eine komplette Liste.

Meine Verabredung zum Mittagessen mit Dan sagte ich ab. Ich wollte lieber mit vollendeten Tatsachen in die wohl unvermeidliche Diskussion gehen. Und zum Essen war ich ohnehin zu aufgeregt. Die nächsten zwei Stunden ließ ich alle Aufzeichnungen der Gespräche mit Jeff durchlaufen und machte mir Notizen. Mit etwas Glück wäre das meiste davon unwichtig. Er glaubte, die blutrünstige Familienideologie wäre auf Florida und Georgia begrenzt.

Ich mußte die entfernte Möglichkeit in Betracht ziehen, daß

er am Leben war. Was war, wenn es eine Möglichkeit gab, nach Florida zu kommen? Wie würde ich nach ihm suchen, falls ich dorthin käme? „Heiler“ wäre wahrscheinlich einfacher aufzuspüren als jeder andere im Bundesstaat. Jeffs Überleben hatte darauf beruht, daß sein Ruf sich ausbreitete.

Aber wenn er noch lebte, hätte er sicher eine Möglichkeit gefunden, uns während der vergangenen zwei Jahre anzufunken. Sich etwas anderes vorzumachen, war reine Phantasterei. Trotzdem konnte ich den Gedanken nicht verdrängen.

Und das erste, was Sandra sagte, als ich mich an ihren Schreibtisch setzte, war: „Keine Ausflüge nach Florida, okay?“

„Ich habe es überlegt. Aber es wäre doch nur eine Jagd nach Gespenstern.“

„Und würde aus dir ein Gespenst machen. Diese Irrsinnigen würden Zaire wie einen Spaziergang durch den Park erscheinen lassen.“ Sie nahm meine Liste und las sie durch. „Nicht, daß du unbewaffnet nach New York gehst. Ihr habt die gleiche Art Waffe wie in Afrika.“

„Die Leute, die mit uns gesprochen haben, waren unbewaffnet.“

„So hatte es den Anschein. Du willst Ahmed Ten mitnehmen? Er ist schon recht alt.“

„Er ist ein guter Medi. Und ein guter Denker.“

Beim Lesen nickte sie langsam. „Tja... da du auch die regulären Ärzte dabei hast, ist er wohl eine vernünftige Wahl. Einer der wenigen Menschen, die mit solchen Dingen Erfahrung haben.“

„Und die Anthropologie könnte auch nützlich sein.“

„Gewiß.“ Sie lächelte. „Du brauchst deine Auswahl nicht zu rechtfertigen, Marianne. Du bist die Projektleiterin; ich hab' nur dieses unheilbare Nasenproblem. Wer ist Jack Rockefeller?“

„Er hat als Junge nördlich von New York gelebt. Hatte einen Garten. Und bastelt mit elektronischen Geräten herum.“

„Irgendeine Verbindung zu dem Präsidenten?“

„Allerdings. Urgroßonkel oder so etwas.“

„Reiches Bübchen."

Ich zuckte die Achseln. „Er war auf Urlaub hier, als das Cape dichtgemacht hat."

„Vielleicht möchte er unten einen anderen Namen benutzen. Man weiß nie, wer wessen beschuldigt wird."

„Gute Idee." Ich fragte mich, wie viele *uns* noch für den Krieg verantwortlich machten. Für den Beginn des Streiks, der den Blackout auslöste, der den Zusammenbruch verursachte, der den Krieg in Gang setzte.

„So." Sie lehnte sich zurück. „Hast du schon mit deinen Männern darüber diskutiert?"

„Es wird keine Diskussion geben", entgegnete ich langsam. „Nicht im Sinne von Streitgesprächen."

„Du hast mich nicht gefragt, für wie lange das Projekt angesetzt ist?"

„Nein. Ich . . . hatte gedacht, das bliebe mir überlassen."

„Mehr oder weniger. Es gibt externe Faktoren. Unsere Immunologen meinen, wir sollten bis auf Vorkriegskonserven die Lebensmittel nicht essen. Wir können Rationen für sechs Monate mitschicken. Vielleicht für ein Jahr, wenn du darauf bestehst."

„Das werde ich. Wir könnten stranden." Sie machte sich eine Notiz. „Müssen wir in Anzügen arbeiten?"

„Nein, nur Masken und Handschuhe. Ihr werdet geimpft, aber wir wissen eigentlich nicht, was euch erwartet. Dort können jede Menge Bazillen herumschwirren, mutierte Varianten gewöhnlicher Krankheiten oder vielleicht sogar biologische Kampfmittel. Ein Risiko ist dabei."

„Das ist es wert", sagte ich automatisch.

„Ich bin mir da nicht so sicher. Hoffen wir's!" Sie wirkte nachdenklich. „Du setzt einiges aufs Spiel . . . von physischer Gefahr einmal ganz abgesehen, meine ich."

„Meine Stellung bei Janus", sagte ich. „Einen Ehemann, vielleicht. Vielleicht beide. Wir haben diese Möglichkeit theoretisch schon diskutiert. Schließlich deuten meine Ausbildung und meine Erfahrungen eindeutig in diese Richtung."

„Haben sie gesagt, sie würden dich verlassen?"

„Nicht mit so vielen Worten. Aber ich glaube nicht, daß Dan

das Sternenschiff aufgeben würde. John schon, aber er kann nicht mit zur Erde."

„Nun ja, selbst wenn es eine Geschichte auf Dauer wird, wirst du viel Zeit hier oben verbringen."

„Das werde ich ihnen auch sagen. Ob es nun stimmt oder nicht."

2

Ich wollte es beiden gegenüber gleichzeitig und in der Öffentlichkeit erwähnen, damit Dan weniger wahrscheinlich in die Luft ging. Unsere Dienstpläne ließen ein gemeinsames Abendessen nicht zu, aber um 2200 hatten wir alle frei. Wir trafen uns zu einem Glas Wein und etwas Musik im *Light Head.*

Zuerst sagte Dan gar nichts. Er hörte bloß zu und kaute dabei auf seiner Unterlippe. John nickte nur lächelnd. „Du bist nicht überrascht?" fragte ich.

„Eigentlich nicht. Eine meiner Frauen ist heute morgen von der Fährenabteilung angefordert worden. Sie wollten die Mercedes durchtesten und sie für Erdnormaldruck modifizieren. Hörte sich ganz so an, als würde ein Ausflug zur Erde vorbereitet. Ich wäre nur überrascht gewesen, wenn du *nicht* an Bord gegangen wärst."

„Du wolltest uns vorher nicht fragen", sagte Dan schließlich.

„Wir haben schon darüber gesprochen."

„Nicht als Gewißheit, nicht als reale Wahlmöglichkeit."

„Sie hat eigentlich gar keine Wahl", sagte John.

Ich nahm Dans Hand. „Nein, eigentlich nicht. Verstehst du das nicht?"

„Du wirfst Janus beiseite." Er blickte auf einen Punkt irgendwo über meiner linken Schulter. „Die Chance, an Bord Politischer Koordinator zu sein."

„Du weißt, das war nie mein Hauptehrgeiz. Chefstewardeß." Dann dachte ich an etwas, das mir vorher noch nicht eingefallen war. „Außerdem kann ich trotzdem einige Zeit am Projekt arbeiten. Es ist kein Unterschied, ob mein Terminal hier oder in New York steht."

„Das stimmt“, pflichtete John mir bei. „Sobald du die Selbsthilfe-Aktion in Gang gesetzt hast, könntest du deine Zeit aufteilen.“ Wir blickten beide Dan erwartungsvoll an.

„Was geschieht, wenn das Schiff startet und du noch auf der Erde bist?“

„Ich werde nur sechs Monate fort sein.“

„Diesmal. Wenn es klappt, wird es nicht das letzte Mal sein, wie du weißt.“

Ausflüchte brachten nichts ein. „Wenn es klappt... tja, dann habe ich einen neuen Job. Wahrscheinlich eher hier als unten. Aber nein, ich will an Bord der *Newhome* sein. Du auch, wenn ich hier bin?“

„Ich...“ Er schluckte herunter, was er zu sagen im Begriff war, und stand abrupt auf. „Ich brauche Zeit, um nachzudenken.“ Er versuchte hinauszustolzieren, aber in Viertel-g kann man bestenfalls tänzeln. Er ließ ein halbvolles Glas Wein zurück, was ungewöhnlich war.

Ich teilte seinen Wein zwischen uns auf und wartete, daß John etwas sagte. „Vielleicht sollte ich mit ihm reden“, meinte er schließlich. „Um ihn davon abzuhalten, zu impulsiv zu handeln.“

„Nein. Ich möchte sehen, wie er aus eigenem Antrieb entscheidet.“

„Das könnte Scheidung bedeuten. Oder zumindest achtundneunzig Jahre Trennung auf Probe.“

„Wir werden's sehen. Und du?“

John zuckte mit dem Glas in der Hand die Achseln, und etwas Wein floß heraus. Vorsichtig bewegte er das Glas darunter, um ihn aufzufangen. „Ich bleibe selbstverständlich. Ich weiß nicht, ob ich dich mehr liebe, als Dan dich liebt“, sagte er ruhig. „Aber ich brauche dich mehr. Ich brauche dich viel mehr als die Zerstreuung durch Janus.“

Eine vielsagende Wortwahl: Zerstreuung. Dan und John waren beim Projekt gleichrangig, aber für John war es letztlich nur eine Beschäftigung. Dan dagegen lebte mehr und mehr für Janus.

Wir tranken unseren Wein aus, und John lud mich in seine Wohnung ein, obwohl Donnerstag gewöhnlich Daniels Tag war. Ich wollte wirklich mit ihm gehen – Zärtlichkeit wie auch Feigheit –, aber das hätte alles noch schlimmer gemacht.

Das Licht in unserem Zimmer war aus. Leise schloß ich die Tür, obwohl mir der siebte Sinn, der Verheirateten zu eigen ist, verriet, daß Dan nicht schlief. Ich ließ meine Kleider auf den Boden gleiten und schlüpfte neben ihm ins Bett.

Nach einer Minute drehte er sich herum und wandte mir den Rücken zu. „Immer noch beim Nachdenken?" fragte ich.

„Du weißt, ich könnte mit dir nicht argumentieren. Alles, was ich sage, würde egoistisch klingen."

„Und alles, was ich sage – wie? Verrat?"

Das Laken raschelte, als er sich drehte. Ich konnte spüren, wie er an die Decke starrte. „Das ist dein Wort." Einen Moment hielt er den Atem an. „Nein. Ich .. weiß bloß nicht auszudrücken, was ich fühle."

Ich berührte seinen Arm. Er reagierte nicht. „Rede einfach."

„Weißt du, was John und ich empfunden haben, als du nach Afrika geflogen bist? Als du einfach verschwunden bist und wir plötzlich erfuhren . . ."

„Ich hatte keine Wahl. Wir durften niemandem etwas sagen."

„Ich weiß, ich weiß. *Das* ist es ja nicht. Und vorher, die Quarantäne, die merkwürdigen Jahre, in denen du mit . . . der Erde gesprochen hast – und schon vorher, bevor wir verheiratet waren, als du das erste Mal unten warst. Ach, Teufel, ich weiß nicht, wie ich es ausdrücken soll."

So hatte ich ihn noch nie sprechen hören, so eigenartig sanftmonoton. „Ich glaube, ich begreife nicht, worauf du hinaus willst. Du hast dir Sorgen gemacht . . ."

„Sorgen, ja, aber das ist es nicht." Plötzlich setzte er sich auf. Ich spürte, wie er die Füße heranzog und seine Knie umschlang. „Einer der letzten Briefe, den du mir vor dem Krieg geschrieben hast – nein, es war ein Brief an John. Du schriebst, daß du manchmal eine Intuition hättest, daß – wie war das? – daß du irgendwie *schicksalsbestimmt* wärst. Du hast über Zeiten des Wandels geschrieben, über Franklin und die amerikanischen Kolonien. Daß du aus deinem Geschichtsstudium eine beständige Struktur erkennst, Individuen, die von einer . . . unaufhaltsamen historischen Kraft umfangen sind. Menschen, die Geschichte nicht machen, sondern ihr dienen.“

„Ich erinnere mich. Aber das waren Mädchenphantasien, eine egoistische...“

„Und außerdem mystisches Geschwafel. So habe ich's genannt. Trotzdem scheint es Jahr für Jahr wahrer zu werden. Wenn etwas geschieht, bist du da.“

„Ich habe nicht versucht, die Kolonien mit dem Mutterland zu versöhnen. Ich habe nicht einmal den Blitzableiter erfunden.“

„Darum geht's nicht. Du bist noch nicht in der Machtposition gewesen – noch nicht. Aber du bist ein Kraftpunkt, ein Nexus. Die Dinge ereignen sich um dich herum.“

Ich lachte, vielleicht ein wenig nervös. „Ich kann gar nicht glauben, daß ich meinen rationalistischen Ehemann reden höre.“

„So etwas fliegt einem nicht so einfach zu. Und mir ist der Gedanke auch nicht erst eben gekommen.“

„Hast du mit John darüber gesprochen?“

„Mit niemandem. Vielleicht hätte ich es nicht ansprechen sollen.“

„Wenn es dich quält...“

„Das ist es eigentlich nicht. Ich versuche nur, es greifbar zu machen – was es auch immer sein mag. Es ist irgendwie verknüpft. Schwer auszudrücken.“

„Weil es kompliziert ist? Oder weil es weh tut?“

Er blieb eine Minute lang stumm. In ihm gärte es, vermutete ich. „Du springst auf dieses verdammte Ding, als wäre es das größte Geschenk in der Welt – dabei ist es nur eine goldene Gelegenheit, die Oberfläche eines vergifteten Planeten zu betreten und dein Leben zu riskieren, während du unwissenden Wilden beibringst, wie man Getreide züchtet.“

„Jemand muß es tun, Dan.“

„*Nicht meine Frau!* Aber du akzeptierst das ohne Einschränkung wegen dieses verdammten Gefühls persönlicher Bestimmtheit. Oder etwa nicht?“

Das brachte mich aus dem Gleichgewicht. „Das mag mitspielen. Aber ich will auch ... gute Arbeit leisten.“

„Du leistest *hier* hervorragende Arbeit. Du hast den Technikerausschuß um den kleinen Finger gewickelt. Du hast beim Projekt mehr praktischen Einfluß als *ich.* Und wu wirfst das alles ohne viel Federlesens weg, weil dieses Bravourstück eher deinem *Schicksal* entspricht."

„Schrei nicht!"

„Schon gut. Wo habe ich unrecht?"

„Es ist kein ‚Bravourstück'. Irgendwo muß die Normalisierung unserer Beziehungen zur Erde beginnen. Es gibt keine Vereinten Nationen."

„Das heißt noch längst nicht, daß *du* es tun mußt."

„Ich bin am besten dafür qualifiziert."

„Das könnte sein ... Und wenn es so ist, warum sollten wir unsere Besten bei einer neuen Mission vom Typ Zaire riskieren? Was ist, wenn sie in Wirklichkeit nur Geiseln wollen? Wenn sie vorhaben, euch umzubringen, um die Fähre in die Hand zu bekommen?"

„Wir haben Vorsorge getroffen. Wenn jemand damit zu starten versuchte, würde er JFK Interplanetary in ein radioaktives Loch verwandeln."

„Darum geht's nicht."

„Ja, ich weiß." Ich wünschte, ich könnte sein Gesicht stehen. „Ich gebe zu, daß es gefährlich sein kann. Aber wir sind vorbereitet – besser als du für *Newhome* vorbereitet bist. Schließlich ... ein Schiff unerprobter Bauart mit einem brandneuen Antriebssystem für einen Hundertjahreflug zu einem unerforschten Planeten. Ich fliege nur nach New York City. Dort war ich schon."

„Sicher. Beste Grüße an den Broadway." Er rollte sich wieder auf die Seite.

3

Wir beließen es dabei. Weder offener Bruch noch Versöhnung. Ein heikler Waffenstillstand. Vermutlich hätte ich mich als Seelenforscher in eigener Sache betätigen und meine Gefühle für Daniel genau prüfen sollen, aber dafür war an den beiden nächsten Tagen keine Zeit. Vielleicht sorgte ich auch selbst dafür, daß keine Zeit war.

Die Mercedes hatte Platz für zwanzig Passagiere außer mir und dem Piloten. Ich hatte über sechzig angesprochen, bevor ich die richtige Mischung von Leuten hatte, die nicht nur ausreichend qualifiziert, sondern auch verrückt genug waren, die Reise zu unternehmen:

Anzel, Murray	28	Zahnarzt
Byer, Clifford	27	Gartenbau
Devon, Ran	30	Mechaniker, Volkskunst
Dore, Louise	21	Mechaniker
Guideau, Suzanne	32	Landwirt, Paramedizin
Friedman, Steve	37	Eingeborener, Militäringenieur
Itoh, Son	40	MED, Ernährungsexperte
Long, Albert	30	MED, Landwirtschaft
Mandell, Maria	22	Tierzucht
Marchand, Carrie	48	Systemanalyse, Landwirtschaft
Munkelt, Ingred	30	Kommunikation, Sicherheit
O'Brien, Sara	27	Ersatzpilot, Sicherheit
Richards, Robert	33	Ingenieur
Rockefeller, Jack	23	Eingeborener, Landwirtschaft, Tüftler
Smith, Thomas	41	Pädagogik
Ten, Ahmed	51	Paramed., Anthrop., Erfinder
Tishkyevich, Galina	40	Biologin
Thiele, Martin	22	Landwirtschaft, Sicherheit
Volker, Harry	27	Med.-Technik
Wasserman, Sam	18	Sicherheit, Genie

Wir hatten Flachschirmaufnahmen von der Gegend um Westchester in verschiedenen Wellenlängen, die unseren Agrarexperten verrieten, was dort am besten wachsen würde. In zwei Tagen klonten sie Tausende von Sämlingen, genug, einen ausgewogenen Farmbetrieb aufzubauen. Sie immunisierten geschlechtsreife Paare von Kaninchen, Ziegen, Hühnern und mehreren Fischarten. Wir waren so etwas wie eine umgekehrte Arche Noah.

Ein großer Teil unserer Vorbereitungen bestand darin zu lernen, wie man all die Tiere und Pflanzen während des zweitägigen Flugs bis in den Bremsorbit am Leben hielt. Ich ließ mich zusammen mit unseren Landwirten unterweisen. Auch bei den Sicherheitsleuten verbrachte ich ein paar Stunden, während die Polizei ihnen verschiedene Grade kontrollierter Körperverletzung beibrachte. Außerdem organisierte und besuchte ich eilig abgehaltene Seminare in Immunologie, Psychologie Heranwachsender, Erster Hilfe und so weiter. Aber es war offenkundig, daß wir alle mehrere Jahre intensiven, spezialisierten Studiums gebraucht hätten. Wir hätten das voraussehen und schon vor langer Zeit mit der Ausbildung beginnen müssen.

Am Tag unserer Abreise wurde ich eine Persönlichkeit, interviewt von Jules Hammond. Das war schlimm. Er mußte die Sache überdramatisieren, und beim Versuch, das abzumildern, machte ich schließlich den Eindruck einer schüchternen Heroin. Das Interview in den Nachrichten zu sehen, war entsetzlich. John und ich liebten uns am Morgen, und später bumsten Daniel und ich aus einem Gefühl der Notwendigkeit heraus. Um Mitternacht ging ich mit einem Minimum an Enthusiasmus an Bord der Mercedes.

Wir fielen nicht gleichmäßig, was aus irgendeinem Grund Treibstoffverschwendung gewesen wäre. Statt dessen gab es „Brennintervalle“, in denen es plötzlich von Nullschwerkraft auf 1,5 oder zwei g ging. Gewöhnlich dosierte der Computer diese Intervalle, wenn ich gerade einzuschlafen versuchte, damit ich von Sturzalpträumen unterhalten wurde.

Die Landung war interessant, zu interessant. Das „Interplanetary“ in JFK Interplanetary bedeutete, daß es einen automatisierten Landestreifen für Klasse-1-Schiffe wie die Mercedes gab. (Anders als in Zaire gab es keine Rollbahn, die lang genug für eine konventionelle Landung war.) Natürlich waren die Automatikeinrichtungen längst außer Betrieb. Deshalb mußte unser Pilot das Schiff auf dem Heck runterbringen und Instrumente benutzen, die zwei Jahre vor dem Krieg zum letztenmal kalibriert worden waren. Wir setzten hart auf. Den Menschen, in weichen Beschleunigungssesseln angegurtet, geschah nichts, aber beide Kaninchen kamen um, und die Ziegen hatten acht gebrochene Beine. Maria Mandell blieb an Bord, um die armen Geschöpfe zu pflegen, während die meisten von uns ausstiegen, um die Erdlinge zu treffen.

Wir waren zweifellos ein imposanter Anblick: alle in identischen grauen Overalls mit Kunststoff-Atemmasken und Chirurgenhandschuhen. Fünf von uns hatten Flammenwerfer. Jedenfalls blieben die meisten Erdlinge im Versteck. Nur ein tapferer Repräsentant trat mit hochgestreckten Händen auf das Rollfeld.

Als er näher kam, fiel mir plötzlich ein, daß ich nicht überlegt hatte, was ich bei dieser historischen Begegnung sagen sollte. Schließlich kam mir ein lahmes „Hallo?“ über die Lippen.

„Kann ich die Hände runternehmen?“ fragte er.

„Wir tun dir nichts“, versicherte ich. „Wo sind die anderen?“

„Sehen uns zu.“ Er zögerte, drehte sich dann um und winkte. „In einer Minute sind sie hier.“

„Das gefällt mir nicht“, sagte Steve Friedman. Er war vor dem Krieg Berufssoldat gewesen. „Wir sind hier ohne jede Deckung.“

„Wir haben keine Waffen“, sagte der Mann.

„Sicher.“ Steves Augen musterten die Umgebung Stück für Stück. Das Gebäude vor uns bestand aus vielen Reihen undurchsichtiger, schwarzer Glasfenster, hinter denen sich eine Armee von Scharfschützen hätte verbergen können. Überall standen die Überreste rostiger Maschinen und Fahrzeuge herum, hinter denen wir uns hätten verstecken können, wäre es erforderlich gewesen. Aber dann öffnete sich quietschend eine Tür, und die übrigen Erdlinge kamen heraus. Sie wirkten sehr verängstigt und alles andere als gefährlich.

Ihre Anführerin war eine Schwarze von Anfang Zwanzig, wahrscheinlich einer der wenigen verbliebenen Menschen mit einer High-school-Ausbildung (durch „Ausprobieren“ hatte sie vier Klassen übersprungen). Sie hieß Indira Twelve, und sie mochte Ahmed, weil er schwarz, und Sam Wasserman, weil er brillant war, und uns übrige tolerierte sie freundlich, aber zurückhaltend. Mit den anderen Schwarzen in ihrer Gruppe –

sechs von den dreizehn – sprach sie einen undurchdringlichen Dialekt mit merkwürdig verkürzten Wörtern, verschluckten Silben und eigenartigen Ersatzreimen für einige Begriffe, aber wenn sie mit uns sprach, benutzte sie ein Standardenglisch mit eisiger Klarheit und gebildetem Wortschatz.

Im Terminalgebäude hatten sie ein Lager eingerichtet. An einer Seite hatten sie einige Fenster eingeschlagen, um die Luftzirkulation anzuregen, und dort hielten sie ein Feuer in Gang. Rund um das Feuer befanden sich Pritschen und Rucksäcke. Als Brennstoff waren Holz und vergilbte Zeitungen gestapelt.

Wir setzten uns um das Feuer, und sie bot uns Bourbon aus einem großen Krug an. Ich lehnte ab und erläuterte, daß man uns geraten hatte, keine Nahrungsmittel von der Erde zu uns zu nehmen.

„Typisch bürokratische Halblogik", sagte sie. „In dem Zeug kann nichts überleben." Sie goß Gläser für ihre Gefährten voll (die wahrscheinlich froh waren, daß sie nicht teilen mußten), und allmählich wurde die Atmosphäre entspannter.

Logistische Probleme mußten angegangen werden. Der Raumhafen war sechzig Kilometer von ihrem Bunkerheim entfernt, und wir mußten einige Tonnen Vorräte dorthin schaffen. Richards und Rocky gingen mit zwei Erdlingen nach draußen zu den Parkplätzen, um einen betriebsfähigen Gleiter zu suchen, der mit unseren Kraftstoffzellen kompatibel war.

Ich breitete meinen Arbeitszeitplan aus und besprach ihn mit Indira. Wir wollten drei Wochen warten, bevor wir etwas anpflanzten, falls es noch zu Spätfrost käme, aber in der Zwischenzeit gab es genug zu tun. Wir mußten eine Bestandsaufnahme ihrer landwirtschaftlichen Geräte anfertigen und das Fehlende beschaffen oder improvisieren. Bevor der erste Sämling in die Erde gesetzt wurde, mußte viel Technik gelehrt, mußte gepflügt und gehackt werden. Die Ärzte hatten ein Zweiwochenprogramm für Untersuchungen und Impfungen vorbereitet, und es war erkennbar, daß der Zahnarzt alle Hände voll zu tun haben würde – die Kinder, die nach dem Krieg geboren worden waren, hatten nie Mittel gegen Karies bekommen, und einige hatten schon ihre zweiten Zähne verloren.

Sollten wir einen betriebsfähigen Gleiter finden, hatten wir vor, mindestens fünf Leute als Wachen an Bord der Mercedes zu lassen und sie im Wochenrhythmus abzulösen. Der Pilot erklärte sich einverstanden, ständig beim Schiff zu bleiben, da unter Umständen der Start die einzige Verteidigung sein konnte. Sara O'Brien war eine qualifizierte Pilotin, gab jedoch zu, daß sie unter den Umständen eine Landung lieber nicht versuchen wollte. Wir könnten mehr als ein Kaninchenpaar verlieren.

Rocky und Richards kamen mit der guten Nachricht zurück, daß sie einen äußerst großen Gleiter, einen Schulbus, gefunden hatten. Sie sahen allerdings ein wenig grau aus. Später erfuhr ich, daß der Bus voll kleiner Skelette gewesen war.

Wir luden Lebensmittelvorräte auf den Gleiter und brachten alle nach Hause. Einige waren vom Fliegen fasziniert, andere zu Tode erschrocken. Der Flug war anfangs etwas holprig. Friedman war der einzige von uns, der schon einmal einen großen Gleiter geflogen hatte, und er war aus der Übung. (Das war die erste von vielen einigermaßen wichtigen Sachen, die ich übersehen hatte. Ich hatte nicht daran gedacht, nach Gleitererfahrung auszuwählen. Als ich auf der Erde gewesen war, hatte Jeff mich ab und zu den Steuerknüppel übernehmen lassen, und es war wirklich ziemlich einfach – bis auf die Starts und Landungen, die er stets selber durchgeführt hatte.)

Ihr Stützpunkt war ein YMCA-Haus in Tarrytown, das als Magazin für den Zivilschutz gedient hatte. Der eigentliche Schutzraum war im Kellergeschoß, feucht und nachtschwarz. Wir gingen mit dem ersten hellen Licht hinein, das der Raum seit acht Jahren gesehen hatte, und wurden von einem Empfangskomitee aus Ratten und Asseln begrüßt. Die Asseln raschelten ins Versteck, aber einige der Ratten blieben und musterten uns neugierig. Wir versuchten, sie zu ignorieren, während wir Bestandsaufnahme machten. Die Fauna machte mich nervös, aber wahrscheinlich nicht so sehr, wie sie Suzanne und Harry irritierte, die noch nie auf der Erde gewesen waren und nur begrenzte Erfahrungen mit Insekten und Nagetieren hatten. Sie überspielten es, aber als wir unsere Listen fertig hatten, zitterten und schwitzen beide. Es war gut, wieder ans Tageslicht zu kommen.

Sie hatten genug Lebensmittel bis zum Herbst. Bis dahin würden sie, wenn es nicht zu Katastrophen käme, aus dem Garten essen. Wir beschlossen, das Baseballfeld in einen Garten zu verwandeln, da es viel Sonne hatte und umzäunt war. Sobald die Pflanzen zu wachsen anfingen, würde der Platz vierundzwanzig Stunden am Tag eine bewaffnete Wache brauchen.

Was die Bewaffnung anging, waren sie eher unterversorgt: zwei Schrotflinten mit jeweils vier Patronen. Anders als Jeffs Florida hatte New York privaten Schußwaffenbesitz schon Jahrzehnte vor dem Krieg für ungesetzlich erklärt. Widerstrebend gab ich der Suche nach Waffen und Munition eine hohe Priorität. Ich funkte New New an und erfuhr, daß Connecticut der nächste Bundesstaat war, der Schußwaffen erlaubt hatte. Indira hörte das Funkgespräch und sagte mir, in der Nachbarstadt im Süden befände sich ein Waffenlager der Nationalgarde, das sie nicht hatten aufbrechen können. Friedman kündigte an, er würde es mit Sprengstoff versuchen.

Ständig Maske und Handschuhe zu tragen wurde schnell lästig. Ich fragte Galina, die Immunologin, ob sie überhaupt effizient wären. Schließlich konnten wir ohnehin nicht vermeiden, uns der Umwelt auszusetzen. Wir konnten nicht jedesmal zum Schiff zurück, wenn wir essen oder ausscheiden mußten. (Obschon mir das gar nicht mehr so unvernünftig erschien, nachdem ich mir auf ihrer Latrine meinen ersten Durchfall geholt hatte.) Sie meinte, es wäre zu unserem wie zum Schutz der Erdlinge wahrscheinlich das beste, wenn wir Haut-zu-Haut-Kontakt möglichst gering hielten und den Atem der anderen nicht einatmeten. Es war wie ein übertrieben langer Aufenthalt im Krankenbett: nicht ganz wirkungslos, aber auch keine absolute Garantie.

Es stellte sich heraus, das Rocky über eine unschätzbare primitive Fertigkeit verfügte: das Zimmerhandwerk. Ich hätte daran denken müssen, daß Holz hier so allgegenwärtig war wie Schaumstahl zu Hause. Niemand außer Rocky und Friedman wußte, welches Ende des Hammers man zum Nägeleinschlagen benutzt. Rocky bot an, jeden Morgen den Kindern Unterricht zu geben. Ich beschloß, ebenfalls die Schulbank zu drücken –

und war nicht allzu überrascht, als Sara, Maria, Ingred und Suzanne die gleiche Entscheidung trafen. Rocky war selbst noch ein Kind, aber der Instinkt, den er in uns erweckte, war nicht unbedingt mütterlich. Macht Schwerkraft lüstern?

Friedman flog zu dem Waffenbunker und kam reichbeladen zurück: vier Busladungen Waffen, genug, einen kleinen Krieg anzuzetteln. Sobald der Bunker einmal offen war, konnte er natürlich nichts zurücklassen, also füllten wir den Keller mit Lasern, Mörsern, Gewehren, Minen, Munition, Granaten, Pistolen, Raketen. Die Ratten vertrieb das nicht.

Wenn wir erst einmal die nötige Energie hätten, wäre ein Nervenknoterfeld sehr praktisch. Wir könnten rings um das Gelände einen Draht eingraben, der jedes Wirbeltier draußenhielt. Wenn man sich dem Feld näherte, löste es geistige Verwirrung und (zumindest bei Menschen) quälende Angstzustände und Depressionen aus. Friedman war während seiner Ausbildung einem solchen Feld einmal ausgesetzt und sagte, die Erinnerung daran ließe ihn heute noch manchmal im Schlaf hochschrecken.

Einige der Waffen konnten einem zivilen Zweck zugeführt werden. Den Lasern entnahmen wir – bis auf zwei – die leistungsfähigen Kraftstoffzellen. Die Vibroklingen-Bajonette schnitten durch Holz wie ein warmes Messer durch Margarine; allerdings wußten wir nicht, wie lange ihre Ladung vorhalten würde. Die Minen konnten umgedreht dazu benutzt werden, Löcher zu graben, doch beschlossen wir, keine von ihnen zu zünden, um die Aufmerksamkeit nicht auf uns zu lenken. Aus demselben Grund demonstrierte Friedman die Waffen ohne Munition und ließ auch die Kinder so üben. Später wollte er sie zu praktischen Schießübungen zwanzig oder dreißig Kilometer mit hinausnehmen. Die Kinder lechzten geradezu danach.

Wir hatten eine lange Liste von Baumaterialien und Geräten, die wir heranschaffen mußten, bevor wir ernsthaft mit dem Wiederaufbau beginnen konnten. Es war ein guter Vorwand, die Stadt zu besuchen. Indira war seit fünf oder sechs Jahren nicht im Zentrum New Yorks gewesen. Als sie als Kind dort gewesen war, war die Innenstadt fast völlig verlassen gewesen, Nahrungsmittel gab es nicht mehr, aber aus sicherer Entfernung hatte sie zwei Banden von Aasgeiern gesehen.

Ich mußte dorthin, auch wenn ich wußte, es würde traurig sein. Meine Erinnerungen an New York waren noch lebhaft, noch kostbar. Ich mußte sehen, was übriggeblieben war, um darauf aufzubauen.

Es war nicht sehr verheißungsvoll, über dem Hudson einzufliegen. Die Bronx war durch Brände dem Erdboden gleichgemacht. Im Zentrum waren Polizei und Feuerwehr in der Nacht, bevor die Bomben fielen, erfolgreicher gewesen. (Ich fragte mich, ob New York vor nuklearer Zerstörung bewahrt worden war, weil der Feind es verschonen wollte, oder wegen der automatischen Verteidigungsanlagen wie jenen, die das Cape lange genug geschützt hatten, bis unsere Raumfähren entkommen waren.)

Als wir uns Manhattan näherten, gingen wir bis knapp auf die Wasseroberfläche hinunter. Es sah immer noch beeindruckend aus – sogar beeindruckender als früher. Ohne Luftverschmutzung konnte man sehen, wie hoch die Wolkenkratzer tatsächlich waren, sogar die fünf Kilometer hohen Zwillingstürme des Trade Centers. Ich schlug Friedman vor, einige der Gebäude zu besteigen. Ohne Aufzüge wären nicht viele Plünderer bis nach oben gekommen. Er stimmte zu, wies aber darauf hin, daß es für uns dort oben kaum Nützliches zu finden gäbe.

Wir kamen fast bis Chelsea, ohne einen Menschen zu sehen. Etwa in Höhe der 26th. Street flogen wir an vier Kindern vorbei. Drei rannten in Deckung, eins sprang ins Wasser. Wir wurden langsamer und bogen an der 23th. Street aufs Festland von Manhattan. Friedman erinnerte sich an ein großes Bau- und Hobby-Warenhaus an der Second Avenue.

Die Stadt war eine tote Ruine. Die Straße war von ausgebrannten Lieferwagen und Robottaxis verstopft. Bis zum dritten Geschoß waren kaum Fenster intakt, und die Bürgersteige waren von glitzernden Glasscherben überhäuft. Nach zwei Blocks sahen wir die ersten Skelette, dann wurden es immer mehr. Die meisten steckten in leuchtendbunten Kleidern aus unzerstörbarem Gewebe. Mir fiel auf, daß es mehr lose Knochen als vollständige Skelette gab. „Hunde“, erklärte Indira.

Wir kamen an dem alten Flatiron-Gebäude vorbei, das ich am liebsten gemocht hatte. Es war ein Bild des Jammers. Alle Fenster zerstört, die Fassade von Feuer geschwärzt. Der Park gegenüber, in dem ich häufig mit Benny gesessen hatte, war baumlos und von schulterhohem Unkraut überwachsen. Mich erfaßte ein schreckliches Gefühl von Hoffnungslosigkeit und Verlust. Ich biß mir auf die Lippe, um nicht aufzuschreien, ging zu einem offenen Fenster und hielt mein Gesicht in den Wind. Die Luft roch nach Meer und altem Rauch.

Friedman fand ein leeres Straßenstück in der Nähe des Warenhauses und brachte uns routiniert nach unten. Als wir aus dem Bus stiegen, überprüfte er unsere Waffen. Indira und ich hatten die Laser, die drei Jungen hatten Sturmpistolen. Friedman selbst trug etwas, das er einen „Fleischwolf“ nannte, und einen Gürtel mit Handgranaten. Wenn eins der Skelette etwas versuchte, wäre das das Ende der alten Knochen.

Glas knirschte unter unseren Füßen, ein einsamer Wind seufzte. Die Sonne verschwand hinter einer Wolke. Mein ganzer Körper war nur Anspannung, wartete auf den ersten Schuß. Nichts geschah.

Wir traten durch die zertrümmerte Tür. Das Geschäft war dunkel und feucht und roch nach Schimmel. Einer der Jungen nieste, dann auch ich. Irgendwie wirkte der Raum dadurch weniger düster.

Ich schaltete meine Taschenlampe ein und prüfte unsere Liste. „Zuerst müssen wir eine Schubkarre, einen Wagen oder so etwas finden.“ Ich ließ den Lichtstrahl durch den Raum wandern, sah aber nichts mit Rädern.

„Ich sehe oben nach“, sagte Friedman. Er und ich besaßen wahrscheinlich die beiden einzigen funktionsfähigen Taschenlampen in dem Bundesstaat.

„Hier ist eine Axt“, rief der jüngere Schwarze, Timmy. „Brauchten wir nicht eine Axt?“

„Ja.“ Ich leuchtete zu ihm hinüber. Es war eine Feueraxt in

einem Kasten an der Wand. Jemand hatte die Glasscheibe eingeschlagen, aber die Axt hängen lassen.

Timmy zerrte an ihr, und sie löste sich mit rostigem Quietschen von der Wand. „Wahrscheinlich ging 'n Alarm los, als er das Glas eingeschlagen hat, und da isser weggerannt." Er prüfte die Schneide mit dem Daumen und lächelte. Mir kam der Gedanke, daß die Kinder nur eine abstrakte, mittelbare Vorstellung von der destruktiven Gewalt der Waffen besaßen, die sie mit sich herumtrugen. Aber was eine Axt anrichten konnte, wußte Timmy.

Oben fand Friedman einen kleinen Leiterwagen für Kinder und eine Schubkarre. Die Jungen halfen ihm, beides herabzutragen, dann gingen sie zurück, um die Gartenabteilung zu durchstöbern.

In den Regalen unten war nicht viel. Indira, ich und Timmy gingen die Reihen durch, ohne etwas Nützlicheres als Plastik-Küchengeschirr und Sprühfarbe zu finden. Die Kästen mit den Eisenwaren waren gründlich geleert worden.

Endlich benutzte ich einmal mein Gehirn. Unter den Kästen waren verschlossene Schränke. Ich ließ Timmy einen aufbrechen und fand Dutzende von Schachteln mit Nägeln und Schrauben. Bestandskontrolle. Wir stapelten sie in dem Leiterwagen und brachen den nächsten Schrank auf. Schraubenzieher jeder Art und Größe. Dann Hämmer, Bohrspitzen, Maßbänder, Wasserwaagen und eine umfangreiche Auswahl an Sägen. Wir lachten angesichts unseres Glücks und hörten das leise Geräusch, ein kehliges Rasseln, beinahe nicht.

„Was war das?"

Timmy zeigte nach vorn. „Scheißhunde!"

Es waren zehn oder zwölf, groß und ausgezehrt, die uns mit gefletschten Zähnen anstarrten. Einer schlüpfte durch die zertrümmerte Glastür.

„Runter!" schrie Friedman von oben. Ein leises *Popp* war zu hören, der Aufprall einer Granate auf dem Boden, ihr Rollen und dann eine unmöglich laute Explosion.

„Großer Gott!" sagte Indira. Über dem Dröhnen in meinen Ohren war ihre Stimme ein kaum hörbares Flüstern. Die meisten Hunde waren zerfetzt. Einer humpelte jaulend davon.

Wir standen auf und klopften den Staub ab. „Ich habe noch nie . . .“

„Da ist einer!“ rief Timmy. Ein großer, muskulöser Hund sprang auf uns zu. Ich ließ die Lampe fallen, tastete nach dem Auslöser des Lasers und feuerte blind. Der Fußboden explodierte in einer gelben Flamme, die sofort erlosch und nur schwarzen Rauch hinterließ, und dann sprang der Hund in den Strahl und fiel mit einem dumpfen Geräusch.

Ich hob die Taschenlampe auf und richtete sie auf das Heulen. Ich hatte beide Vorderbeine des Tiers abgetrennt. Mit schnappendem Kiefer versuchte der Hund, uns dennoch zu erreichen. Seine Hinterbeine kratzten über den Boden.

„Das mache ich“, sagte Timmy ruhig, trat vor und spaltete den Schädel des Tiers. Ich riß mir die Maske vom Gesicht und drehte mich gerade noch rechtzeitig, damit ich mich nicht über Indira erbrach.

Ich weiß nicht mehr genau, was danach geschah, aber schließlich saß ich auf dem Bürgersteig, und Indira half mir, mich mit einem öligen Lappen und Wasser aus einer Feldflasche abzuwaschen. Sie streichelte mich und plapperte tröstenden Unsinn. Großer Weißer Erlöser der Erdlinge – ja, das bin ich. (Aber von da an war sie auf meiner Seite. Die meisten guten Menschen geben lieber Hilfe, anstatt sie zu empfangen.)

Wir überluden den Bus so sehr, daß sein Sicherungssystem sich weigerte, uns abheben zu lassen. Fünf Säcke Dünger mußten wir zurücklassen, direkt hinter der Tür. Friedman wollte unsere Beute nach Hause bringen und dann direkt zurückkommen, auch wenn das hieß, daß nach Sonnenuntergang noch Arbeit wartete. Er fürchtete, die Handgranate hätte Aufmerksamkeit erregt und andere warteten nur darauf, aus dem Erfolg unserer Marktforschung Nutzen zu ziehen.

Hier war meine Gelegenheit, meine Selbstachtung wiederzugewinnen: Ich bot mich an, Wache zu stehen, während sie die Sachen entluden. Timmy und ein älterer Junge, Oliver, wollten ebenfalls bleiben. Wir luden zwei Säcke auf und sahen ihnen nach, als sie davonschwebten.

Ich nahm an, unser bester Standort wäre oben im Warenhaus, verborgen in der Dunkelheit und mit Blick auf den Eingang. Aber dort steckten wir auch in einer Falle, und außerdem roch es nach Erbrochenem, Blut und verbranntem Plastik. Statt dessen gingen wir die Straße hinab zu einer Stelle, wo ein Gleiter und ein Lieferwagen kollidiert waren. Die V-förmig verkeilten Wracks boten uns ein gutes Versteck und Schutz vor dem Wind; zugleich hatten wir freie Sicht auf das Geschäft. Die Nachmittagssonne war hinter den Hochhäusern verschwunden, es wurde unangenehm kühl. Wir saßen, die Hände in den Taschen, eng beieinander und unterhielten uns leise.

„Wie ist es da oben?“ fragte Oliver. „Da oben im Himmel.“

„Es riecht besser. Was meinst du genau?“

„Ich meine, die Menschen kommen klar? All ihr alten Menschen?“

„Wir müssen klarkommen“, sagte ich. „Es ist, als lebte man auf einer Insel und kann nirgendwo hin.“

„Ihr klebt das ganze Leben an einer Stelle?“ fragte Timmy.

„Mehr oder weniger. Es ist ziemlich groß. Und einige reden davon, zu einem anderen Stern zu fliegen.“

„Das ist richtig weit weg, nicht?“ meinte Oliver.

„Es dauert Jahre.“ Und verschleißt Ehemänner.

„Warum kommen sie nicht einfach hier runter?“ fragte Timmy. „So wie ihr gekommen seid.“

„Wir haben immer oben am Himmel gelebt. Wir sind daran gewöhnt.“

Eine Minute blieben sie stumm und verarbeiteten das. Timmy trat mit der Hacke auf ein Stück Glas, bis es zersplitterte. „Indira sagt, ihr lebt in einer Kugel aus Erde, wie Würmer.“

„So ungefähr. Es ist ein hohler Fels.“

„Verdammt“, entfuhr es Oliver. „Ihr lebt *innen?*“

„Es ist so, als lebte man in einem Gebäude. Aber wir haben einen hübschen Park voller Bäume, und wir können durch die Fenster zu den Sternen schauen. Und es gibt keine Hunde.“

„Immerhin“, kommentierte er das. „Ihr habt genug zu essen und so?“

„Jetzt ja. Einige Jahre lang nach dem Krieg war es hart.“

„Hier ist es immer noch hart. Hart wie Fels!“

„Ich weiß.“ Ich legte meinen Arm um seine mageren Schultern, und Timmy lehnte sich gegen meine Knie. Ich mußte mich räuspern. „Jetzt wird es besser werden. Das Schlimmste ist vorbei."

So saßen wir zwei Minuten, ohne ein Wort zu sprechen, und das rettete uns vielleicht das Leben. Vor uns schlichen zwei Jungen gebückt auf den Laden zu. Sie hatten schwere Rucksäkke und Schrotflinten.

Wir richteten unsere Waffen auf sie. „Laßt die Flinten fallen!" schrie ich und machte mich darauf gefaßt, den Auslöser drücken zu müssen.

Sie erstarrten. „Los, ihr Arschlöscher", sagte Timmy mit unpassend zirpender Stimme. Aber sie legten die Flinten hin und drehten sich um, die Hände in den Nacken gelegt.

„Seid ihr allein?" fragte ich.

„Richtig", sagte der größere. „Nur auf der Durchreise." Er sprach mit dem schleppenden Akzent des Südens. „Wir haben die Explosion gehört."

„Ihr hört noch eine", sagte Oliver. „Wenn ihr nicht allein seid, legen wir euch um."

„Red keinen Scheiß, Junge", sagte der kleinere. „Wir haben euch nix getan."

„Halt's Maul, Horace", mahnte der andere. „Horace ist ein bißchen dumm. Tut mir leid."

„Zu dumm, zu *leben,* Mann", entgegnete Oliver.

„Wie heißt ihr?" fragte ich. „Woher kommt ihr?"

„Ich bin Jommy Fromme. Horace ist mein Bruder. Wir kommen aus Clearwater, Florida."

„Florida!"

„Zehn Monate Fußmarsch, über den Appalachen-Trail. In Florida läßt's sich jetzt nicht mehr gut leben. Eine Menge Leute ziehen da weg."

„Habt ihr einmal jemanden namens Heiler getroffen?"

„Alter Typ? Klar. Er hat uns mal 'ne Spritze gegeben."

„Wann war das?"

Jommy und Horace sahen sich an und zuckten die Achseln. „Zwei Jahre." Jommy blickte mich an. „Du bist auch 'ne Alte. Kennst du ihn deshalb?"

„Sie ist vom Himmel", sagte Timmy. „Da werden sie alle alt."

„Du bist von den Welten?“

„New New York. Die einzige, die noch da ist.“

„Ist ja irre!“

„Oliver, hol die Flinten.“ Ich deutete zum Bürgersteig hin. „Ihr beide könnt euch setzen. Wir müssen überlegen, was wir mit euch anstellen.“

Jommy setzte sich und ließ vorsichtig die Hände in den Schoß sinken. Horace hielt sie oben, sein Blick war völlig ausdruckslos. Plötzlich wurde mir klar, daß er damit rechnete, hier zu sterben. „Du kannst die Hände runternehmen, Horace. Aber keine Tricks!“

„Er macht nichts. Wir wollen nur weiterziehen.“

„Wollt ihr handeln?“ fragte Horace.

„Habt ihr Gold oder Silber?“ fragte Oliver zurück.

„Nee“, antwortete Jommy. „Den Scheiß nehmen wir im Süden nicht mehr. Wir haben viel Munition.“

Timmy lachte. „Toller Handel.“

„Haben wir wirklich“, sagte Horace gekränkt. „Wir haben Kugeln und Patronen für die Schrotflinten und zwei Schachteln für 45er.“

„Dafür kriegt ihr nicht mal 'ne Dose Bohnen“, sagte Oliver. „Wir haben ein ganzes Zimmer voll Munition.“

„Ein *Zimmer* voll?“

„Oliver“, schaltete ich mich ein. „Sei vorsichtig mit dem, was du ihnen sagst, okay?“

Man konnte beinahe hören, wie die Rädchen in Jommys Gehirn klickten. „Also, am liebsten würden wir bei euch bleiben. Zwei Nigger und eine Frau – ihr *braucht* jemanden.“

„Was könnt ihr denn?“ fragte ich. „Versteht ihr auch noch andere Sachen außer Diplomatie?“

„Hä?“

„Wißt ihr, wie man baut, oder kennt ihr euch mit Vieh oder Gemüse aus? Irgendwas Nützliches?“

„Ich bin ein verdammt guter Schütze. Und auch Horace trifft normalerweise, auf was er zielt. Sonst hätten wir auf dem Trail hierher nicht lange gelebt.“

„Dann wißt ihr, wie man Wild ausweidet.“

„O ja, und wie! Und wie man Leder macht, nur mit Pisse.“

„Erstaunlich!“ Ich legte den Laser hin, hielt aber meine Hand in seiner Nähe. Horace entspannte sich sichtlich. „Wir werden sehen, was die anderen sagen.“

„Ihr seid noch mehr?“

Ich nickte. „Eine Armee. Vielleicht können wir zwei Scouts brauchen.“

4

Wir erlaubten ihnen, sich uns anzuschließen. Sie waren groß und stark und relativ alt. Jommy war zwanzig, sein Bruder zwei Jahre jünger. Wahrscheinlich hatte Jeff ihnen das Serum gegen die Seuche gegeben, aber um sicherzugehen, impften wir sie erneut. Sie akzeptierten die Vorstellung, daß sie vielleicht noch hundert Jahre leben könnten, mit skeptischer Zurückhaltung.

Ihre Familie in Clearwater hatte aus fanatischen Mansoniten bestanden. Ihr Anführer, der sich selbst Charlie nannte, war dreiundzwanzig Jahre alt geworden, bevor er sich aus Reue darüber, daß er den Tod nicht bekam, selbst tötete. Unter allgemeiner Zustimmung der restlichen Familie nahm er die beiden Nächstältesten mit ins Grab. Das machte Jommy und Horace verständlicherweise nervös, und in der Nacht darauf schlugen sie sich in die Büsche.

Ich beschloß, weder ihnen noch sonst jemandem von Jeff zu erzählen, und forderte meine Gefährten auf, ebenfalls Stillschweigen zu bewahren. Wenn er noch am Leben war, hielt er die Wirkung des Impfstoffs wahrscheinlich geheim.

Sie waren zweitausend Kilometer marschiert, ohne einem Menschen zu begegnen. Einige Male hatten sie andere auf dem Trail gehört und sich versteckt. New York war die erste Großstadt, die sie betreten hatten. Sie hatten gehört, es hätte den Krieg überstanden und blühte wieder wie in den alten Tagen auf, doch schienen sie nicht enttäuscht, daß sich das Gerücht nicht bestätigte. Was die Menschen in einer großen Stadt wirklich *taten,* war ihnen nicht ganz klar, und sie schienen froh zu sein, sich als Jäger und Fährtenleser nützlich machen zu können. Die Kinder mochten sie aus unerfindlichen Gründen.

Wenn sie auf Jagd gingen, überließ ich ihnen jeweils eine Waffe mit drei Schuß, ansonsten hielt ich sie von unserem Waffenlager fern. Sie sagten, sie begriffen schon, daß sie noch Probezeit hätten. Ich fragte mich, ob ich ihnen jemals trauen würde.

Anscheinend vergaßen sie, daß ich Heiler kannte, zumindest sprachen sie das Thema nie an. Ich wehrte mich gegen den Traum, eine Ein-Frau-Rettungsoperation zu starten. Es war praktisch kaum möglich. Friedman brachte mir zu fliegen bei. Wir hatten eine zusätzliche Kraftstoffzelle von Gleitergröße, die mich nach Florida und zurückbringen konnte. Aber es war schwärmerischer Unsinn. Florida und halb Georgia beherbergten ein schießwütiges, fremdenfeindliches Irrenhaus. Selbst wenn Jeff lebte und ich genau wüßte, wo er zu finden war, würden sie mich vom Himmel schießen, bevor ich ihn erreichte.

Über eine Woche flogen wir täglich in die Stadt. Nachdem wir mehrere Kliniken durchsucht hatten, fanden wir schließlich in Bellevue ein verriegeltes Magazin, das Friedman problemlos aufsprengte. Wir brauchten mehr als einen Tag, um alle Medikamente und medizinischen Geräte – wahrscheinlich genug, um eine Kleinstadt eine ganze Generation lang gesund zu halten – nach Tarrytown zu schaffen.

Eine Schule einzurichten war eine echte Herausforderung. Tom Smith war ein brillanter Pädagoge und Organisator, aber nötiger brauchten wir einen Spezialisten für Pädagogikgeschichte – in New New hatte nie jemand Kinder aus Büchern unterrichtet. Mehrere Generationen lang waren wir aufgewachsen und hatten den Datenterminal, der unendlich geduldig war und durch Rückkopplungs-Algorithmen individuell reagierte, als wesentliches Werkzeug der grundlegenden Ausbildung gesehen. Ich war in der zehnten Klasse, als ich erstmals einen Text sah, der ohne Interaktion schlichtweg Informationen präsentierte. Und ich mußte, nach der Promotion, zur Erde fliegen, bevor ich das erste auf Papier gedruckte Buch in Händen hielt.

Wir hatten Glück und fanden in Greenwich Village ein Buchantiquariat, das sich auf alte Schulbücher spezialisiert hatte. Ich unterrichtete dreimal wöchentlich Englisch, vorwiegend Lesen und Schreiben. Der Erfolg war nicht gerade überwältigend.

Soweit ich zurückdenken kann, vermochte ich zweitausend Worte in der Minute zu lesen; die Kinder jetzt zu lehren, Wort für Wort zu lesen, war gräßlich. Und meine Handschrift ist ein kaum lesbares Kindergekrakel, so daß ich Schönschrift neu erlernen und mühsam vorführen mußte. Anfangs waren die Kinder begeistert, doch bald langweilten sie sich. Ich mußte sie versohlen, um sie wachzuhalten. Die Kollegen, die praktische Dinge unterrichteten, hatten mehr Glück.

Die Temperatur fiel nie unter den Gefrierpunkt, aber wir befolgten die vorgeschriebenen Vorsichtsmaßnahmen und pflanzten in den ersten drei Wochen nichts. Wir pflügten und düngten das Baseballfeld und holten die Sämlinge aus dem Schiff. Jeder bekam einen Teil des Gartens in persönlicher Verantwortung zugewiesen, obwohl es natürlich auch Gesamtaufgaben für diejenigen gab, die sich auf den Agrarbereich spezialisierten. (Ein Mädchen sagte, sie könnte sich nicht vorstellen, etwas zu essen, was aus dem *Dreck* käme. Die meisten lachten darüber, aber zwei andere dachten offensichtlich zum erstenmal darüber nach.)

Wir hatten einen Terminal auf Schiffsfunk, und ich begann, mich jeden Abend eine Stunde mit der Demographie von Projekt Janus zu befassen. Es war wirklich sehr angenehm, zu vertrauter Arbeit zurückzukehren, und natürlich fühlte ich mich ausgesprochen tugendsam, weil es Daniel glücklich machen würde. Jeden Tag sprach ich ein paar Minuten mit ihm oder John, bevor ich den Terminal für die Anrufe anderer freimachte.

Der Terminal war nur ein Standardkommunikator ohne Dialogtastatur, so daß wir ihn im Schulunterricht nicht einsetzen konnten (und dann würde ohnehin nur jeweils ein Schüler damit arbeiten können). Aber ich brachte Indira bei, wie sie mit seiner Hilfe Datenzugang erreichte, und sie war ganz gefesselt. Sie wußte, wie man tippt, auch wenn sie es seit Jahren nicht mehr getan hatte, und schon bald benutzte sie New News Bibliothek so selbstverständlich wie jeder andere ihres Alters, der damit großgeworden war.

Wir gewöhnten uns den Namen „Farm“ für unsere kleine Siedlung an, und es war eine laute Farm. Die Hühner unterhielten sich ständig gackernd, und die Ziegen, die noch mit eingegipsten Beinen herumhumpelten, beklagten sich bei jedem, der es hören wollte. Die Frommes fingen einen kleinen Damhirsch und bauten einen Pferch für ihn. Die Kinder waren hingerissen, die Ziegen noch mehr. Nicht lange, und wir hatten kleine Küken, und die Sämlinge begannen, wie Gemüse auszusehen.

Ein allgemeines Gefühl von Glück und Erleichterung breitete sich aus. Aus irgendeinem Grund vermochte ich es nicht zu teilen. Es ging einfach zu gut.

Charlies Wille

Jeff und Tad waren schon einige Monate auf der Insel, als die Frage aufkam. Sie saßen mit Sturm zusammen und betrachteten den Sonnenuntergang über den verwitterten Booten, die im Hafen dümpelten.

„Wißt ihr, ich fühle mich richtig überflüssig“, sagte Sturm. „Ich weiß gar nicht mehr, wie lange es her ist, seit jemand den Tod gekriegt hat.“

„Nur ein Fall, seit wir hier sind“, sagte Jeff. „Wie oft erwartet ihr ihn denn?“

„Drei- oder viermal im Jahr. Letztes Jahr hatten wir fast jeden Monat einen.“ Er warf eine Muschel zum Wasser hin und versuchte, sie auf der Oberfläche tanzen zu lassen. „Ich bin den vielen Fisch leid.“

„In manchen Orten kommt er nicht annähernd so oft.“

„Ja“, sagte Tad. „Ich habe gehört, oben im Norden gibt es Orte, wo sie ihn überhaupt nicht kriegen.“

„Klar. Und wo sind die ganzen Alten?“

„Vielleicht bleiben sie im Norden. Wo sie ihn nicht kriegen.“

„Blödsinn.“ Er warf eine zweite Muschel, und diesmal sprang sie einmal hoch. „Wer will schon so lange machen? Ich hab’ jetzt schon das Gefühl, ewig gelebt zu haben.“ In seiner Stimme ließ er entschlossenen Wagemut mitschwingen.

„Ach was“, meinte Jeff. „Du hättest doch gar nichts gegen ein paar Monate mehr.“

„Kein Wort mehr davon!“ Er schaute grübelnd, mit verkniffenem Mund, über das gleißende Wasser. „Vielleicht möchte ich, vielleicht nicht. Manchmal bin ich neugierig wegen dir, was man dabei fühlt. Du weißt verdammt viel."

„Ich war noch in der Schule, als die Bomben fielen. Ich war einunddreißig."

„Mannomann", sagte er leise und dachte eine Minute nach. „Aber du hast dauernd Schmerzen. Wenn du morgens aufstehst, kannst du kaum gehen. Das ist auch so was, was man fürs Altwerden kriegt."

„Nein, damit bin ich geboren worden. Ich habe wirklich alte Menschen gekannt, hundert Jahre alte, die keinerlei Schmerzen hatten."

„Hab' ich auch", sagte Tad. „So jung bist du doch nicht, Sturm. Hattest du keine Großeltern und so?"

„Nee. Ich meine, ich hatte natürlich welche, wie alle anderen auch. Aber ich bin in einem Heim aufgewachsen, oben in Tampa. Sie sagten, meine Mutter wäre 'ne Hure gewesen, und sie wäre gestorben, als ich noch ein Baby war. Haben sie jedenfalls gesagt." Er warf wieder eine Muschel. „Alte Leute hab' ich wohl auch gesehen, draußen. Auf der Straße. Gekannt hab' ich keine."

„Ich glaube, es hat vielleicht gar nichts mit Charlie zu tun", sagte Jeff vorsichtig. „Ich glaube, der Tod ist vielleicht nur eine Krankheit, und vielleicht kriegen die Leute sie nicht mehr."

Zu seiner Überraschung nickte Sturm. „Das hab' ich auch schon gedacht." Er sah Tad und Jeff scharf an. „Sagt es keinem – aber so stelle ich's mir vor."

„Ja", meinte Tad, „ich habe mir das auch schon gedacht. Wollte aber nichts sagen."

„Leute, bei denen ich drauf gewartet habe, daß sie's kriegen", sagte Sturm wütend. „Leute, die ich nur zu gern aufgeschnitten hätte. Und jetzt?"

„Mußt dich wohl an Fisch gewöhnen", sagte Jeff.

Sturm gab ein würgendes Geräusch von sich. „Vielleicht auch nicht. General spricht von einem Jagdausflug aufs Festland. Will ein paar Pedros zum Räuchern mitbringen."

„Immer das Gerede vom Essen", sagte Jeff und stand auf. „Ich hole mir etwas Suppe." Auch Tad stand auf.

„Macht nur", meinte Sturm lustlos. „Ich muß erst noch hungrig werden."

Sie gingen im Zwielicht zur Küche. Süßlicher Duft von Magnolien und Jasmin lag in der unbewegten Luft. „Vielleicht sollten wir besser die Klappe halten", sagte Tad.

„Nein, das war schon richtig. Es würde verdächtiger wirken, wenn wir dem Thema ausweichen."

„Was machen wir, wenn jemand zwei und zwei zusammenzählt?"

„Mein Gott, ich weiß nicht. Abstreiten."

„Jedenfalls will ich nicht verspeist werden."

„Ach . . . was spielt das für eine Rolle." Er lachte. „Wenn sie über uns herfallen, habe ich Arsen für uns. Wenn sie uns anschließend essen, bekommen wir unsere Rache."

Tad nickte ernst. „Eine gute Idee." Er trat gegen einen Kieselstein. „Weißt du, ich hab' wieder an das Boot gedacht."

„Du sprichst von Selbstmord." Um die Insel herum lagen einige Segelboote. Sie hatten davon gesprochen, die Englisch sprechenden Bahamas im Osten zu erreichen, aber keiner von ihnen hatte jemals gesegelt.

„Ach was! Und wenn es sich zuspitzt! Segeln oder von jemand verspeist werden?"

„Segeln, würde ich sagen. Und von einem Hai verspeist werden."

„General braucht nur wütend auf uns zu werden. Und er ist das verrückteste Arschloch, das ich kenne."

„Wegen ihm würde ich mir keine Sorgen machen. Als ich seinen Herpes behandelt habe, habe ich ihm gesagt, er brauche zwei Spritzen im Jahr – sonst würde ihm der Schwanz abfallen."

„Dadurch bist *du* vielleicht sicher." Plötzlich blieb er stehen und flüsterte: „Warum gibst du ihm nicht eine Spritze mit was anderem? Warum bringst du ihn nicht um? Er ist so alt, daß sich keiner was dabei denken würde."

Jeff schüttelte den Kopf. „Ich glaube, das könnte ich nicht."

„Du hast schon viele umgelegt."

„Ja, aber kein Mord."

„Mann, das wäre doch kein Mord! Er ist ein Tier, nicht mehr."

„Meinst du, sein Nachfolger wäre besser?"

„*Du* könntest es werden." Er schüttelte Jeffs Arm. „Die halbe Familie hält dich für eine Art Gott."

Jeff setzte sich wieder in Bewegung. „Die andere Hälfte will mich am Kreuz sehen. Nein, danke."

Die Suppe war eine fade Pampe aus Fisch und Bohnenbrei. Sie nahmen ihre Schüsseln mit nach draußen. Für Jeffs Gelenke war die Klimaanlage der Kantine zu kalt eingestellt.

„Du willst nicht nach Norden zurück, weil es zu kalt ist. Und ohne Boot gibt's für uns keine andere Richtung. Bleiben wir hier, hält unser Glück nicht ewig."

„Ich weiß nicht", meinte Jeff. „Wir haben viel Zeit. Die Situation könnte sich ändern."

„Viel Veränderung hab' ich nicht gesehen." Tad ging nach drinnen, um sich etwas Salz abzukratzen.

„Hast du schon mal an die Welten gedacht?" fragte Jeff, als er zurückkam.

„Ach was, die sind alle tot. Hab' ich am Tag des Kriegs im Würfel gesehen."

„Und wenn das eine Lüge war? Angenommen, sie sind nicht alle tot?"

„Ja und ? Sie kommen nicht runter zu uns, und wir kommen nicht nach oben."

„Glaubst du, sie haben den Krieg verursacht?"

„Hm? Klar, sie und der Osterhase. Es waren die Scheißsozis. Vielleicht auch wir, aber wen kümmert's?"

Jeff löffelte seine Suppe nachdenklich schweigend aus. „Sie sind noch da. Von dort habe ich den Impfstoff."

„Du willst mich verarschen. Wie bist du denn da hingekommen?"

„Ich war nicht dort. Sie haben es mit einer Robotrakete runtergeschickt. Von New New York."

„Fühlst du dich nicht wohl?"

„Es stimmt. Deshalb habe ich die Kraftstoffzelle gebraucht, damit ich mit ihnen sprechen und ihnen sagen konnte, wo sie's hinschicken sollen."

„New New York, da war das Mädchen her. Von dem Reporter, der uns das Bild gezeigt hat."

„Ja. Und ich ... ich habe mit ihr gesprochen, aus dem Krankenhaus in Plant City. Sie war nach dem Krieg sogar schon auf der Erde, in Afrika."

„Das ist wirklich wahr? Du verarschst mich nicht?"

„Es ist wahr."

„Und meinst du, sie kommt hierher? Um dich zu holen?"

„Ich glaube nicht, daß sie das kann. Sie sind in Afrika gelandet, weil es nur noch dort einen Raumhafen gibt." Er stellte die Schüssel ab und starrte in die Dunkelheit.

„Ich würde nur gern wieder Kontakt mit ihr haben. Sie wissen lassen, daß ich noch lebe. Deshalb war ich so lange bei Reporter in der Bibliothek – ich hatte gehofft, ich könnte die Parabolantenne reparieren und mit ihnen sprechen."

„Mit der Antenne ist doch alles in Ordnung."

„Draußen schon. Aber drinnen ist alles zertrümmert worden. Aber ich glaube, ich kann genug über Elektronik lernen, um einen einfachen Sender zusammenzuflicken. Wir haben sämtliche Materialien hier und reichlich Energie."

„Okay", sagte Tad langsam. „Dann sprichst du also mit deinem Mädchen. Aber das löst nichts. Wir riskieren immer noch 'ne Menge, wenn wir hierbleiben. Täglich mehr."

„Vielleicht nicht, vielleicht nicht." Die Tür hinter ihnen öffnete sich, Elsie die Kuh zwängte sich durch den Rahmen. Sie war größer als Jeff und wog doppelt soviel. Ihr Gesicht war breitflächig und derb, und ihr wuchs ein schattiger Bart.

„Warme Nacht", sagte sie und setzte sich schwerfällig zwischen ihnen auf die Treppe. Auf dem Schoß balancierte sie einen Eimer mit Suppe, die sie geräuschvoll mit einem großen Küchenlöffel umrührte.

„Komm, Elsie", sagte Jeff. „Das hier sind Männergespräche."

„Du bist ein Mann", sagte sie und schlürfte von der Löffelkelle. „Er ist nur 'n Junge. Alle sind Jungen."

„Wir unterhalten uns", sagte Tad. „Willst du, daß ich dich schlage?"

„Das ist nicht eure Treppe. Wenn ihr reden wollt, geht woanders hin."

Jeff stand auf. „Ich habe sowieso genug von dem Zeug."

„Ja." Sie brachten beide ihre Schüsseln in die Küche und gingen zur Hintertür hinaus. Draußen schlugen sie die Richtung zum verlassenen Südteil der Insel ein, zu dem aufgegebenen Marinestützpunkt.

„Hast du einen Plan?" fragte Tad.

„Nicht richtig. Nur ein paar Ideen." Sie schlenderten über den zerstörten Gehweg. Es schien kein Mond, und in diesem Teil der Stadt waren alle Straßenlaternen aus. „Sieh es doch einmal so: Die ältesten hier waren bei Kriegsausbruch dreizehn oder vierzehn. Alt genug, um die Politik zu verfolgen."

„Für einige, ja. Aber wir sind hier in Florida."

„Und wenn wir die Karten auf den Tisch legen und alles erklären? Das mit dem Krieg und daß der Tod durch biologische Kampfmittel verursacht wurde. Viele von ihnen würden sich unserer Meinung anschließen ... die meisten würden zumindest begreifen, und selbst wenn nicht ..."

„Ja, ja, und einer sagt ein falsches Wort, und wir sind Frischfleisch. Führt kein Weg vorbei."

„Wir müssen also erst an die richtigen Leute heran. An die, die Macht haben."

„General, Major und Hotbox? Die sind alle beknackt. Und hungrig – sag' was gegen Charlie, und schon landen wir in der Pfanne."

„Und Sturm? Er ist offenbar bereit."

„Ja, aber er hat sich noch nie gegen einen von ihnen gestellt. Er hat eine sichere Stellung und ist darauf aus, sie zu behalten."

„Ein schwieriges Problem", gab Jeff zu. „Ein weiterer Grund, mit den Raumlingen in Kontakt zu treten. Sie haben viele Leute, die eine spezielle Ausbildung haben und mit Heranwachsenden und Irren umgehen können. Vielleicht könnten Psychiater uns weiterhelfen."

„Was sollen sie raten, was du nicht kannst? Mann, du hast den größten Teil deines Lebens in der Schule verbracht."

„Hauptsächlich Kriminologie, ein bißchen Verwaltung und Management. Diese Dingos sind Mörder, Kannibalen und Sadisten, aber sie sind keine Verbrecher. Nach den Maßstäben ihrer Umgebung sind sie *normal.* Was ich über den Umgang mit Menschen weiß, läßt sich hier einfach nicht anwenden."

„Ich meine, wir sollten uns verdrücken. Noch zwei Monate, ohne daß einer den Tod kriegt, dann geht's los. Sie sind dumm, aber nicht *so* dumm." Er stolperte, fluchte. „Wenn es einen hier gibt, der dumm ist, dann bist *du* das. Warum hast du General und Major das Serum gespritzt? Sie wären als erste hopsgegangen."

„Das wäre dasselbe wie Mord gewesen."

„Scheiße, ich begreife dich einfach nicht." An den Marinedocks flackerte ein bleiches Licht. Sie gingen in seine Richtung. „Tja, Hotbox ... Ich würde sie selbst gern mal bumsen."

Jeff lachte. „Frag sie."

„Meinst du, das hab' ich nicht? Christus und Charlie!" Sie schlenderten zu dem trüben Lichtfleck. Es war ein unheimlicher Ort. Die riesigen Kriegsschiffe ragten als verschwommene Schatten über ihnen; es knarrte und roch nach öligem Rost. Eine eingemottete Flotte, einige der Schiffe waren schon fast hundert Jahre nicht mehr im Dienst.

„Zu schade, daß wir keins von denen nehmen können", sagte Tad. „Wir könnten ..."

„Wohin nehmen?" Sturm trat leise aus dem Schatten. Er war barfuß und hielt eine Pistole. „Ich bin seit der Duval Street hinter euch. Ich glaub', ihr müßt mir einiges erklären."

5

Ich bekenne mich zu einer Anzahl persönlicher Schwächen, von denen keine dramatisch ist, aber ich hätte nie gedacht, daß Eifersucht zu meinem Repertoire gehört. Am wenigstens sexuelle Eifersucht, da meine Männer und ich von Anfang an, wie üblich, festgelegt hatten, daß wir alle die Freiheit besäßen zu tun, was auch immer wir mit wem auch immer tun wollten. Aber als ich die Nachricht erhielt, überkam mich plötzlich dieses fremde Gefühl.

Daniel bat darum, Evelyn Ten zu heiraten. John legte kein Veto ein. Ich sagte ihm, ich müßte darüber nachdenken, schaltete hastig den Monitor ab und schockierte Sam Wasserman mit meinem Vokabular. Ich ging in den Garten hinaus, um nachzudenken. Um innerlich zu brodeln.

Ich kannte Evelyn schon, als sie noch ein Kind war. Sie ist Ahmeds Enkelin, der geborene Charme, begabt, aber bescheiden. Dazu jung und ziemlich hübsch, was, wie ich eingestehen mußte, das eigentliche Problem war. Das erstere war ich nicht mehr, das letztere war ich nie gewesen.

Laß den Hühnerstall sechs Wochen ohne Aufsicht, und schon geht der gottverdammte Hahn auf Freiersfüßen. Nun ja, ich wußte, daß es tiefer lag, es hatte sich über zwei Jahre aufgebaut.

Ich verbrachte mehr Zeit mit John und genoß den Sex mit ihm mehr, obwohl Daniel die bessere Technik und die bessere Ausstattung hatte. Sex selbst war wahrscheinlich nicht das wesentliche. Ich hatte ihm in letzter Zeit wenig Zuneigung geschenkt und auch wenig von ihm gewollt. Wenn ich eine Schulter brauchte, war ich immer zu John gegangen.

Ich hatte eigentlich nur zwei Wahlmöglichkeiten: Ich konnte Evelyn gestatten, sich dem Stamm anzuschließen, oder Daniel bitten, ihn zu verlassen. Ich sah keine Möglichkeit, Evelyn abzuweisen und gleichzeitig Daniel zu behalten. Es lief also wirklich auf die Frage hinaus, ob ich Daniel genug liebte, um ihn zu teilen. Oder so wenig, daß es mich kaltließ. Ich prüfte mich gründlich, dann ging ich zum Monitor zurück, rief Evelyn an und hieß sie in unserer Familie willkommen. Ich bat sie, Daniel mein Einverständnis und liebe Grüße zu übermitteln – ich könnte den Monitor nicht in Beschlag nehmen. Konnte ich natürlich doch.

Statt dessen ging ich in den inzwischen dunklen Garten, setzte mich auf die feuchte Erde und lauschte dem Wachsen. In der Luft lag ein Hauch von wildem Geißblatt, der mich anwiderte.

Es war nicht wie Frühling. Unter anderen Umständen hätte sie meine Tochter sein können (nicht so hübsch und leichter gebaut). Ich glaube, die Eifersucht schwand dort im Garten, wurde jedoch durch ein leeres, kaltes Gefühl der Sterblichkeit ersetzt. Schließlich weinte ich, aber ich glaube, nicht wegen Daniel. Ich glaube, ich weinte, weil letztlich alles starb.

Ich hatte den verzweifelten – nicht unbedingt erotischen – Wunsch, mir einen jungen, gelenkigen Penis zu suchen. Rocky oder Sam. Ich stand sogar auf und ging in Richtung der Hütte, in der Rocky schlief, aber an dem Ziegelpfad drehte ich mich um. Vielleicht war er nicht allein. Oder er könnte nein sagen.

Am nächsten Tag war Schichtwechsel. Ahmed war während der letzten Woche bei der Mercedes gewesen. Er kam zur Farm zurück, und wir überdehnten die Politik der Nahrungsmitteltrennung um eine Flasche Gin. Schließlich bekommt man nicht jeden Tag einen neuen Ehepartner.

Er war glücklich, aber wegen ihres Alters ein wenig besorgt. Für einen Ten war es außerdem ungewöhnlich, außerhalb des Stamms zu heiraten, der seine Herkunft bis ins Afrika des siebzehnten Jahrhunderts zurückverfolgte. Ahmed selbst war dafür, da der Krieg New News Genpool eingefroren hatte.

Die Heirat machte mich zur indirekten Verwandten der einzigen Nachkriegsergänzung dieses Genpools: Insila, das Mädchen, das wir aus Zaire mitgebracht hatten. Ahmed hatte sie adoptiert, sobald sie aus der Isolation kam.

Bis wir zum Grund der Flasche kamen, hatte er mir ein halbes Dutzend unflätiger Sätze auf suaheli beigebracht, mit der ich Evelyn verblüffen würde. Ich hatte Nachtdienst und ließ mir von Dr. Long eine Toloxinamid-Injektion geben, die alle Leiden eines Katers in zehn Minuten konzentrierten Elends komprimiert, denen reuevolle Klarheit folgt.

Ich teilte die Schicht wieder mit Sam, der immer gute Gesellschaft bedeutete. Ich hatte ihn als eine Art Joker ausgewählt. Mit achtzehn hatte er ein Zertifikat in Mathematik und fast schon ein zweites in Histographie. Er komponierte volkstümliche Balladen und hatte letzten Sommer eine Einführung in die Infinitesimalrechnung für junge Leute verfaßt. Großen Ehrgeiz im herkömmlichen Sinne besaß er nicht. Ihm war eine Branchenausbildung angeboten worden, und er hatte sie mit dem Hinweis abgelehnt, er würde lieber bis zum Start von Janus in der Schule bleiben. So war ich ursprünglich auf ihn gestoßen: Sein Name stand unter den ersten zehn, als ich mit Computerhilfe einen Teilzeit-Schiffshistoriker suchte.

Nachts gab es bis auf Wachbleiben eigentlich nichts zu tun.

Das „Nervenzentrum“ der Farm war ursprünglich das Büro des Platzwarts. Es lag auf einer sanften Anhöhe und gab uns einen Überblick über das gesamte Areal. Wir hatten den Monitor dort und dazu ein reines Audio-Kommunikationssystem, das Ingred Munkelt behelfsmäßig konstruiert hatte. Wenn sich etwas Verdächtiges ereignete, konnten wir einen Schalter umlegen, wodurch das ganze Areal mit Licht überflutet wurde. Ein zweiter Schalter löste eine Alarmklingel in jedem Schlafzimmer sowie im Schlafsaal aus und entriegelte die Waffenkammer. Neben der Tür hatten wir einen Laser und ein Schrotgewehr. Sonst besaß nur Friedman eine Waffe. Wir hatten beschlossen, die übrigen unter Verschluß zu halten, um Unfälle zu vermeiden und die Mordrate nahe Null zu halten.

Wir redeten zwei Stunden über Geschichte und Histographie und spielten eine Partie Märchenschach. Er gab mir eine Tonnendame vor und gewann dennoch in fünfzehn Minuten. Und während ich die Figuren wegräumte, demonstrierte er ein weiteres Talent: Telepathie.

„Hm, weißt du, ich habe gestern dein Gespräch mit deinem Mann mitgehört. Du warst ganz schön erregt.“

„Überrascht. Ja, erregt. Und ich bin's immer noch ein bißchen.“

„Ich mache dir keinen Vorwurf. Ich habe mich, hm, nur gefragt, ob du vielleicht . . . hm, ob dein Stamm zuläßt, hm . . .“ Er begann, das höfliche Fingerzeichen zu machen und legte dann seine Hand sanft auf meinen Arm. Sie war feucht und kalt. „Möchtest du mit mir als Freund schlafen?“ fragte er hastig. „Ich dachte, es hilft vielleicht.“

„Es würde sehr helfen.“ Ich legte meine Hand auf seine. „Du weißt, wie alt ich bin?“

„Sicher.“ Er lachte nervös. „Ich mag das. Bei Frauen in meinem Alter finde ich nichts, worüber ich mich unterhalten kann.“ Er warf einen Blick durch den Raum. „Soll ich die Jalousien schließen?“

Ich versuchte, ein Lachen zu unterdrücken. „Warten wir bis nach der Schicht, okay? Nur noch eineinhalb Stunden.“ Er willigte mit einem gewinnenden Blick echter Pein ein.

Jungen seines Alters sollten keine enge Kleidung tragen.

Galina und Ingred, die uns ablösten, können seine Erektion kaum übersehen haben. Sie setzten ein Pokergesicht auf, aber Galina zwinkerte mir spitzbübisch zu, als wir hinausgingen.

Der erste Durchgang fiel erwartungsgemäß kurz aus, aber Sams Beharrungskräfte waren selbst für einen jungen Mann eindrucksvoll. Nach dem vierten Mal schlief er, immer noch in mir, neben mir ein. Es war mein erster tiefer, ungestörter Schlaf seit einem Monat.

Sam war in der weiblichen Geographie auffallend schlecht bewandert. Er gestand, Mädchen erst vor einem Jahr entdeckt zu haben, nachdem er mehrere Jahre eine Liebesbeziehung mit einem älteren Mann, einem seiner Lehrer, gehabt hatte. Welche Vergeudung natürlicher Ressourcen!

Am nächsten Tag begannen wir, ein Rekrutierungsprogramm auszuarbeiten. Unsere Bemühungen hier wären höchst trivial, wenn nur sechzehn Menschen davon profitierten. Wir kamen zu dem Schluß, vorwiegend Einzelgänger und Zweier- oder Dreiergruppen zu suchen. Wenn wir versuchten, eine große Gruppe zu assimilieren, könnte es nach unserem Abflug zu Machtkämpfen kommen.

Ich stellte mir vor, wie die Farm zu einer kleinen Stadt heranwuchs; Tausende Menschen, landwirtschaftlich Selbstversorger und doch nahe genug bei New York, um aus der Großstadt Nutzen zu ziehen und als Kern für ihren künftigen Wiederaufbau zu dienen. Eines Tages wollte ich zurückkehren und sehen, wie die Stadt vor Energie knisterte.

Über dieses Fernziel gab es Meinungsverschiedenheiten. Die Opposition wurde von Carrie Marchand angeführt. Viele Menschen hielten Großstädte für überholt, sie glaubten, in Großstädten zu leben sei mitverantwortlich für die Geisteskrankheit, die Krieg ermöglicht. Eine seltsame Betrachtungsweise für jemanden, der in einer übergroßen Konservendose aufgewachsen ist, aber sie war nie in New York, London, Paris oder Tokio gewesen, wie sie vor dem Krieg waren. Als ich dieses Argument aussprach, wurde mir bewußt, daß nur eine Handvoll Erwachsener jemals in einer wirklichen Großstadt gewesen war. Ich fühlte mich dadurch eher einsam denn einzigartig. Und ich mußte zugeben, daß die Erfahrung mein Urteil deutlich färbte.

Carrie vertrat ihre Sache gut, doch meine Seite obsiegte. Boß zu sein vereinfacht den Diskussionsprozeß.

Im ersten Stadium mußte die Rekrutierung ausgesprochen selektiv sein. Wir druckten einige hundert Flugblätter, auf denen wir beschrieben, wer wir waren und wie man mit uns in Kontakt kam, und legten sie an auffallenden Stellen in Buchläden und Bibliotheken aus. Die Lage der Farm machten wir nicht exakt bekannt, sondern versprachen, die Bewerber an jedem klaren Tag mittags an der U-Bahn-Station Ossning abzuholen.

Wir verteilten die Flugblätter über mehrere hundert Quadratkilometer, aber fast eine Woche sah es nach vertaner Liebesmüh aus. Jeden Mittag flogen Friedman und ich den Schulbus einige Kilometer landeinwärts, kreisten dann im Süden Ossnings und pirschten uns an die Station heran. Am fünften Tag kamen drei Rekruten, ebenso vorsichtig wie wir, aus den Büschen, als wir gelandet waren.

Während der nächsten elf Tage bekamen wir jeden Tag zwei oder drei Neue. Am 16. März, dem achten Jahrestag des Kriegs, kam der Rückschlag.

Einer der neuen Rekruten verschwand nachts. Eine Stunde vor dem Morgengrauen kam er mit zwei Dutzend schwerbewaffneten Kameraden zurück.

Die Schüsse weckten mich einen Sekundenbruchteil bevor die Alarmklingel rasselte. Harry Volker und Albert Long hatten Wachdienst – einem von ihnen gelang es, den Notfallschalter umzulegen, bevor er starb. Die Angreifer waren schießend durch beide Türen eingedrungen.

Offenbar hatten sie nicht gewußt, wo das Waffenlager war, dadurch wurde das Blutbad keine einseitige Sache. Friedman hielt sie mit seinem Laser auf Distanz, während Waffen durch den Schlafsaal gereicht wurden. Dann gab es ein schreckliches allgemeines Gemetzel, bei dem unsere Kinder und ihre Kinder sich in der goldenen Dämmerung gegenseitig niedermähten. Sam und ich sahen hilflos durch mein Hüttenfenster zu. Keiner von uns war so tollkühn, zum Waffenkeller hinüberzulaufen. Wir rückten einen Schrank vor die Tür und betrachteten durch die Jalousien, wie der Krieg ausgefochten wurde.

Den Vormittag verbrachten wir damit, Leichen und Leichenteile zusammenzusuchen und zu begraben. Es gab dreiundzwanzig Opfer auf ihrer Seite und elf bei uns – acht Kinder, die beiden von der Wachschicht und Sara O'Brien.

Saras Leiche wurde zuletzt gefunden. Zum Glück, denn bis dahin waren wir völlig abgestumpft. Wir folgten dem Summen der Fliegen. Hinter einigen Büschen sah ihre Leiche zuerst aus wie ein Haufen rohen Fleisches. Sie hatten ihr Kopf, Gliedmaßen und Brüste abgehackt und alles aufgehäuft. Den Rumpf hatten sie vom Bauch bis zum Herzen aufgeschlitzt und die inneren Organe verstreut. Sie sah aus wie die schauerliche Montage, die ein Kind produzieren könnte, wenn es sich mit einer Schere über ein anatomisches Diagramm hermacht.

Jetzt erfaßte mich das Schuldgefühl erst richtig. Sara war ein so netter Mensch gewesen, hatte Kinder mit sentimentaler Hingabe geliebt. Sie war unser bester Lehrer für die ganz Kleinen gewesen, weil ihre Liebe die Kinder ansteckte und sie alles tun würden, um ihr Enttäuschungen zu ersparen. Sie hatte drei Töchter und einen Sohn in New New. Was konnte ich ihnen sagen? Ich hatte eure Mutter als Reservepilot ausgewählt, weil ihr Psychoprofil zeigte, daß sie phantastisch mit Kindern umzugehen wußte. Tut mir wirklich leid, daß sie in blutigen Fetzen endete. Nächstes Mal baue ich als erstes einen Zaun.

In gewisser Weise waren diejenigen, die weniger offenkundig tot waren, noch schlimmer. Einige, die vom Laser getötet worden waren, hatten nur einen verkohlten Fleck auf der Kleidung. Sie wirkten wie schlafend – bis auf ihre Füße. Aus irgendeinem Grund scheinen Tote ihre Füße in unbequeme Stellungen zu verrenken.

6

Niemand machte mir wegen des Blutbads Vorwürfe. Vielleicht nur ich selbst: Ich hätte das Schlimmste erwarten und der Verteidigung höchste Priorität geben müssen. Von allen Erwachsenen hatte ich die meiste Erfahrung mit dieser besonderen Art von Irrsinn; Friedman verstand mehr vom Krieg, war aber nie in einem gewesen – außer, wie alle anderen, als Zielscheibe. Ich wußte, es war Energieverschwendung, sich jetzt gegenseitig zu beschuldigen, aber ich mußte Pillen einnehmen, um einschlafen zu können.

Die beiden nächsten Wochen verbrachten wir in wilder Hektik, um die Farm in ein Wehrlager zu verwandeln. Wir umbauten das Areal mit zwei konzentrischen Kreisen starker Pfosten und verspannten zwischen ihnen ein kompliziertes Netz aus straffem Rasiermesserdraht, ein Material, mit dem zu arbeiten schwierig und gefährlich war. Nur zwei der Kinder waren stark genug, dabei zu helfen. Drei Leuten wurden in unachtsamen Momenten Finger abgetrennt. Dr. Itoh konnte sie mit provisorischen Knochentransplantaten wieder anfügen, aber sie müssen in New New erneut behandelt werden, wenn die Opfer ihre Finger jemals wieder normal benutzen wollen. Ich streifte auch einmal den Draht, als ich mich an der Nase kratzen wollte, und schälte mir ein Hautstück von Tortenstückgröße vom Unterarm. Es floß beeindruckend viel Blut. Itoh heftete den Hautfetzen wieder an, aber jetzt fühle ich an der Stelle nur noch prickelnde Taubheit.

Während wir den Zaun bauten, hoben die Kinder in gleichmäßigen Abständen sechzehn Bunker aus, und mit einiger Beklommenheit erlaubte ich, daß die Löcher mit Waffen und Munition bestückt wurden. Das Gemetzel hatte aber auch ernüchternde Wirkung, und die Kinder behandelten die Waffen mit übertriebener Vorsicht.

Der Zaun wies keine Lücke auf. Für einige Zeit war die Farm nur mit Hilfe eines Gleiters zu verlassen oder zu betreten. Wir fanden einen zweiten, einen Frachter, und brachten Indira und zwei anderen bei, ihn zu fliegen. Sie brachten die Fromme-Brüder zu täglichen Jagdausflügen hinaus, die gleichzeitig Aufklärungsstreifzüge waren: Sie versuchten, große Gruppen von Kindern aufzuspüren, bevor sie uns fanden.

Friedman, stets ein Quell guter Nachrichten, wies darauf hin, daß der Draht uns wohl vor einem wiederholten Angriff gleicher Art schützte, aber kein großes Hindernis wäre, falls es auch anderen gelungen war, ein Waffenlager aufzubrechen.

Wenige Sekunden konzentriertes Laserfeuer würden ein Loch in den Zaun schmelzen, und auch einer Sprengstoffattacke könnte er nicht widerstehen.

Ich fragte mich, ob die Situation ein Mikrokosmos der nahen Zukunft wäre – einige wenige Menschen, die in ängstlicher Isolation gut lebten. Vielleicht war dies für eine Zeit unvermeidbar, aber ich konnte hoffen, daß das nur für eine Periode des Übergangs galt und nicht als grausige neue Ordnung.

Die Brutalität des Angriffs und die Gleichgültigkeit, die die Kinder dem Tod gegenüber an den Tag legten, brachten mich zu der Überlegung, ob Jeff sich vielleicht mit der Annahme irrte, Charlies Country erstreckte sich nur bis Georgia. Keins der Kinder auf der Farm hatte vor der Ankunft der Frommes je davon gehört, aber vielleicht war es ein Verhaltensmuster, das sich unabhängig von Mansons verrücktem Geschreibe entwikkelte. Ich sprach mit Dr. Long, der sich vor dem Krieg auf Kinderpsychologie spezialisiert hatte, aber er war keine große Hilfe. Schließlich hatte auch die desolateste Vorkriegskultur nicht annähernd den Hintergrund hilfloser Verzweiflung, den diese Kinder erlitten. Seine Praxis war auf in New New aufgewachsene Kinder beschränkt gewesen, und nur gelegentlich schuf ein Einwandererkind eine Abwechslung. Mehr Bettnässen als Massenmord.

Als das neue Problem einsetzte, hielten wir es zuerst für eine Reaktion auf die Belastung, auf die Isolation und die Anspannung durch ein Leben innerhalb des Rasiermesserwalls. Wir steigerten die Zeit, die jeder draußen verbrachte, und organisierten Forschungsausflüge, um den Kleinen etwas zu tun zu geben. Aber sie wurden ständig gereizter und schwer zu kontrollieren, und die Ärzte verbrachten lange Tage damit, vage Beschwerden zu behandeln.

Und dann wurde Indira krank. Eines Morgens blieb sie im Bett, und als wir sie wachrüttelten, brabbelte sie zusammenhanglosen Unsinn. Sie konnte ihre Schließmuskeln nicht kontrollieren und wollte nicht essen. Wir verwandelten meine Kabine in ein Krankenzimmer und ernährten sie intravenös, während die Ärzte und Harry Volker Tests durchführten. Sie standen in ständiger Verbindung mit Medizinern in New New, die aber nur das Offenkundige bestätigen konnten: Es war der Tod. Niemand konnte etwas unternehmen.

Um sicherzugehen, hatten wir an unserem ersten Tag hier jeden mit unserem Serum geimpft. Entweder hatte es bei Indira nicht gewirkt, oder es war überhaupt wirkungslos. Was bedeutete, daß wir alle todgeweiht wären.

Tishkyevich fand die Antwort. Wir hatten zwar kein komplettes Med-Labor, aber sie konnte von Indira, den anderen Kindern und uns Blutproben nehmen und wachstumsangeregte Krankheitskulturen miteinander vergleichen. Indira und die Kinder hatten eine mutierte Form des Tods, doch von uns war keiner krank. Es war eine Erleichterung, aber verblüffend. Dann kam Galina auf die Wahrheit: Wir hatten sie ihnen gegeben. Außer Rocky, Friedman, Ahmed und mir war keiner aus unserer Gruppe schon auf der Erde gewesen, die meisten repräsentierten mehrere Generationen biologischer Isolierung vom Heimatplanten. Als der Virus sich in unseren Lungen niederließ, fand er eine eigenartige, neue Ökologie. Beim Versuch, sich einem von uns oder allen anzupassen, veränderte er sich.

Wir waren offenbar auf die gleiche Weise wie vor anderen Erdkrankheiten geschützt. Der Virus konnte in unserem massiv immunisierten Körpersystem nicht überleben, aber bevor er abstarb, geriet einiges nach draußen und reinfizierte die Kinder.

Die Wissenschaftler in New New bestätigten Galinas Erklärung. Sie sagten außerdem, es wäre einfach, ein der Mutation spezifisches Antigen herzustellen, wenn wir eine Blutprobe mitbrächten.

Während dies vor sich ging, waren keine Kinder in der Nähe. Das war gut. Wir mußten aufbrechen, und zwar schnell, und möglichst nicht in einem Kugelhagel.

Es war irrational, aber ich verspürte den Wunsch zu bleiben, bis Indira starb. Ich hatte das Gefühl, sie im Stich zu lassen. Aber wir konnten wirklich nichts tun, und vielleicht lebte sie noch eine Woche oder länger. Um zwei Uhr morgens trafen wir uns im dichten Regen am Schulbus und schwebten davon.

Wir ließen den Monitor zurück, damit wir von der Mercedes aus anrufen und erklären konnten, was geschehen war und daß ein neues Serum in zwei Wochen kommen würde. Unglücklicherweise war Horace Fromme der erste, der das Piepen hörte und in das Krankenzimmer kam. Er blickte verständnislos auf den Schirm, während ich redete, und plötzlich kippte sein Bild, rutschte weg, und dann war mein Schirm tot. Er hatte den Tisch mit dem Monitor darauf umgeworfen.

Mehr konnten wir nicht tun, und länger zu bleiben könnte gefährlich werden. Es wurde hell, der andere Gleiter konnte Kennedy in einer halben Stunde erreichen, und zwar mit ausreichender Bewaffnung, um die Mercedes in kleine Metallfetzen zu verwandeln. Wir schnallten uns an und starteten. Alles war so schnell gegangen. Erst in der Umlaufbahn traf mich die Erkenntnis: Dieser Teil meines Lebens war vorüber. Ich würde nie wieder zur Erde zurückkehren. Selbst wenn Jeff noch lebte, würde ich ihn nie wiedersehen.

Charlies Wille

Sturm hörte schweigend mehrere Minuten zu, während Jeff erklärte, wie der Impfstoff wirkte, woher er kam und wie er ihn im Süden Floridas verbreitet hatte. Sturm ließ die Pistole locker an der Seite baumeln.

„Angenommen, es ist so, wie du sagst", meinte er schließlich. „Eins kapiere ich nicht: Wieso machen sich die Raumlinge die Mühe? Wieso machst *du* dir die Mühe?"

„Die Welten brauchen uns", sagte Jeff. „Ohne die Erde ist es ihnen schlechtgegangen."

„Aber du? Du könntest doch an einem ruhigen Plätzchen bleiben und die Leute verarzten."

„Er hat die Kälte nicht vertragen", sprang Tad ein. „Mußte so weit wie möglich nach Süden."

Stirnrunzelnd kratzte Sturm sich am Kinn. „Aber du brauchst noch lange nicht jeden zu impfen. Warum hast du das riskiert?"

„Einsamkeit", antwortete Jeff. „Ich kann vielleicht noch achtzig Jahre leben. Ich will Gesellschaft."

Sturm schüttelte den Kopf. „Teufel auch!" Er steckte die

Schrotpistole in die Tasche. „Im Moment will ich euch mal glauben. Aber muß ich es geheimhalten?“

„So lange wie möglich“, erwiderte Jeff. „Wenn alle graue Haare kriegen, werden sie’s wahrscheinlich begreifen.“

Am nächsten Tag brach General mit einem Kampftrupp nach Ciudad Miami – dem Krater, der früher Miami war – auf, um Fleisch zu beschaffen. Jeff hielt wie gewöhnlich Sprechstunde und zog sich dann in die Bibliothek der Medienuniversität zurück.

Elektronik zu studieren bedeutete etwas anderes als die praktischen Probleme, auf die er vor Jahren gestoßen war, als er versuchte, sich in Medizin fortzubilden. Die Universität hatte ein funktionierendes Datenbasissystem, so daß er sich nicht auf antike Bücher verlassen mußte. Sein Hauptproblem war ein absoluter Talentmangel. In seinem zweiten Jahr auf dem College hatte er eine Einführungsübung in Physik belegt und war vor dem ersten Test zur Chemie gewechselt.

Jetzt mühte er sich beharrlich durch die Rätsel von Widerständen und Kondensatoren. Er war sich nur schemenhaft bewußt, wieviel Arbeit noch vor ihm lag, bevor er zur Quantenelektronik vordringen würde, die er brauchte, um den Sender zu reparieren. Daß er die Texte nicht ausdrucken konnte, war frustrierend. Er hatte ein umfassendes Schaltdiagramm des Senders, über hundert Seiten Hieroglyphen, und immer, wenn er ein neues Symbol lernte, mußte er das Heft durchblättern und alles einkreisen, was so ähnlich aussah. Er hoffte, eine Art Gesamtverständnis der Struktur des Geräts zu entwickeln, aber bislang hatte er nur eine wahllose Ansammlung von Kauderwelschs.

Tad und Sturm waren natürlich keine Hilfe, und Reporter war eindeutig eine Belastung. Er kam ständig, um Jeff zuzuschauen, und brabbelte alberne Fragen und zusammenhanglose Bemerkungen. Jeff machte ihm vor, er wolle versuchen, die medizinischen Geräte in der Klinik zu verstehen, deshalb mußte er ihm immer wieder einigermaßen überzeugenden Unsinn vorsetzen, was seiner Konzentration bei der Arbeit nicht gerade förderlich war.

Aber nachmittags machte Reporter immer ein Nickerchen,

was Jeff ab und zu Gelegenheit gab, zum Senderraum zu schleichen und an den Geräten zu koordinieren versuchen, was er gerade lernte. Ganze Schaltbretter waren noch intakt, und ihm gelang, fast die Hälfte mit Seiten in dem Diagrammheft in Einklang zu bringen. Die Geräte, die zerschmettert den Boden übersäten, enthielten zweifellos vieles, was noch verwendbar war, zudem gab es einen Schrank mit Ersatzteilen. Ein tüchtiger Elektroingenieur könnte wahrscheinlich innerhalb eines Nachmittags nur mit einem Schraubenzieher bewaffnet einen leidlich brauchbaren Sender basteln. Jeff hoffte, es noch vor der Jahrhundertwende zu schaffen.

Jeff und Tad waren in der Bibliothek – Jeff studierte Schaltkreise, und Tad sah sich zusammen mit Reporter einen alten Tierpornofilm an –, als ein Bote kam und die beiden aufforderte, zusammen mit Sturm sofort in die Stadt zu kommen. General sei zurück und brauche einen Rat.

Unter Schmerzen bestieg Jeff ein Fahrrad und verfluchte zum tausendstenmal Holy Joe, der Gleiter als gotteslästerlich verdammt und sie alle ohne Piloten über den Horizont geschickt hatte. Sie hielten an dem Kirchen/Gefängnis-Bau und weckten Sturm.

General saß auf den Rathausstufen. Neben ihm lag Hotbox, den Kopf in seinem Schoß. Als sie näher kamen, schob er sie fort und stand auf.

„Kommt mit rein“, sagte er lächelnd. „Da ist jemand, den ihr sicher kennenlernen wollt.“

In der Halle stand mit gebundenen Füßen Mary Sue, die Älteste der Familie, die Tad zurückgelassen hatte. Ihr Gesicht war verquollen. „Das ist er“, sagte sie. „Heiler. Er hindert die Leute daran, den Tod zu kriegen.“

„Sturm“, sagte General. „Pack ihn!“

Sturm legte eine Hand auf Jeffs Arm. „Moment mal“, sagte er. „Wer ist die Fotze?“

„Sie hat mal zu ihm gehört“, antwortete er und nickte in Tads Richtung. „Er hat es auch.“

„Ich hab’ Leute getroffen, die von Atlanta runtergekommen sind“, sagte sie. „Sie kriegen den Tod nicht mehr. Das wären die Spritzen von den Himmelsleuten, den Raumlingen, sagen sie. Er ist einer von denen. Wir sind euch beiden gefolgt. Überall, wo ihr wart, kriegt keiner mehr den Tod, seit ihr denen Spritzen gegeben habt, Typhusspritzen."

„Ich habe die Erde nie verlassen", sagte Jeff. „Ich bin kein Raumling."

„Aber du steckst mit denen zusammen", sagte sie. „Die Medizin kommt inner Rakete runter. Haben die Leute gesehen."

„Es stimmt, nicht?" wollte General wissen.

Jeff zögerte. „Im Grunde ja. Aber Tad hat nichts damit zu tun. New New York hat mir die Medizin geschickt, und ich habe sie Tausenden von Menschen gegeben. Niemand hier wird mehr den Tod bekommen. Wenn ihr wollt, könnt ihr eine normale Lebensspanne leben."

„Was ist normal?"

„Hundertundzwanzig, plus-minus."

Aus Generals Kehle drang ein gepreßtes Knurren. „Leg ihn um!"

Sturm regte sich nicht. „Vielleicht sollten wir ..."

„Du legst ihn um! Auf der Stelle!"

Der Priester zog seine Schrotpistole aus der Tasche und stieß Jeff grob auf die Knie. Er hielt die Mündung an seinen Kopf. „Möchtest du zu Christus und Charlie beten?" fragte er mit schwankender Stimme.

Jeff hatte die Augen fest geschlossen und die Zähne aufeinandergepreßt. „Die können mich beide am Arsch", sagte er vernehmlich.

„Du ...!" General holte zum Tritt aus. Sturm schwenkte die Pistole und feuerte auf kurze Distanz. Die Metallsplitter rissen ein tiefes Loch in Generals Brust. Er taumelte einige Schritte nach hinten, rutschte in seinem eigenen Blut und stürzte. Mary Sue war rotbespritzt, reagierte aber nicht.

Sturm hörte ein Geräusch und fuhr herum. Hotbox versuchte, die Tür zu öffnen und gleichzeitig eine Pistole zu spannen. Er feuerte, und sie fiel in einem Schauer aus Glas und Blut auf die Stufen.

„Steh auf, steh auf!" Sturm legte eine Hand unter Jeffs Arm und zog ihn hoch. „Wir müssen euch beiden Waffen besorgen –

um uns Major vorzunehmen. Wenn wir ihn erwischen, haben wir sie wahrscheinlich in der Hand."

„Braucht ihr nicht", sagte Mary Sue sachlich. „Er ist da hinten, ausgeweidet und geräuchert."

„Was hat er gemacht?"

„In Islamorada hat er zu General gesagt, die meisten Jungen wollten nicht, daß Heiler umgelegt wird. Da hat General *ihn* umgelegt."

„Stimmt das?" fragte Jeff. „Das mit den anderen?"

„Glaub' schon. Die meisten sind weggelaufen." Sie leckte das Blut auf ihren Lippen. „Christus und Charlie. Es ergibt einfach keinen Sinn."

7

Die Menschen hatten nicht mehr die gleiche panische Angst vor einer Ansteckung, trotzdem verbrachten wir eine Woche in Quarantäne und sahen den Gurken und Tomaten beim Wachsen zu. Da die Wissenschaftler wußten, wonach sie zu suchen hatten, dauerte die synthetische Herstellung des neuen Antigens nur zwei Tage, und eine kleine Drohne erreichte die Kinder, bevor wir die Quarantäne verließen.

Wir beobachteten es auf dem Flachschirm. Die Vergrößerung reichte nicht aus, einzelne Individuen zu unterscheiden, aber wir konnten erkennen, daß sich noch Kinder auf dem Areal befanden. Offenbar hatten sie den Rasierklingenzaun an einer Stelle geöffnet. Ein Kind ging hinaus und barg die Medizin. Ich hoffte, sie wären so vernünftig, sie zu benutzen.

Einige derjenigen, die uns angegriffen hatten – und ganz gewiß die, die Sara O'Brien niedergemetzelt hatten –, waren dem mutierten Virus ebenfalls ausgesetzt gewesen. Sie würden sterben, was mich nicht beunruhigte, aber ich fürchtete, sie könnten die neuen Träger einer neuen Version des Todes werden. Unsere Epidemiologen widersprachen mir: Die Bevölkerung sei dafür zu weit verstreut. Wenn es doch geschähe, müßten wir noch einmal anfangen und weitere hundert Millionen Einheiten nach unten schicken. Falls die Yorker sich dafür aussprachen – die Kritik am ersten Projekt, dem bei weitem teuersten öffentlichen Gesundheitsunternehmen in der Geschichte der Welten, war noch nicht verstummt.

Ich bekam meinen alten Job bei Janus wieder und investierte eine volle Woche Arbeit, während wir isoliert waren. Der Übergang zurück in ein „normales" Familienleben war ein wenig komplizierter.

Zum Teil war es meine Schuld. Ich hatte mich in Sam richtig vernarrt, gemeinsame Gefahren und so, und da die Meds so freundlich waren, uns etwas Intimsphäre zu schaffen – Einzelzelte –, nahm ich es auf mich, seine sexuelle Ausbildung auf das Reich des freien Falls auszudehnen. Mindestens zweimal täglich.

Meine Empfindungen für ihn hätten einfach sein müssen, waren es aber nicht. Manchmal fühlte ich mich durch ihn wieder wie ein junges Mädchen, manchmal erweckte er in mir mütterliche Gefühle. Und alle Zwischenstadien empfand ich auch.

Für die anderen war offenkundig, was vorging. Die meisten waren, glaube ich, amüsiert und kümmerten sich beflissen um ihre eigenen Angelegenheiten, aber einige waren ziemlich entrüstet. Schließlich waren wir „zu Hause", auch wenn mich Hunderte Meter soliden Vakuums von den Schlafzimmern meiner Ehemänner trennten. Einige – wie Maria Mandell und Louis Dore (und Martin Thiele, vermute ich) – hatten selbst ein Auge auf den schlanken, jungen Körper geworfen und etwas dagegen, daß die alte Hexe ihnen das Nachsehen gab. Auch das war Teil von Sams Anziehungskraft; seit Jahren hatte ich niemanden mehr eifersüchtig gemacht oder schockiert.

Als die Woche vorüber war, stand ich jedoch vor dem Problem, was ich nun mit ihm (und mir) anfing. Es lockte mich, ihn zu bitten, uns zu heiraten, aber ich kannte ihn wirklich nicht gut genug – und es sähe zu sehr wie eine Revanche gegen Daniel aus.

Ich erinnerte mich aus alten Romanen an den Begriff „Bordromanze", und ich nehme an, das klügste wäre gewesen, es genauso zu behandeln: ihm einen Abschiedskuß zu geben, bevor wir durch die Luftschleuse gingen, und dann in mein normales Leben zurückzukehren. Aber das konnte ich nicht.

Wir hatten eine notwendigerweise verkrampfte Wiedersehensparty oben in Johns Wohnung. Evelyn war scheu und respektvoll. Ich hielt es nicht für den richtigen Zeitpunkt, über Sam zu sprechen (vor allem, so lächerlich es auch klingt, weil ich Evelyn nicht schockieren wollte). Wir redeten über unser Erdabenteuer, und ich hörte mir den letzten Klatsch über Janus an.

Sie hatten begonnen, S-2 – *Newhome* – zu bauen, indem sie Uchuden als Nukleus benutzten. Der japanische Satellit war in eine Position zwischen New New und Deucalion verschoben worden. Er war während des Krieges nicht zu Schaden gekommen, aber seine Bewohner waren samt und sonders zu uns umgezogen. Theoretisch konnte er einhundertundzwanzigtausend Menschen beherbergen, aber sie alle mußten Algen schrecklich gern mögen. In der Vorkriegszeit war er von den japanischen Firmen, die ihn in die Umlaufbahn gebracht hatten, regelmäßig mit „echtem" Essen versorgt worden.

Am Ende wird Uchuden das Kontrollzentrum von *Newhome* sein, die Spitze eines Felszylinders. Wahrscheinlich werde ich dort leben, in der Spitze. Ein seltsames Gefühl, den Satelliten zu beobachten, wie er sich langsam vor dem Hintergrund der Sterne dreht, und zu wissen, daß wir in wenigen Jahren dorthin umziehen und nie mehr zurückkehren.

Ich werde einige Probleme mit einer Gruppe bekommen, die sich ausgerechnet „Gottes Armada" nennt. Es sind hauptsächlich Devonisten, dazu eine Handvoll Evangeliumsgläubiger. Ihnen ist es gelungen, meine Liste in die Hand zu bekommen und sie nach religiöser Zugehörigkeit aufzugliedern. Unter den siebentausend Menschen, die ich bislang ausgewählt habe, befindet sich kein fundamentalistischer Devonit und nur einige hundert Reformdevoniten. Nur achtzehn Prozent der Kolonisten bekennen sich zu einer Glaubensgemeinschaft, nicht einmal die Hälfte des Prozentanteils in New New. Die Armada hat bekanntgegeben, daß sie mich vor Gericht bringen will. Ich werde versuchen, es als Bildungserfahrung zu betrachten.

S-1 ist einen Tag nach dem Angriff auf unsere Farm gestartet. Wäre es eine klare Nacht gewesen, hätte sie wie der hellste Stern am Himmel ausgesehen. Ich kann sie jetzt noch sehen, ein leuchtendblauer Funke in Gemini. Ich habe gefragt, wie S-2 aussehen wird. Merkwürdigerweise wird sie nahezu unsichtbar sein. Ihren Ausstoß würde man ohnehin nicht gern betrachten – die Gammastrahlung wird stark genug sein, um noch auf eine Million Kilometer tödlich zu wirken. Wir werden aus der Ebene der Ekliptik direkt nach „oben“ abheben, um den Bereich von Erde und New New sicher zu verlassen, bevor wir abkippen und auf Epsilon zielen.

Auf dem Rückflug von der Erde hatte der Gedanke an Janus mich beinahe deprimiert. Jetzt begann ich, mich darauf zu freuen, und fing etwas von dem Enthusiasmus ein, den Dan und Evelyn ausstrahlten. Selbst John schien ein bißchen aufgeregt. S-1 war unterwegs, Uchuden wuchs – jetzt war das Projekt eine Realität.

Um Mitternacht gingen Dan und Evy in Dans Wohnung zurück. Ich blieb bei John, und wir liebten uns sanft. Danach brachte ich die Sprache auf Sam.

Er war belustigt. „In deinem Alter kolibrieren? Als nächstes bekommst du Akne.“

„Sei ernst, John. Es ist um einiges komplexer.“

„Selbstverständlich ist es das.“ Er zog mich in seine Armbeuge und zeichnete mit einem Finger endlose Labyrinthe in den Schweiß auf meiner Brust. „Selbstverständlich ist es das.“

„Und es ist nicht nur eine Reaktion auf Evy. Ich mag sie.“

Er lächelte. „Das hört sich defensiv an. Der Zeitpunkt macht mißtrauisch.“

„Ja, gut, am Anfang hat sie eine Rolle gespielt. Jetzt nicht mehr, glaube ich.“

„Wann hast du ihn gefragt? Direkt nach . . .“

„Ich habe ihn *nicht* gefragt. Er hat mich gefragt.“

„Ein Junge mit seltenem Urteilsvermögen.“

„Es war kurz nach Evys Einheirat. Er sah, daß ich erregt war, aber es ging sehr schnell über die Therapie hinaus.“ Ich erklärte ihm so viel, wie ich selbst davon begriff.

Er stand auf und goß ein Glas Wein ein, während ich sprach. „Also gut, er ist schlau und hübsch und ihr habt zusammen eine Menge durchgemacht. Was erwartest du nun von mir? Daß ich meinen Segen gebe? Du hast ihn.“

„Ich möchte dir nicht weh tun. Habe ich es?“

Er saß mit gekreuzten Beinen auf dem Bett, eine Position, die seine Mißbildung betonte. Normalerweise sah ich sie überhaupt nicht mehr. „Nein, du hast mir nicht weh getan. Als wir das erste Mal zusammen waren, hattest du drei verschiedene Männer am Tag und immer ein waches Auge auf neue Kandidaten. Ich war damals nicht eifersüchtig, und ich habe mich nicht geändert.“

„Aber *ich* habe mich geändert, willst du sagen. Ich sollte mich altersgemäß verhalten.“

„Nein, nein.“ Er nahm einen Schluck und bot mir das Glas an. „Das sage ich nicht. Aber andere werden es sagen.“

„Was ich mit meinem Unterleib mache, ist meine Sache.“

„Ein nobler Grundsatz. Du weißt, daß das nicht stimmt. In einem Monat steht deine Überprüfung an, und im Ausschuß sitzen ein paar Leute, die auf jede Chance hüpfen, dich zurückzuhalten. Zu schade, daß du es nicht geheimhalten konntest.“

„Wir haben wie im Kofferraum zusammengelebt. Außerdem wäre es wider meine Natur.“

„Ich weiß. Und ich würde auch nicht versuchen, jetzt noch eine Taktikerin aus dir zu machen. Aber du wirst einiges damit aufrühren.“ Er räusperte sich und blickte zur Seite. „Es sei denn, wir heiraten ihn.“

„Ein andermal, vielleicht. Ich werde nichts übereilen.“

Er nickte langsam. „Ich muß sagen . . . ich bin froh, daß du das sagst. Ich würde mich wie das fünfte Rad am Wagen fühlen, wenn du Dan und eure jungen Partner hättest.“

„Willst du sagen, du hast mit Evy nicht geschlafen?“

„Doch, zweimal. Schließlich sind wir verheiratet.“ Er schien sich nicht wohl in seiner Haut zu fühlen. „Es hat nicht geklappt. Sehr trocken und eng. Ich glaube nicht, daß sie mit dem Herzen dabei war, auch wenn sie sich große Mühe gegeben hat.“

„Sie ist unerfahren.“

„Das mag sein.“ Er trank das Glas fast leer und gab mir den letzten Schluck. Dann rutschte er unter das Laken.

„Ich werde mal von Frau zu Frau mit ihr sprechen.“

Er legte die Hand auf meinen Schenkel. „Nicht meinetwegen. Ich bin zufrieden mit dem, was ist – jetzt, da du wieder zurück bist.“

Ich schaltete das Licht aus, saß im Dunkeln auf dem Bett und trank Wein. Ich konnte mich des Gefühls nicht erwehren, manipuliert zu werden. John hatte Evys Einheirat wahrscheinlich zugestimmt, damit er mehr Zeit mit mir hätte, aber ich vermute, er wäre erstaunt und gekränkt, wenn ich ihm das vorwürfe. Aber auch in meiner Beziehung zu Sam lag ein unleugbares manipulatives Element – gemischt mit aufrichtiger Lust. An ihn zu denken erzeugte in mir prickelnde Begierde.

Meine Mutter hatte mich einmal gewarnt, daß sich die sexuellen Beziehungen proportional zum Quadrat der Anzahl der Beteiligten komplizierten. Dieses Quintett war also fünfundzwanzigmal komplizierter als Masturbation. Schien mir niedrig gerechnet.

Der nächste Monat war eine ermüdende Vergeudung. Am zweiten Tag zu Hause bekam ich eine Vorladung von Gottes Armada. Auf Sandras Rat hin nahm ich mir Taylor Harrison, einen Experten für Verfassungsrecht, der zugleich ein guter Verfahrensanwalt ist.

Die Auswahl der Schöffen erforderte mehr Zeit als der Prozeß selbst. Sie kamen natürlich mit vierzig handverlesenen Devoniten, und ich fand ohne große Probleme vierzig Freidenker. Aber über die restlichen zwanzig hatten beide Seiten Vetorecht. Wir gingen beinahe tausend durch, bevor wir übereinstimmten.

Harrison verneinte spontan meinen Wunsch, in dem Fall mit praktischen Erwägungen zu argumentieren – mit der simplen Tatsache, daß die Bevölkerung des Sternenschiffs achtzig Jahre stabil bleiben mußte und schon eine Handvoll Devoniten sich bis zu aller Hungertod fortpflanzen würde. (Ich fragte auch den Vertreter von GA, ob er dies kleine Problem erwogen hätte. Er lächelte nur bekümmert und meinte, Gott würde es schon richten.) Aufgrund der verschrobenen Logik der Rechtsprechung war das Faktum einer sicheren Katastrophe schlichtweg irrelevant. Der Fall mußte nach den Formalien von Präzedenz und Gesetzesinterpretation entschieden werden.

Sie redeten und redeten. Mich besorgte ein wenig, daß die Anwältin von GA, ebenfalls Expertin für Verfassungsrecht, eine engstirnige Atheistin war. Ich argwöhnte, die beiden könnten die Seiten vertauschen und mit gleicher Leidenschaft argumentieren. Vielleicht ist der Gerechtigkeit mit derartigem Professionalismus am besten gedient, dennoch besorgte es mich. Aber nicht so sehr wie die Bombe, die Harrison während des Prozesses platzen ließ.

Wir aßen zusammen zu Mittag und gingen seine Aufzeichnungen noch einmal durch, als er sagte: „O'Hara, wissen Sie, was eine ‚Tarnorganisation' im politischen Bereich ist?"

„Sicher", antwortete ich. Ich hatte die Geschichte der Lobbys im amerikanischen Regierungssystem studiert.

„Nun, genau darum handelt es sich bei ihrer Armada Gottes. Sie sind die Tarnorganisation einer konservativen Koalition, an deren Spitze der alte Marcus steht. Gleiche Repräsentation ist ihnen keinen Heller wert."

„Was wollen sie denn?"

„*Newhome* aufhalten. Das können sie auch, wenn Sie gezwungen werden, acht Prozent fundamentalistische Devoniten mitzunehmen. Genausogut könnten Sie eine Zeitbombe an Bord installieren."

„Sie hätten sich eher regen müssen. Jetzt ist S-1 unterwegs..."

„Aber genau das ist es ja. Sie wollen, daß S-1 mit der Antimaterie zurückkommt. Sie wollen sie nur nicht für das Sternenschiff einsetzen."

„Energieerzeugung? Sonnenlicht muß billiger sein."

„An dieser Art von Energie sind sie eigentlich nicht interessiert." Er legte seine Eßstäbchen neben den Teller und sah mich an. „Sie wollen sie gegen die Erde verwenden."

„Mein Gott!"

„Die Idee lautet, ein Dutzend Magnetbehälter mit Antimaterie gegen die größten Städte einzusetzen. Wie das Schwert des Damokles. Sie tun etwas, das wir nicht billigen – wir schalten die Energie ab. Bumm!"

„Oder die Energie setzt durch einen Fehler aus. Oder die Magnete erschöpfen sich."

„So ist es. Oder wenn jemand, der, sagen wir, Los Angeles nicht mag, den Finger am Drücker hat. Es ist ein höchst instabiles System."

„Und wie wollen sie das erreichen? Die Koordinatoren würden niemals mitspielen."

„Nun, Marcus war einmal Koordinator. Wenn das Sternenschiff verhindert wird und S-1 kehrt zurück, haben wir die ganze Antimaterie in unserem Hinterhof. Eine Menge Leute würden sie lieber woanders haben."

„Haben Sie Richter Delany darüber informiert?"

„Wohl kaum. Delany war es, der *mich* informiert hat. Natürlich ist es irrelevant, ein Nebenproblem."

„Natürlich." Ich wünschte, ich hätte etwas Stärkeres als Orangensaft bestellt.

Wie sich herausstellte, war es in der Tat irrelevant. Wir gewannen den Fall mit einundsechzig zu neununddreißig und hatten sogar einige Devoniten auf unsere Seite gezogen.

Im Rückblick war der Monat eine nützliche Lektion. Ich hatte bereits zweiundneunzig Rechtsanwälte für *Newhome* ausgewählt. Ich befragte sie erneut und hundert weitere über ihre Einstellung zur Wünschbarkeit eines neuen Systems der Jurisprudenz. Erstaunlicherweise bekam ich mehr alte Juristen – eingeschlossen Harrison – als junge. Sie waren das System satt, vermute ich.

Den einen Monat oder weniger verbrachte ich auch damit, Sam zu verlieren. Nachdem er die weibliche Rasse entdeckt hatte, begann er zu kolibrieren. Der Prozeß saugte meine ganze Freizeit auf, und er hatte reichlich Mädchen seines Alters, um sich abzulenken. Möglicherweise fühlte er sich auch durch John und Daniel eingeschüchtert, denn er würde an Bord von *Newhome* im Technikbereich tätig sein, und einer von beiden oder vielleicht sogar beide würde früher oder später sein Boß werden. Aber ich glaube nicht, daß er derartig machiavellistisch – oder praktisch – überlegte. Ein Grund, warum ich ihn so mochte.

Da ich selbst einigermaßen praktisch (sogar machiavellistisch) dachte, ließ ich ihn gehen. Ich werde auch auf dem Sternenschiff sein. In zehn Jahren ist unser Altersunterschied nicht mehr sonderlich bedeutend.

Charlies Wille

Nach dem Blutbad im Rathaus vollzog sich die Umwandlung ziemlich reibungslos. Die meisten Waffen der Insel wurden im Gefängnis weggeschlossen. Sturms Deputys waren bewaffnet, aber loyal.

Die Inselbewohner waren der Ansicht auf ein langes Leben wahrscheinlich zugänglicher als alle anderen Gruppen in Charlies Country. Sie lebten bequem inmitten des einzigen noch funktionierenden Überrestes der Vorkriegszivilisation südlich von New York und nördlich von Antarktika; in der einzigen Stadt der Hemisphäre, die den Krieg relativ unverändert überlebt hatte. Es war nicht schwer, sie zu überzeugen, daß die Gabe des Tods keine Gnade war.

Schwerer war es, ihnen den Kannibalismus auszureden. In dieser Frage bekam Jeff keine Hilfe von Sturm und auch nicht von Tad, der zwar kein Menschenfleisch essen würde, aber auch keinen Streitpunkt daraus machen wollte. Die meisten hatten nur verschwommene Erinnerungen an andere Fleischsorten.

Ausgerechnet Mary Sue brachte die Lösung. Sie wollte ohnehin zur Farm zurück und schlug vor, daß die beiden Gruppen miteinander Handel trieben. Eine bewaffnete Eskorte könnte sie begleiten und mit geschlechtsreifen Kaninchen, Hühnern und vielleicht sogar Schweinen, wenn sie genug hatten, zurückkehren. Die Farm konnte im Austausch einen Kühlschrank brauchen. Ihr alter hatte den Geist aufgegeben, und sie hatten noch keinen finden können, der funktionierte.

Mary Sues Gruppe hätte einfach nach Tampa ziehen und sich in einem Elektrogeschäft bedienen können, aber Jeff hielt sich mit diesem Vorschlag zurück. Statt dessen suchte er feierlich ein ansehnliches, teures Modell in einem Herrenhaus an der Duval Street aus und lud es auf den Maultierkarren, mit dem er zur Insel gekommen war. Er ließ sie von vier Freiwilligen begleiten, bewaffnet mit genauen Karten und reichlich Artillerie, und begann, von gegrillten Hähnchen zu träumen.

Sturm hatte Generals Führerposition nicht übernehmen wollen und sich für die weniger gefährliche Position als Jeffs rechte Hand entschieden. Jeff wußte, um seiner eigenen Sicherheit willen mußte er sich daran machen, diese Horde von Wilden zu zivilisieren. Aber er war sich nicht sicher, womit er anfangen sollte.

Die existierende soziale Organisation war so locker, daß sie nahezu nichtexistent war. Ihren Angehörigen waren Aufgaben zugewiesen, und jeder arbeitete gerade so viel, daß er sich General oder Sturm vom Hals hielt. Ein Problem war, daß Key West ein Garten Eden war, dazu eingerichtet, hunderttausend Menschen mit Nahrung, Wasser, Wohnung und Energie zu versorgen, und obwohl einige der Maschinen nicht mehr liefen, würde die Stadt immer noch das Zehnfache ihrer Anzahl bewirten. Die meiste Zeit verbrachten sie vor dem Würfel oder mit „Herumhängen", wobei sie endlos mit immer denselben Leuten über immer dieselben Themen redeten. Überschüssige Energie wurde in Streitigkeiten (manchmal tödlich) und Sex (manchmal heterosexuell) umgesetzt.

Zum Glück gab es nicht viele, die wahre Mansoniten waren. Es gab aber keine andere Religion, die Jeff ausnutzen konnte, um sie in Reih und Glied zu halten. Sein amerikanischer Taoismus war zu sanft und zu subtil, um auf sie viel Wirkung zu erzielen. Er spielte mit der Idee, eine Religion zu erfinden, ein Gedanke, den er früher schon gehabt hatte. Sein weißes Haar und der Bart wuchsen lang und wirr; er sah aus wie ein Prophet aus dem Alten Testament, und viele der jüngeren behandelten ihn mit beklommener Ehrfurcht. Doch er brachte nicht genügend Zynismus dafür auf.

Schließlich begnügte er sich damit, einige Ordnung in die Dinge zu bringen. Er suchte ein Dutzend Jungen und Mädchen aus, die Führungseigenschaften zu haben schienen, und machte sie zu „Hausführern". Ihre Häuser benannte er nach den Tierkreiszeichen. Dann nahm er Sturms Einwohnerliste und teilte jedem Haus mehr oder weniger wahllos dreiundzwanzig oder vierundzwanzig Angehörige zu, wobei er allerdings das Zwei-zu-eins-Verhältnis zwischen männlichen und weiblichen Bewohnern aufrechterhielt. Er wies die Hausführer an, aus ihrer Gruppe jeweils vier Assistenten zu wählen, die jeder für eine „Einheit" von fünf oder sechs Mitgliedern verantwortlich waren. Es war eine simple Organisation nach militärischem Muster, Kompanie – Zug – Gruppe, aber er wollte die militärischen Begriffe nicht verwenden.

Als Test seiner Autorität war es erfolgreich. Einige murrten, weil sie von Freunden oder Geschlechtspartnern getrennt wurden, lehnten sich aber nicht dagegen auf. Die Trennung war ohnehin nicht tiefgehend. Häuser kamen nur bei Zusammenkünften zusammen, und die Menschen lebten weiterhin überall dort, wo sie sich Platz geschaffen hatten.

Außer Jeff, Sturm und Tad gab es noch vier, die leidlich lesen und schreiben konnten. Sie wurden zu Lehrern bestellt, außerhalb der lockeren Machtstruktur angesiedelt und von Pflichtarbeiten befreit. Jeff verordnete einen Stundenplan, nach dem jeder, der alt genug war, zwei Stunden am Tag in den Grundfächern lernen mußte. Schwänzen bedeutete vier zusätzliche Stunden Arbeit, Simulantentum bei der Arbeit einen Tag ohne Nahrung in Sturms Gefängnis.

Jeff verstand genug von Kinderpsychologie, um von ihrem anfänglichen Enthusiasmus nicht allzu überrascht zu sein, doch wußte er nicht, was er als nächstes tun sollte, wenn der Neuheitswert sich abschliff. Tad schlug vor, das Geld wiederzuerfinden. Für gute Leistungen in der Schule sollte es Belohnungen geben, und mit ihrem Geld könnten sie sich von Pflichtarbeiten freikaufen. Jeff erkannte den Sinn darin, zögerte aber, weil er seit seiner Kindheit wußte, daß Geld ein Übel an sich war. Es schien eine Schande, beim Wiederaufbau einer Gesellschaft im kleinen Maßstab sie wissentlich von Beginn an zu korrumpieren. Doch schließlich gab er nach. Mit dem Handel hatten sie bereits begonnen, indem sie einen wertlosen Kühlschrank gegen unbezahlbare Tiere eingetauscht hatten. Wenn die Menschen im Norden älter wurden, würde es immer mehr Kontakte geben. Lieber Handel treiben als Krieg führen.

Er rief alle Lehrer und Hausführer zusammen und erläuterte

die Struktur. Sie arbeiteten eine Tabelle unterschiedlicher Wertstufen zwischen Schul- und Arbeitspunkten aus – wobei sie darauf achtgaben, daß eine Angelschnur nicht soviel wert war wie das Abkratzen alter Farbe – und führten, da sie die Probleme voraussahen, ein Überprüfungssystem ein, so daß Leute, die sich ungerecht behandelt fühlten, ihren Fall Heiler oder Sturm vortragen konnten.

Es dauerte eine ganze Zeit. Tad zeichnete mehrere hundert Geldscheine, die Sturm und Jeff unterschrieben. Sie schlossen sie im Arsenal des Gefängnisses ein.

In sechs Tagen schuf er Schule, Berufe, Geld, Justiz und Banken. Am siebten Tag ging er fischen.

Jahr elf

1

Es waren zwei hektische, erregende Jahre, in denen wir die *Newhome* wachsen sahen. Einmal im Monat begab ich mich zur Nabe, um das Schiff zu betrachten, so daß meine optische Erinnerung daran ein stetiger Fortschritt ist: vom schlichten Torus Uchuden über das spinnenartige Rahmenskelett bis zu dem kilometerlangen, zylinderförmigen Stein, in den wir jetzt umzogen. Natürlich war diese Entwicklung *nicht* stetig, wie ich von dem ständigen, enthusiastischen Gemecker meiner Ehemänner wußte. Aber ich hatte zuviel mit meinen Aufgaben zu tun, um mir auch noch über ihre den Kopf zu zerbrechen.

Die Arbeit war noch längst nicht zu Ende, als ich die zehntausend Siedler selektiert hatte. Zum einen änderte sich die Liste ständig, wenn Kandidaten es sich anders überlegten, neu heirateten oder unerwartet starben – oder es schafften, jemanden unter Druck zu setzen, damit er mich unter Druck setzte, sie an Bord zu lassen. Außerdem überwachte ich die zehn Hypnotischen Induktionsgeräte, was sich zu einem wahren Blitzprogramm entwickelte. Wir wollten vor dem Start im nächsten Jahr vierhundert HI-Paare abfertigen, und die eigentliche Induktionsprozedur ist nur ein Teil des Umschulungsprogramms. Information allein reicht nicht. Es würde uns nichts nützen, einen fanatischen Elefantenausbilder an Bord zu haben, wenn wir vergaßen, seinen Elefanten mitzunehmen.

Der Job als Freizeitdirektor ist aus dem gleichen Grund kompliziert. Wir werden ein vollständiges Duplikat der Bibliothek von New New haben, so daß es keinen Mangel an Büchern, Filmen und so weiter geben wird, aber es gibt Tausende anderer Dinge, die Menschen benötigen, um davon abgehalten zu werden, die ganze Zeit nützlich zu sein. Ich veröffentlichte einen Aufruf an alle Siedler, Vorschläge für die Freizeitgestaltung zu äußern, und erhielt eine Viertelmillion Reaktionen. Der Computer reduzierte nach Streichung der Doppelnennungen die Liste auf 2436 Dinge, und nun war es meine Aufgabe, sie durchzugehen und abzuschätzen, welche wir mitnehmen sollten und konnten. Zweitausend Siedler schlugen Bälle und Handschuhe für Handball vor – kein Problem. Aber was war mit den dreien, die sich als Lichtbildhauer betätigten? Die Ausrüstung wiegt so viel wie ein großer Gleiter. Und jeder einzelne Geigenspieler regte an, New News einzige Stradi mitzunehmen. Irgendwie glaube ich, wir bekommen sie nicht.

Womit wir beim Problem sentimentaler Zuneigung wären. Ich habe seit meinem neunten Lebensjahr dieselbe Klarinette gespielt. In den letzten Jahren hatte ich nicht viel Zeit zum Spielen, aber das wird sich ändern.

Es ist eine besondere Klarinette, eine hundert Jahre alte Markheim, speziell für Jazzmusik ausgebohrt, die einzige in New New. Ich hatte sie vor dem Krieg zur Erde mitgenommen und sie intakt zurückgebracht. Aber es ist nicht „meine", sieben andere benutzen sie auch, die meisten häufiger als ich, und nur zwei von ihnen werden an Bord der *Newhome* sein.

Ich werde in der Lage sein, sie mir anzueignen, und ganz egoistisch werde ich es tun. Aber es gibt 9999 andere Menschen, die an Dingen hängen, die zurückbleiben müssen.

Zusätzlich muß ich die Unterhaltungsbedürfnisse der Menschen voraussehen. Im Verlauf der Reise wird die Demographie von *Newhome* ein deutliches Übergewicht der älteren entwickeln. Mehr Schach, weniger Handball. Außerdem haben wir das Problem, Ersatz für abgenutzte Gegenstände zu horten. Klarinettenmundstücke, zum Beispiel, sind einfach, sie kann man aus Kunststoff zurechtschneiden (auch wenn sie nie so gut sein werden wie die Bambusmundstücke, die ich auf der Erde benutzt habe). Andere Sachen werden mehr Erfindungsgeist erfordern. Kein Leder oder Naturgummi für Handbälle. Kein roter Zobel für Aquarellpinsel, keine natürlichen Pigmente für die Farben.

Aber diese Dinge werden uns nur auf kurze Sicht Probleme bereiten. Schließlich werden wir unsere eigenen Künste, Handwerke und Sportarten erfinden, die der Schiffsumgebung angemessen sind. Die nächste Generation wird wahrscheinlich viele unserer Freizeitvergnügungen als altmodisch zurückweisen und der einen danach werden sie aus Gründen der Nostalgie frönen.

Ich arbeite mit meinen Kollegen im Kunstbereich und in den Geisteswissenschaften zusammen, und gelegentlich kreuzen wir auch die Klingen. Wir spekulieren alle auf dieselben kostbaren Tonnen Masse und Kubikmeter Zuladung. Beide sind, so scheint mir, damit beschäftigt, Artefakte der Erdkultur mitzunehmen. Ginge es nach ihrem Kopf, würden sie New News Museum bis auf den letzten Dinosaurierknochen ausräumen. Ich bin selbst von diesen Sachen fasziniert und habe wahrscheinlich mehr emotionale Beziehungen zu ihnen als meine beiden Kollegen, aber wir müssen realistisch sein. Selbst wenn wir alle Schätze der Erde einsammeln könnten, würden wir sie besser in Ruhe lassen. Der Computer kann die Mona Lisa bis zum letzten Pinselstrich reproduzieren und uns eine hervorragende Würfelaufnahme von *Winged Victory* aus allen Blickwinkeln liefern. Ich weiß, es ist nicht dasselbe – schließlich habe ich sie *gesehen.* Aber es muß genügen. Jedes Kilogramm Souvenirs bedeutet ein Kilogramm weniger für die lebenswichtigen Systeme. Michelangelo werden wir in einer Matrix verzauberter Hadronen stets bei uns haben, aber wenn alle unsere Mungobohnen absterben, können wir keine neuen bestellen.

Außerdem sind die einzigen klassischen Originale von Wert in New News Museum einige Bosch-Tryptichen, die wir vor dem Krieg als Leihgabe aus dem Prado erhalten haben. Ich denke, wir werden unsere eigenen Alpträume haben.

Nächste Woche sind Wahlen, ein Jahr vor dem Start. John verzichtete auf die Kandidatur, was wahrscheinlich das beste ist. Er hat genug um die Ohren. Daniel wurde nicht gefragt, da er Technischer Verbindungsmann zu New New ist. Er wird mehrere Jahre genausoviel zu tun haben wie jeder der beiden Koordinatoren.

Ich glaube ernsthaft, mehr über *Newhome* zu wissen als beide Politikkandidaten, aber noch nie hat einer der beiden Bereiche einen Koordinator unter vierzig gewählt, und ich nehme nicht an, daß diese Tradition an Bord des Schiffs in Frage gestellt wird. Außerdem bin ich nicht sicher, ob ich schon dafür bereit bin.

Jedenfalls werde ich mit dem Sieger in den nächsten vier Jahren eng zusammenarbeiten müssen. Ich hoffe, Staedtler wird es und nicht Purcell. Purcell hatte ich in der zehnten Klasse in Ökonomie, und wir kamen nicht miteinander zurecht. Er erinnert sich auch noch daran. Als ich ihn darauf ansprach, ob er Kolonist werden wollte, erwähnte er es scherzhaft.

Selbst wenn er verliert, hat er in zwei Jahren einen zweiten Versuch, wenn wir uns für designierte Koordinatoren entscheiden. Besser, ich gewöhne mich schon an die Vorstellung.

Technikkoordinator wird zweifelsohne Eliot Smith. Kein Problem, er ist ein alter Freund. Bruno Givens tritt nur pro forma gegen ihn an, und er sagt, wenn er gewählt wird, würde er zum Devonismus übertreten und zu Hause bleiben, um eine große Familie zu gründen.

Unsere eigene erweiterte Familie klappt besser, als ich erwartet hatte. Ich hatte befürchtet, wir würden zwei mehr oder weniger unabhängige Paare werden, aber in Wirklichkeit stehe ich Daniel mittlerweile näher und habe ihn nicht an Evy verloren. John und Evy hatten zwar Anpassungsprobleme, aber wir überwanden sie mit Hilfe eines Eheberaters und eines Sexualtherapeuten.

Es ist gut, eine zweite Frau dabeizuhaben. Erschwert es doch John und Daniel, sich gegen mich zu verbünden. Und es gibt Dinge, über die ich mit Evy reden kann und die einen Ehemann langweilen oder verwirren würden. Es ist so, als bekäme man plötzlich eine erwachsene Schwester.

Meine eigene Schwester, Joyce, wird nicht an Bord der *Newhome* sein. Sie darf eine derartige Entscheidung nicht selbst treffen, und Mutter hält das gesamte Projekt für Irrsinn. Joyce gibt zu, daß es auch ihr Angst einflößen würde, doch würde sie gern mitkommen, wenn Mutter es täte.

Evy zieht nicht mit uns übrigen in *Newhome* ein. Sie muß warten, bis ihr Medizinpraktikum in der Klinik beendet ist. Geriatrische Krankenpflege, eine nützliche Wahl.

Gestern abend habe ich alles gepackt, was ich mitnehme. Außer Kleidern und Toilettenartikeln paßt es in einen kleinen

Plastikbeutel. Das Tagebuch, das ich auf der Erde geführt habe; drei kostbare Bambusmundstücke – und ein Glas russischen Kaviars, der hoffentlich noch genießbar ist.

2

Gestern führte Sandra Berrigan mit mir ein langes Gespräch über die schwache Möglichkeit, daß ich doch noch auf eine Karriere in New New setzte und bliebe. Der Ausschuß hat ihr mitgeteilt, wenn ich bliebe, schaffte ich binnen zwei Jahren Klasse 18. Ich könnte damit anfangen, ein Verbindungsprogramm zur Erde zu erstellen, und darauf warten, daß die Situation sich verbessert.

Erst da ist mir aufgegangen, wie tiefgehend ich alle meine Zukunftshoffnungen auf Janus übertragen habe. Noch eine Tragödie wie in New York wäre zuviel für mich. Und es wird sicherlich Rückschläge, ja Katastrophen geben. Mir wird es genügen, von ferne zuzusehen.

Dreimal bin ich zur Erde geflogen, und jedesmal habe ich den Planeten auf einer Welle von Chaos und Tod verlassen. Vielleicht hat Daniel recht, daß ich ein Nexus bin – oder eine Nemesis. Jedenfalls habe ich genug davon. Falls *Newhome* nur eine Lebensspanne glorifizierter Hausarbeit bietet, dann soll es so sein. Abenteuer hatte ich für mehr als ein Leben genug.

Ich pendle jetzt, verbringe zwei oder drei Tage pro Woche in New New. Meine Position ist eine der wenigen, die persönliche Kontakte an beiden Orten erfordern.

Nun bin ich doch nicht im Uchuden-Teil des Schiffs gelandet. Die meiste Zeit verbringe ich mit John, und in dem japanischen Satelliten gibt es keine Niederschwerkraft-Unterkünfte. Johns Behausung ist recht geräumig, doppelt so groß wie die in New New, da er eine Kombination aus Wohnraum und Büro angefordert hat. Ich habe einen eigenen kleinen Arbeitsplatz, schlafe aber fast nie dort. Viertel-g ist wie eine schmerzlindernde Droge.

Wäre ich schlau, würde ich mehr Zeit in hoher Schwerkraft zubringen, da ich kaum Übung bekommen hatte. Seit wir von der Erde zurück sind, habe ich fünf Kilo zugenommen, und alles geht mir sofort auf die Hüften. Ich werde noch einmal so aussehen wie meine Mutter.

S-1 ist jetzt auf halbem Weg zurück. Noch acht Monate.

3

Was für eine schreckliche Woche! Um die Schiffssysteme zu Testzwecken zu belasten, steigerten sie langsam die Rotation, bis sie schließlich verdoppelt war. Normalerweise ist meine Arbeitszone ein komfortabler Dreiviertel-g-Bereich, bei eineinhalb g war es, als liefe ich mit einer pummeligen Zehnjährigen auf den Schultern herum.

Die Nieder-g-Zonen nahe der Achse von *Newhome* wurden sehr beliebt. Niemand blieb nach seiner Dienstschicht in der Hauptzone. Deshalb waren unsere Räume und Gänge „oben" voller Leute, die sich unterhielten, spielten und zu schlafen versuchten. Zwei Türen von Johns Unterkunft entfernt ist ein Viertel-g-Erholungssaal. Selbst im Swimming-pool dort standen sie Schulter an Schulter.

Ich kratzte zweimal an Johns Tür und schlich hinein. Dan und Evy hatten für die Testdauer ein gemeinsames Zimmer, und ich wußte nie, wer vielleicht dienstfrei war und zu schlafen versuchte. Aber John war allein. Er lag auf dem Bett, schlief jedoch nicht. Auf dem Schoß hatte er die Computertastatur, und der Wandschirm war voller Zahlen.

„Zu tun? Ich komme später noch mal."

„Ich spiele nur ein bißchen herum." Er machte mir auf dem schmalen Bett Platz, und ich sank erleichtert hinein. „Wie steht's in der Tiefe?" fragte er.

„Ach Gott. Sagen wir mal, auch mit Übung geht's nicht leichter."

Er nickte. Die Belastung, in einer Halb-g-Welt gefangen zu sein, zeigte sich in seinem Gesicht. „Morgen bekomme ich eine Erholungspause. Ich bin einem Antriebsinspektionsteam zugeteilt. Wir haben sechs oder sieben Stunden in null g."

„Dafür brauchen sie wohl keine demographische Analytikerin, nehme ich an."

„Genausowenig wie sie mich brauchen. Es zahlt sich aus, Freunde zu haben. Schon etwas in die Brüche gegangen?"

„Nichts Mechanisches. Hast du das von den Ziegen gehört?" Er schüttelte den Kopf. „Wie bei unserer Landung in New York. Sie kommen mit der Zusatzschwerkraft nicht zurecht – wir haben eine Epidemie von Beinbrüchen. Über die Hälfte unserer Herde, bevor der Vet ihnen Beruhigungsmittel geben konnte."

„Ich hoffe ernsthaft, sie schaffen sie nicht hierher. Es ist auch so schon aromatisch genug."

„Moosie war sich nicht sicher. Du weißt doch, die Vet-Assistentin."

„O ja, ich kenne Moosie. Sie besucht das *Ligth Head.* Hat besucht. Ich versuche, mich aus ihrer Flugbahn fernzuhalten."

„Ach was, sie ist in Ordnung. Nur groß. Was ist das auf dem Schirm?"

„Energiegleichungen. Dieses Experiment in verlängerter Unbequemlichkeit. Ich rechne nur mal aus, wie hoch der Gesamtenergieverlust ist, wenn man die Rotation immer wieder hoch- und runterschraubt. Genug, um die Schiffssysteme fünf Monate lang zu betreiben, und das für einen weitgehend bedeutungslosen Test."

„Ich weiß nicht. Immerhin haben wir schon herausgefunden, daß Ziegen auf einem schweren Planeten nicht herumspringen können."

„In Wirklichkeit wird die Belastung aber nicht radial ausgeübt, sondern in Längsrichtung. Es wäre logischer – und ökonomischer – einen Tag voll zu beschleunigen, umzudrehen und wieder zurückzukommen, aber auf Dr. Ogelby hört ja keiner."

„Aber du bist doch der Fachmann. Bei dem Test geht's doch um Materialfestigkeit, oder?"

„Ja und nein. Ich bin der Fachmann in dem Sinne, daß der Ernährungswissenschaftler der Fachmann in der Küche wäre – die Speisekarte darf er nicht diktieren." Er schaltete das Gerät ab. „Auch wenn es das beste für alle Betroffenen wäre."

Plötzlich war ein tiefes, bebendes Geräusch zu hören, wie eine riesige Glocke, die in großer Entfernung einmal angeschlagen wird. „Scheiße!" sagte John und setzte sich auf. „Irgendwas ist geplatzt. Probier mal die Tür."

Ich ging zur Tür und legte die Handfläche auf den Kontakt. Sie öffnete sich normal. Zwei Türen weiter schien das Chaos ausgebrochen, so laut war es dort. Ich schloß die Tür wieder.

„Also kein Druckabfall in der Nähe." John hatte ein Spreizdiagramm des Schiffs mit dem Titel SCHADENSKONTROLLE auf den Schirm geholt. „Noch nichts." Nach etwa einer Minute begann ein großes Stück der äußersten Hülle, etwa zehn Ebenen hoch, rot zu blinken. Neben dem Diagramm blinkten rote Buchstaben und Ziffern: PP $O_2 < 40$ mm Hg.

„Herrje! Wie*viel* weniger als vierzig Millimeter? Ich möchte wissen, ob dort überhaupt noch jemand lebt."

„Alles Wohnbereich", sagte ich. „Aber bei zwei g können dort nicht viele Menschen sein. Alle sind hier oben."

„Wir werden's sehen."

„Sollen wir jemanden anrufen und fragen, was passiert ist?"

„Nein, sie melden sich schon früh genug hier." Er schaltete den allgemeinen Infokanal ein, auf dem eine anonyme Stimme aufforderte, nicht in Panik zu geraten; alles ruhig bleiben, wir werden bald wissen, wo das Problem liegt. Nach einer Minute erschien Jules Hammond auf dem Schirm und forderte mit gelassener Stimme dazu auf, die beiden äußeren Bereiche zu verlassen und den inneren Bereich oder Uchuden aufzusuchen. Dann folgte wieder ein Geräusch, diesmal nicht so laut. Den alten Jules Hammond zusammenzucken zu sehen, war das Unglück beinahe wert. John holte das Diagramm zurück, und wir sahen, daß die Schadenszonen sich nach beiden Seiten ausgeweitet hatten und nun vierzehn Stockwerke umfaßten. „PP $O_2 = 0$", blinkten die roten Buchstaben – Vakuum.

„Als würde ein Riß sich verlängern", sagte John. „Ich frage mich, wie weit es gehen kann."

„Sind wir in Gefahr?"

Er zuckte die Achseln. „Keine Ahnung. Theoretisch nicht. Aber theoretisch sollte das nicht passieren."

Eliot Smiths Bild erschien auf dem Schirm. „An alle ab Klasse 15 aufwärts. Wir wissen noch nicht, was passiert ist. Es scheint aufgehört zu haben. Wir haben ein Inspektionsteam hinausgeschickt, und wir bremsen die Rotation so schnell wie möglich herunter. Die Schäden treten in den Außenbereichen eins und zwei bis hin zur sechsundzwanzigsten Ebene auf. Wir glauben, die meisten Ebenen waren leer, aber jeder, der sich dort befand, ist tot, es sei denn, er hielt sich gerade in der Nähe eines Raumanzugs auf.

Mehr vermag im Moment noch niemand zu sagen. Blockieren Sie bitte nicht die Leitungen, indem Sie im meinem Büro oder anderswo anrufen, um mehr zu erfahren. Ich melde mich wieder, sobald neue Informationen vorliegen."

Ich begann unkontrolliert zu zittern. Den ganzen Morgen war ich im Außenbereich eins gewesen, auf Ebene dreißig und damit ganz nahe bei der Unglückszone. John hielt mich eine Weile und flößte mir dann etwas Wein ein. Dan und Evy riefen an, um sich zu vergewissern, daß ich in Sicherheit war.

Am Ende fanden sie achtundvierzig Leichen, und eine Frau verlor beide Beine unterhalb der Kniegelenke, abgequetscht von den Notfalltüren, als sie sich kriechend in Sicherheit brachte. Nach dem Appell wurden neun weitere Todesopfer registriert; ihre Leichen waren offenbar durch den Spalt, der plötzlich im Boden aufgetaucht war, ins All hinausgerissen worden.

Es war Sabotage. Zwei Leute waren eine Woche vor dem Schwerkrafttest hineingegangen, hatten eine Zone abgesperrt, die Bodenplatten abgehoben und zwanzig Schaumstahlträger systematisch durchgetrennt. Sie trugen die richtigen Uniformen und hatten einen gefälschten Arbeitsauftrag für den Computer, doch niemand hatte sich die Mühe gemacht, sie zu überprüfen. Sie hinterließen einen Brief, in dem sie erläuterten, was sie und warum sie es getan hatten; außerdem deuteten sie an, sie hätten noch mehr Stellen sabotiert. Dann begingen sie Selbstmord durch Strom, während sie miteinander schliefen. (Simultaner Orgasmus ist für die Devoniten ein Sakrament, aber das scheint mir doch zu weit zu gehen.)

Die Reparaturen dauerten nur wenige Tage, doch der Sabotageakt warf uns viel weiter zurück. Jeder Zentimeter des Schiffs mußte untersucht werden, und das würde Wochen in Anspruch nehmen. Über zweitausend Menschen entschieden sich für die Rückkehr nach New New. Ich hatte fünf Monate, um Ersatzleute zu rekrutieren, und ich vermutete, diesmal würde es ein wenig schwieriger sein, sie zu finden.

Während der Reparaturarbeiten war das ganze Schiff auf Nullschwerkraft. Es war mühselig, aber interessant. Nur die beiden Hülsenschalen an der Nabe besaßen Velcroteppiche, so daß man sich sonst überall von den Wänden abstoßen mußte. Nach zwei Tagen war ich recht gut, aber schließlich hatte ich mehr Übung als die meisten Leute, nicht nur in New News Erholungszone, sondern auch während der langen Quarantänezeiten. Einige gewöhnten sich nie daran und strandeten ständig in der Mitte eines Korridors. Hunderte mußten evakuiert werden, weil sie sich ohne Unterlaß übergaben. Wir putzten ständig, aber noch für Wochen hatte das Schiff einen deutlichen Geruch nach Magensäure.

Zu Anfang war die Arbeit schwer, weil Sitzen in Nullschwerkraft eine unnatürliche Haltung ist, und der Stuhl vor meinem Terminal ist fest verschweißt. Mit einer Hand hielt ich mich an ihm fest, während ich mit der anderen tippte. Ein langsamer Prozeß. Schließlich improvisierte ich einen Beckengurt, indem ich zwei Stirnbänder opferte, und meine Probleme wurden, wie es sich gehörte, abstrakter.

Eine unproportional große Zahl von Menschen, die den Mut verloren hatten, waren „Singles" – ohne ein Pendant auf New New. Die meisten ihrer Profile würde ich mit HI-Hilfe erhalten können, unterstellt, New New half uns, indem es mir die Informationen an Bord funkte, aber einige waren für immer verloren. Etwa einer von fünf kann das Verfahren nicht durchstehen, und von denen, die es konnten, würden einige sterben, bevor sie für die Induktion an der Reihe waren.

Ich kannte keinen von denen, die bei dem Sabotageakt gestorben waren, obwohl ich natürlich mit jedem während des Vorbereitungsprogramms kurz kommuniziert hatte. Bis auf drei waren alle Opfer zum Training im Zwei-g-Bereich gewesen: Extremisten der Körperertüchtigung. Ironischerweise waren die meisten von ihnen Reformdevoniten, die – wie ihre orthodoxen Brüder – darauf versessen zu sein scheinen, gewaltige Muskelpakete in ein frühes Grab zu schaffen.

4

Einen Monat vor dem Start überschwemmten sie mich plötzlich. Über fünfhundert Freiwillige änderten ihre Meinung und beschlossen, nach New New zurückzukehren.

„Wir könnten sie zwingen zu bleiben", sagte Daniel.

Wir waren alle vier zusammen, ein recht seltenes Ereignis, und aßen in Johns Zimmer Kaltes aus der Dose. „Sie haben einen Vertrag unterschrieben."

„Sicher haben sie das", sagte ich. Noch nie war die Bitte um Entlassung abschlägig beschieden worden. Wer möchte schon ein Jahrhundert mit Menschen verbringen, die gegen ihren Willen dabei sind?

„Wie ist die Aufgliederung diesmal?" wollte John wissen. „Verlieren wir viele Singles?"

„Diesmal nicht. Leider eine Reihe niederrangiger Ingenieure, Wartungspersonal."

„Zumindest kein Ausbildungsproblem", meinte Daniel.

„Nimm deine Forschungsfreunde, und sorge dafür, daß sie was Nützliches tun", sagte Evelyn.

Dan schüttelte den Kopf. „Einige von ihnen. Die M/A-Forschung sparen wir sowieso aus. Ich will lebend nach Epsilon kommen." Das war etwas, über das die Naturwissenschaftler bis zur letzten Woche geschwiegen hatten. Wir könnten in der Lage sein, aus dem Schiff beträchtlich mehr Geschwindigkeit herauszuholen, als der ursprüngliche Entwurf vorgesehen hat. Der M/A-Antrieb hatte nur einen Wirkungsgrad von fünfzehn Prozent em-ce-Quadrat, doch gab es kaum praktische Forschungen über das Antriebssystem. Niemand hatte jemals einen großmaßstäblichen M/A-Antrieb gesehen, bis S-1 ihn für den Rückflug von Janus einsetzte. Jetzt würden wir einen haben, der ein Jahr permanent in Betrieb war, genauestens überwacht von einer Armee aus Naturwissenschaftlern und Ingenieuren – gefolgt von unbegrenzter Zeit, in der sie über ihren Beobachtungen brüten konnten.

Einige hofften, die Gesamtkapazität des Systems verdoppeln oder gar vervierfachen zu können. Erreichten sie die sechzig Prozent, würde die Reise nicht einmal halb so lange wie geplant dauern. Ich wäre eine alte Frau, wenn wir Epsilon erreichten, aber ich lebte noch. Eine erregende Aussicht.

Nach dem Essen rief ich meinen Stab zusammen, und zu sechst bestätigten wir uns gegenseitig eine angenehme Stunde lang, wie hoffnungslos die Situation wäre. Die Fahnenflucht nach der devonitischen Sabotage hatte uns unter dem Strich eine Unterdeckung von nahezu tausend Kolonisten beschert. Jetzt war noch einmal die Hälfte dieser Plätze neu zu füllen.

In New New gab es noch immer viele Freiwillige, aber das waren Leute, die aus dem einen oder anderen Grund schon einmal ausgemustert worden waren. Unsere heikle Aufgabe bestand darin, ihre individuellen Mängel mit *Newhomes* spezifischen Bedürfnissen ins Gleichgewicht zu bringen. Wir hätten uns jahrelang darüber die Köpfe zerbrechen können. Und wir hatten siebenundzwanzig Tage.

Autorität zu delegieren liegt mir nicht. Während der letzten fünf Jahre hatte ich beinahe absolute Vetomacht über zehntausend Personalentscheidungen ausgeübt. Jetzt war das nicht mehr möglich. Ich ließ den Computer die Freistellen nach beruflichen Spezialisierungen aufgliedern und sie in sechs Kongruenzbereiche gruppieren. Jeder von uns nahm sich einen Bereich und eine Kanne Kaffee, und wir begannen unser Rennen gegen den Kalender. Ich hatte die Kategorie „Vermischte", den größten, aber wahrscheinlich auch interessantesten Bereich.

Im letzten Monat war ich so beschäftigt gewesen, daß ich keine Zeit hatte, über meinen bevorstehenden Abschied nachzudenken oder gar sentimental zu werden. Bei meinem letzten Ausflug nach New New verabschiedete ich mich von meiner Familie, eine nicht sonderlich gefühlsbetonte Szene, und von Sandra, und es flossen ein paar Tränen. Bis auf Sandra waren alle meine engeren Freunde an Bord der *Newhome.*

Auf dem Flug zurück tauchte New New im Sonnenglanz fast unter, so daß ich nicht einmal wehmütig hätte zurückblicken können, wenn ich dazu aufgelegt gewesen wäre. *Newhome* sah sehr dramatisch aus, das schwarze Gestein seiner Abschirmung glitzerte heller als die Sterne dahinter. Die gesamte Antimaterie war an Ort und Stelle – eine gewaltige, transparente Kugel, deren Umriß von funkelnden Lichtfleckchen gebildet wurde, während verirrte Moleküle in ihr Verhängnis stürzten. Ab und zu trieb ein größeres Teilchen hinein und zeichnete eine kurze, helle Linie. Das Lichtspektakel zu betrachten hielt mich davon ab, zur Erde zu schauen.

Jahr zwölf

Ich hatte nicht erwartet, am Starttag von der offiziellen Feier so in Bann geschlagen zu werden. Ich gestand ihre soziale Notwendigkeit ein, hatte selbst aber nie viel Geduld für Feierlichkeiten aufbringen können. Monate vorher hatte ich es abgelehnt, mich an den Planungen dafür zu beteiligen. Ich stellte mir vor, ich würde allen das Fest verderben, weil ich das Gefühl hatte, alles, was über ein Abschiedstelegramm hinausging, stellte eine Verschwendung von Ressourcen dar, die weder wir noch New New erübrigen konnten.

Aber es war sehr bewegend. Jules Hammonds Autoren stellten tatsächlich so etwas wie Schreibkunst unter Beweis und kamen sogar einer gewissen Wortgewandtheit nahe. Auch Sandra hielt eine schöne Rede, eingebettet in eine Zeremonie, bei der die Tausend-Kanal-Verbindung zwischen New New und Home offiziell eröffnet wurde. Ein brillantes Feuerwerk funkelte während des Countdowns mehrere Minuten am Himmel.

Doch den spektakulärsten und rührendsten Anblick hatte New New für den Tag nach dem Start reserviert. Sobald wir über der Ekliptikebene erkennbar waren – die meisten von uns sahen zum erstenmal in ihrem Leben auf New New „hinab" – öffneten sie sechs Wasserdüsen, die gleichmäßig rund um den Satelliten installiert waren. Das Wasser gefror sofort zu Kristallwolken, die sich wie ein glitzerndes Feuerrad ausbreiteten, als New New sich drehte. Tausende mühsam gewonnener Liter, vergeudet in einem letzten Abschiedsgruß. Und da begann ich zu weinen, sicher auch wegen der einmaligen Schönheit des Anblicks.

Natürlich gab es kein Geräusch, als wir abhoben, nur ein plötzliches Gefühl mangelnder Orientierung, so als trete man auf eine Oberfläche, die man für eben hält, obwohl sie in Wirklichkeit leicht geneigt ist. Die meisten von uns gewöhnten sich in ein oder zwei Minuten daran. Ein Glück, denn wir würden rund vierzehn Monate damit leben müssen.

Ein Hundertstel g ist keine große Beschleunigung, aber genug, um lästig zu sein. Leichte Gegenstände rutschen von den Tischen. Wenn man einen Ball auf den Boden legt, rollt er weg.

Am Anfang hatten wir ein echtes Begriffsproblem. Unsere durch Rotation erzeugte „Schwerkraft" war senkrecht zur Flugrichtung des Schiffs, und von daher hatten wir unsere Bezugspunkte für oben und unten. Die Richtung, in die der Ball rollt, ist „zur Heckwand hin", was anfangs verwirrend war, weil ich fast ein Jahr an Bord des Schiffs gelebt hatte, ohne mir jemals Gedanken darüber zu machen, in welche Richtung das Heck lag. Nach einiger Zeit war es offensichtlich: Man mußte nur zu der Wand blicken, an der sich alle Stifte, Papierfetzen und Staubbällchen sammelten.

Merkwürdig ist es auch, keine echte Nullschwerkraft an der Nabe zu haben. Man treibt dauernd die Wand hinab. Wasser steht im seltsamen Winkel in den Schwimmbecken und neigt dazu, über den heckwärts gerichteten Rand zu schwappen.

Wie alle anderen auch verbrachte ich an den ersten Tagen einige Zeit im Außenbereich eins und sah durch die gläsernen Bodenfenster zur schrumpfenden Erde. Es handelt sich bei den Fenstern eher um Spiegelsysteme, um den Betrachter vor der Strahlung abzuschirmen, aber sie sehen aus wie Fenster und sind deshalb befriedigender, als wenn man dasselbe auf einem Schirm oder im Würfel betrachtet. In nicht einmal einem Tag hatten wir die Distanz Erde-Mond zurückgelegt, aber wir hatten eine Sicht auf die Erde, die man vom Mond nicht haben konnte, da wir uns geradewegs nach oben aus der Ekliptikebene herausbewegten. Dann schalteten sie die Steuermotoren ein, wir konnten die tiefen Schwingungen durchs ganze Schiff spüren. Etwa eine Stunde später wurde der Antrieb wieder gezündet. Wir flogen in Richtung Epsilon. Nur noch achtundneunzig Jahre Kartenspielen vor uns.

In jener Nacht teilten wir vier uns meinen aufgesparten Kaviar und eine von Johns vier gehorteten Flaschen französischen Weins. Wir betrachteten den Flachschirm, während die Astronomen ihre Teleskope auf verschiedene Teile der Erde richteten. New York und später London und Paris. Wir waren schon zu weit entfernt, um einzelne Gebäude zu unterscheiden, aber die Straßenmuster waren deutlich. John, Daniel und ich erinnerten uns an die Orte, an denen wir gewesen waren. Es waren melancholische Stunden, aber ich glaube, Evy war die traurigste von uns. Wir drei hatten zumindest Erinnerungen.

O'HARA: Guten Morgen, Maschine.
NEU: Du hast noch nicht Geburtstag.
O'HARA: Ich wollte mal früher aufstehen. Wir haben die Umlaufbahn verlassen, weißt du.
NEU: Ich weiß. So tief schlafe ich nicht. Müßte ich aufgeregt sein?
O'HARA: Ich weiß nicht, was dich erregt.
NEU: Paritätsprüfungen. Unlogische Redundanz. Spannungsausschläge. Oraler Sex.
O'HARA: Was weißt du über oralen Sex?
NEU: In persönlichem Sinne nur, was du mir erzählt hast. Aber ich habe noch weitere 389 368 Begriffe, zu denen ich unter Psychologie, Epidemiologie, Tierverhalten und so weiter Querzugang habe.
O'HARA: Du hast beinahe so etwas wie Humor.
NEU: Du also auch. Ich simuliere nur deine Reaktionen.
O'HARA: Meinst du, wir sollten an Bord dieser Kiste sein?
NEU: Das ist für mich irrelevant. Ich bin ebenso in New New, wie ich hier bin.
O'HARA: Meinst du, ich sollte an Bord sein?
NEU: Ja.
O'HARA: Ausführlicher.
NEU: Du weißt es so gut wie ich. Die Verbindungsstelle zur Erde wäre bloß eine Folge bitterer Enttäuschungen gewesen. Die Erde, die du dein ganzes Leben geliebt hast, ist nur noch eine Erinnerung. Jeff ist wahrscheinlich tot. Und selbst wenn nicht, könntest du nie mit ihm zusammensein. Er wäre außerdem mittlerweile ein völlig anderer Mensch.

Ich weiß aus deinen Aussagen vom letzten Juni, daß du deine eigenen Motive in diesem Ausmaß analysiert hast. Diesen Teil von dir kenne ich besser als deine Männer und deine Frau. Nur ein geringer Teil deines Enthusiasmus' für *Newhome* hat mit den immanenten Leistungen des Projekts zu tun. Du hast eine neue Zielrichtung für dein Leben gebraucht. Das hier ist dic einzig sichere.

O'HARA: Schmeicheln hilft dir gar nicht.

NEU: Ich sage dir nichts, was du nicht selbst schon weißt. Möchtest du etwas über oralen Sex zwischen nichtmenschlichen Primaten hören?

Ich war nicht die einzige, die während des letzten Monats im Orbit Arbeitstage von vierundzwanzig Stunden hatte. Fast jeder hatte sich angestrengt, um Nutzen daraus zu ziehen, daß New New noch nah war. Jetzt, da wir unterwegs waren, fanden viele, daß sie über reichlich Zeit verfügten. Und sie hatten nichts Besseres zu tun, als den Freizeitdirektor zu plagen.

Ich muß zugeben, mir gefiel es. Menschen zu helfen, ihre Freizeit auszufüllen, war für die Nerven wohltätiger als ihnen zu sagen, wie sie den Rest ihres Lebens verbringen würden. Ich wurde ein großer Ernenner – für triviale Dinge Autorität zu delegieren war einfach –, und nicht lange, da wimmelte es von Teams, Komitees und Interessengruppen. Das Kinoprogramm behielt ich in meiner Regie, so daß ich den großen Saal für Anthologien von Naroni und Bogart, Hawks und Spielberg zur Verfügung hatte. Es gab die leise Kritik, ich sei altmodisch, aber diejenigen, die kamen, erfreuten sich an den Filmen. Den Leuten vom Kunstsektor vertraute ich Schauspiel- und Konzertplanung an, wurde ihnen aber bei Grundsatzfragen lästig.

Und jeden Morgen vor der Arbeit ging ich nach unten und beobachtete, wie die Erde schrumpfte. Nach einer Woche war sie nur noch ein heller Doppelstern. Eine Woche später war sie nicht einmal mehr hell. Ich ging nicht mehr hinunter. Der Computer hatte recht.

Jahr vierundzwanzig

28. Einstein, 290

Was war das für ein Jahr! Wir werden wieder fackeln. Zweiundsiebzig Prozent Ausnutzung, sagen sie. Ich werde Epsilon sehen.

Mein kleines Mädchen bekommt kleine Brüste und quält mich wegen der Menarche. Tu es nicht, Kleines. Stecke einen Korken hinein. Es macht nur Ärger. Sie wird nicht auf mich hören.

Unglaublich, ich habe vom alten Jeff Hawkings gehört. Er sieht aus wie Moses. Kein schlechter Vergleich, übrigens: Er führt Kinder aus der Wüste hinaus. Er ist nach Key West gezogen, das relativ intakt geblieben ist, und hat sich darangemacht, die Zivilisation wiederaufzubauen. Gar nicht schlecht für einen Ex-Cop. Er hat es geschafft, den Manson-Unsinn aufzulösen und in Südflorida eine primitive Demokratie im Rathausmaßstab zu errichten. Sie stehen mit Europa und Südamerika in Kontakt, und in Kürze wird es Außenhandel und -politik geben. Und vielleicht keine Kriege. Ich habe ihm Glück gewünscht. Ein Gespräch über ein Lichtjahr ist gar nicht so einfach; zwei Jahre liegen zwischen den Antworten. Erdjahre.

Und es ist gar nicht so einfach, mir zu vergegenwärtigen, was ich für ihn empfunden habe. In den Jahren zwischen Erde und Fackel war er ständig in meinen Gedanken. Selbst nachdem ich ihn für tot gehalten und aufgegeben hatte. Aber so vieles ist seitdem verschwunden.

Wenn ich Jeff sehe und meine Antworten zurücksende, wird mir bewußt, daß es schon lange zurückliegt, seit ich die Erde wirklich vermißt habe. Oder New New. Ich bin neugierig, wie es ihnen allen ergeht, und ich wünsche ihnen das Beste, aber wir haben unsere eigenen Sorgen.

Es gab etwas, das ich Jeff sagen wollte, aber ich fand die Worte nicht, als ich da unter Hammonds Onkelblick vor der Kamera saß. Wie sonderbar sich alles ergeben hat. Zwei völlig unterschiedliche Menschen; Geschlecht, Religion, Beruf, Alter, geboren auf verschiedenen Planeten in extrem gegensätzlicher Umgebung – und wir sind einmal zusammengekommen, haben uns geliebt und sind durch die Ereignisse und körperliche Distanz auseinandergerissen worden; und nach all diesen Irrungen und Wirrungen werden wir schließlich zwölf Lichtjahre voneinander entfernt sein, aber vor der gleichen Verantwortung stehen. Neue Welten aufzubauen.